U0782305

重生

苏　敏/著

浙江文艺出版社
Zhejiang Literature & Art Publishing House

图书在版编目(CIP)数据

重生 / 苏敏著. —杭州 :浙江文艺出版社,2024.5
ISBN 978-7-5339-7596-8

Ⅰ.①重… Ⅱ.①苏… Ⅲ.①散文集 – 中国 – 当代
Ⅳ.①I267

中国国家版本馆 CIP 数据核字(2024)第 084147 号

责任编辑	丁 辉 许龚燕	封面设计	吴 瑕
责任校对	唐 娇	封面题字	苏增菊
责任印制	吴春娟	数字编辑	姜梦冉 诸婧琦

重生

苏敏 著

出版 浙江文艺出版社
地址 杭州市环城北路 177 号
邮编 310006
电话 0571-85176953(总编办)
0571-85152727(市场部)
制版 浙江新华图文制作有限公司
印刷 杭州丰源印刷有限公司
开本 710 毫米×1000 毫米 1/16
字数 250 千字
印张 18.25
插页 1
版次 2024 年 5 月第 1 版
印次 2024 年 5 月第 1 次印刷
书号 ISBN 978-7-5339-7596-8
定价 68.00 元

目　录

辑一

重生与故乡

重生

打开手机上的万年历，时间告诉我，今天是2020年11月15日，农历十月初一，寒衣节。

南方的天气似乎并不怎么遵循节令，中午吃饭时，还是有些热。不过，到了傍晚，客厅里凉意阵阵，我赶紧从衣柜里翻出一件带有薄绒的圆领卫衣套上。大概是"双十一"的缘故，我前些日子在网上买的"京都念慈菴蜜炼川贝枇杷膏"还未收到。我迫不及待地等着它，等着用它来制服喉咙深处和胸腔里的那只该死的"咳嗽虫"。

公司附近有个小诊所，大夫叫张恒远，多年前曾当过军医。当这只"虫"还只是刚爬出来时，我便去找过他。那天一大早，我急匆匆地冲到他的诊所，喊"张医生，张医生"。我去的时候，军医还未起床，是他的女人给我开的门。前一天晚上，我被这只"咳嗽虫"闹得一夜都没睡好。

在一般的诊所里，医生治疗咳嗽这样的毛病，差不多都是给你开一瓶止咳糖浆，或一盒止咳药、一盒抗生素之类。这样的医生，虽说也穿件白大褂，但顶多只能算是一个卖药的伙计罢了。

军医张恒远与一般的医生不同。他在询问了我的症状后，熟练地取出六张裁得大小一致的方白纸，整齐地摆在案上，再从药架上挑了几个不同的药瓶子，然后逐个拧开盖子，从中倒出一些来。不同的药丸在不同的药瓶里，发出不同的声响来，此刻的它们像在欢呼雀跃——终于要去战场了。

张军医将倒出来的药丸分成六份，每张方白纸上都放一些，有些是一颗，有些是两颗，当然也还有三颗或四颗的，药丸的颜色则是五彩缤纷，或红或绿，或黑或白。我知道，那黑色的一定是"甘草片"，专门用来对付我喉咙里的那只"咳嗽虫"的。

按照张军医的叮嘱，我吃了三天药，感冒症状减轻了许多，那只"咳嗽虫"也消停了一些，不过它似乎还不打算就此鸣金收兵、善罢甘休。时不时地，我还会咳上几声，尤其是深夜，或者凌晨，都要从睡梦中咳醒来，总觉得喉咙深处不干不净，一口"痰"牛皮糖般粘在那儿，让我不能利索地上下通气。我知道，这一定是那只"咳嗽虫"的残兵剩勇了。

这些年来，类似这样的"虫"一直潜伏在我的体内，似乎从未离开过我。只要稍不注意，不小心着了凉，它便会不请自来，仿佛深秋、寒冬这样的季节正是它的"惊蛰"节令了。当然，比起之前，还是好了很多，这若是在当年，我只要听到有人咳嗽一两声，到后来甚至只要听到"咳嗽"这两个字，这只"虫"便会从我的体内深处蹿出来，然后在我的胸腔、喉咙等要处摆兵布阵、兴风作浪，显示它的存在和顽强的生命力。

2

到今天为止，那场病已经过去了整整十七年了。十七年，六千二百零九天，它足以抹平一切。可那梦魇一般的经历，却犹如发生在昨天一般，如电影画面，一帧帧，一幅幅，一切都还那么清晰。闭上眼睛，我仿佛依旧还能闻到病房里那浓郁的药水味，那令人恶心的血腥味和那令人绝望的死亡的气息。

病魔在我肉体上留下的痕迹，其威力虽然大减，但风采仍不逊当年。我的右眼，干、枯涩、不分泌眼泪，哪怕是哭也不会有，我为此写过一篇叫《我的右眼没有泪水》的文字，这也是我第一本散文集的书名。我腿部与手臂上的肌肉，摸上去发紧、僵硬，失去弹性。我瘦弱的背部的皮肤粗糙，失去光泽，呈现出大片的花色斑纹。当然，最醒目的还是脖子上的几处伤疤，一个个都有黄豆粒那么大。

我曾为我自己的身体无比骄傲与自豪过。生这场病之前，剪刀式的跳高我能够跃过一米四，百米跑我能有十二秒几的成绩，篮球场上我生龙活虎满场飞奔，能胜任后卫和小前锋的位置。可是这场大病之后，我再没能回到从前。我的肌肉开始萎缩僵硬，我的抵抗力开始下降，甚至曾经有一段时间我变得连呼吸也特别吃力。

至今还在我身上残留的这些痕迹、这些伤疤，或许是命运赠送给我的特殊礼物，它们的存在记录了我当年的惊心动魄、痛苦绝望，以及我同病魔之间的殊死搏斗。它们是我那些苦难与悲壮的见证，更是我在这场"战争"中赢得的旗帜与勋章。

写到这里，我不由自主地摸了一下脖子上这些光荣的伤疤。不错，黄豆粒那么大，一颗、两颗、三颗。这些年来，它们既没有变大，也没有变小。

是那名胖胖的护士给我留下来的。我记不住她的名字了。也许我早就原谅了她，也许我根本就没有怀恨过她。我这个人啊，读书时算不上一个听话的好孩子，参加工作后也算不得一个好伙计，但在医院里，我绝对是一名合格的病人。遵从医嘱，听医生的话，对医生保持敬畏，这是必需的。除此之外，我发自内心地视每一名医生和护士为天使。对，他们就是天使，是上天派来拯救我的天使。

手术前，我对胖护士充满别样的友好和深情的信任。像电影里那样，我静静地躺在手术台上，无影灯就在我的正上方，我盯着它看了一眼，觉得它像一轮巨大的太阳，只是我感觉不到它的温暖与热量。手术室里，有一丝丝的凉意，我身上盖着一层暗绿色的棉布。进手术室前，弟弟代表家属签了手术通知书，他没有给我看通知书上的那几行字，更没有告诉我手术的风险。当然，我也丝毫没有感到紧张——我甚至有一些兴奋，我期待着胖护士能早日将那根管子从我的脖子上插进去。

我冲胖护士微笑。我对她说："没事，你放心地插好了，我的血管好着呢。"

——我的血管好着呢。这可不是我吹牛。我那时的血管是多么富有弹性，多么富有活力啊。我的胳膊上、手背上，一条条静脉血管突出、隆起、分叉、汇合，呈健康的黛青色，像一条条匍匐的蚯蚓，又像是一条条崇山峻岭间奔腾的河流。我几乎能听到血液在血管里咆哮、翻滚、奔腾。我仿佛能看到它们正在暗处泛起汹涌的浪花，后浪推着前浪。

妮妮，另一个护士，我至今仍与她在微信上保持联系。她曾用她那只纤细的小手捏住我几根粗大的手指，然后伸出另一只同样纤细的小手来，轻轻地、有节奏地拍打着我的血管。她兴奋地对我说："苏哥，看着你的血管，我就想给你多扎几针呢。"妮妮一边说，一边咯咯地笑。我的血管也仿佛被她银铃般的笑声吸引住了，在皮肤下面蠢蠢欲动，迅速鼓胀起来。

"左边，还是右边？"胖护士问我。

"随便。"我回答得十分干脆。

"那我就左边了。"

OK，我冲她做了一个手势。

如果我不告诉你这是一场手术，你大概怎么也不会想到这竟是护士与病人之间的对话吧。但当时真的就是这样，我们俩仿佛在玩某个儿时的游戏。

无影灯静静地悬挂在我的正上方，它一言不发，眼睛一眨不眨。我将头转向了右边，以便露出左边的脖子来。无影灯还是不说话，静静地照着我左边的脖子。

胖护士从一只酱色的小瓶子里取出两支蘸有碘伏的棉签，麻利地在我左边的脖子上由内而外转圈，接着再来了一遍。碘伏的凉意让我的兴奋度稍微降低了一些。我尽量抑制内心的激动与喜悦。我知道，手术即将要开始了，过不了多久，这根承载着我重生希望的管子马上就要插到我的脖子里去了，这将是我生命中一个历史性时刻。它的重要性不言而喻——它是连接我体内与体外的最主要的方式，是我走向重生的一个非常关键的环节。

这大概是我这一生用过的最昂贵的一根管子了，德国进口的，一千七百多元。接下来至少两个月的时间里，它将常驻我的体内，成为我脖子上静脉血管的一部分。顺着这根伟大的管子，弟弟身上那滚烫的骨髓和干细胞将一路奔跑、跳跃，进入我的体内，直至我的心肝脾肺肾、五脏六腑，直至我的手臂、我的腿、我的脚、我的骨髓，以及我的每一根毛细血管末梢。一个多月的化疗让我掉光了头发，让我骨瘦如柴，形容枯槁。但药物的威力也给即将输入我体内的骨髓与干细胞准备好了足够宽敞、足够干净的环境——我体内原有的那些丧尽天良的恶性白细胞已经被消灭殆尽。如今，我体内的大地、山川、湖泊、草原、沙漠、池沼，都将属于它们。弟弟捐献给我的骨髓与干细胞们，将在这里滋生、发芽、成长，然后生儿育女，生成我全新的血液。

手术室里，异常安静。胖护士取出一支麻药，"噗"的一声，她拧断了麻药瓶的瓶颈。她再取出一支塑料针筒，拔掉针头上的针套，紧接着再将针孔插入那支麻药瓶里，她用食指和中指顶住针筒，大拇指钩住活塞的尾部往上拉，"吱，吱，吱"，那是针筒汲取药液的声响，像极了一个饿坏了的婴儿，紧紧地咬着母亲的奶头，吸吮得吱吱作响。

对着无影灯，胖护士竖起针筒，细细的针尖朝上，大拇指轻轻地推动活塞。随着大拇指的推动，银色的针尖上不断有零星的药液喷洒出来，在无影灯光之下，像是一颗颗白色的珍珠。她一边推动活塞，一边用另一只手的大拇指与食指拢成一个小圈儿，她将这个圈靠近竖着的针筒，暗暗用力，食指轻轻地弹了出来，"嗒，嗒，嗒"，弹在针孔壁上。随着食指的轻轻弹动，那些滞留在针孔壁上的气泡被一一弹起，浮向针筒顶部。胖护士的大拇指仍然没有停下，继续缓缓地推动活塞，针尖上喷出的不再是水珠，而是一条细细的银色水柱。

"做好准备了吗？我要开始打麻药了啊。"胖护士的声音倒还是很温柔。

"来吧，没事。"我咬着牙齿。

一个大男人，本来就觉得打针抽血压根不算回事儿，尤其是住进医院这些日子以来，每天吃药、挂水、抽血，隔段时间便要做骨穿、腰穿手术，对针头刺进皮肤和血管这样的事情已经快要麻木了。2004年，从苏州回家，住在姑父家里时，我常常是自己给自己插针、抽血。左手给右手背插针，或者右手给左手背插针，或者在手臂、足背上抽血，真可谓手足情深。当时，四肢之上，但凡能插针的地方，全都插遍了。也许，我对插针的疼痛早已失去了知觉。不过，现在回想起来，自己给自己抽血，自己给自己扎针，倒觉得这应该算是一件很厉害的事情吧。

"噗"的一声，这不是错觉。手术室里，我清楚地听到了针尖刺破我的皮肤，然后扎进我脖子上的血管的声音。

"很好。"护士像是在表扬我，不过更像是在表扬她自己。或许连她自己也没想到，这一次的插管手术竟然进行得如此顺利。

——我差点儿就要伸出手来，想要去抚摸一下这根已经进入我血管的管子了。

"别急，好像不对啊……"胖护士在自言自语。

"怎么了？"

"没有回血……"

"回血?"

"可能……可能要重新插一次了……"胖护士有一丝抱歉的意思。

"没事,你尽管来,右边。"我连忙说,仿佛要着急安慰她似的。

"吱——吱——吱",这刚插进去的管子仿佛不太情愿从我的脖子里出来。

胖护士给我压上纱布,按了好一阵子。这期间,她给我换了好几片纱布,直至刚插管子的地方没有再出血。

"没关系,再来一次,右边。"我将头扭了回来,无影灯下,胖护士的宽大的额头上已经有不少的汗珠渗了出来。

接着,胖护士又将刚才的动作在我右边的脖子上重复了一遍,然后信心十足地说:"这回一定行。"

带着这根负有重大责任,有着极其重要意义的管子,我从手术室里被推回到病房。回到病房时,我才知道,天已经黑了,这场插管手术竟然用了足足四个半小时。我刚被推回病房不久,主治医生唐晓文便快步走了进来。

"哟,管子插好了?"唐晓文声音响亮,脸上是一如既往的笑容。

"好了!"我将头向左慢慢地转了一下,自豪地向她展示右边的脖子。

唐晓文走了过来,看了看我脖子上的管子,然后又看了看上方的输液袋。"啊,不会吧?"她眉头一皱,脸上的笑容顿时凝住了,"不好,插动脉里去了!"

这大概是入院后我第二次面临死亡吧。不过,我竟浑然不知。唐晓文果断地将这根管子拔了出来,然后在针孔处放上纱布、纱袋,紧紧地按着。这个场景,我曾在一篇文字里详细地描述过:

血管被拔出来的那一霎,鲜血如脱缰的野马,又似势不可当的山洪,从针孔里迸发出来,它们终于寻得一个突破藩篱、获取自由的机会了，它们在我的体内被压抑得太久太久，多少年来一直不见天日。今天，它们终于寻得一个机会，要向我展示它强大的活力、激情和生命力。鲜血喷在桌上、墙上、柜子上，也喷在了唐晓文那张好看的脸上。十分钟过去了，二十分钟过去了，三十分钟过去了，唐晓文持续按压着我的颈部。血迹与汗水，在她的脸上交织在一起。

可我一点也不害怕，我反而特别享受这样的时刻——这大概是我离唐晓文距离最近的一次了，我能闻得着她身上的芳香，听得见她的呼吸了，她并不长的黑发垂下来，不时掠过我的面部，像一阵温柔的风。

这一天，应该是2003年10月17日（记得不准确，也可能是18日）。如果这次胖护士插管不出现失误，我骨髓移植的日子应该是在10月19日，也就是我住进苏州第一人民医院血液科三十三天之后。但这个日期最终变成了10月26日，比原计划移植的时间推迟了整整一个星期。

3

2003年9月11日，农历八月十五，中秋节。这大概是我这一生中最难忘的一个中秋节了。

在省城合肥的一间多人病房里，我吃了一个月饼。月饼很甜，五仁馅儿的。这样的月饼我那时吃得还很少。就在前几天，为了庆祝过节，学校刚给我们每个老师发了一个本地产的芝麻月饼。

五仁月饼是邻床的一个家属执意塞给我的。我刚开始怎么也不要，总觉着才刚住进来，还人生地不熟的，不好意思吃别人的东西。

她说，今天过节，难得啊。

我并不太明白她说的"难得"是什么意思，或许指的是我们萍水相逢，更可能说的是我们同病相怜吧。我接过月饼，觉得仿佛有一股暖流传了过来。窗外的夜色朦胧，躺在病床上，我并不能看到天上的那轮明月。

我不知道自己得的是什么病。医生拿着我的化验单，对小叔嘀嘀咕咕说些什么。或许每个行业都有自己的专业术语，我想，他们之间的交流，算是医生之间的对话。也许，在将我带到省城之前，从医的小叔就已经知道我的病情了。

"我得的是什么病？"我问小叔。

"慢粒。"小叔似乎有些哽咽，眼眶有些泛红。

"慢粒是什么病？"

"就是……一种病……"

小叔这样的支吾并没有引起我的注意。到安徽医大附院的那天晚上，医生只给我开了几颗药丸，然后叮嘱我多喝水。那天晚上，我喝了一大瓶开水。我那时以为只要吃下医生开的药，喝完这一瓶开水，第二天就能出院。

在此之前，我曾查过血吸虫，查过肝炎，查过肺结核，但检查结果都不是。我不知道"慢粒"是什么病，这是我从未听说过的一种疾病。不过，我清楚地知道自己一直在发烧。其实，我那时发烧已经不止一天两天了。那段时间里，每天下午，或者傍晚，低烧便不请自来，牛皮糖一样。许多年后，我才想起，大概在一两年之前，我便经常发烧，只是当时没有引起注意罢了。

2002年暑假，我去武汉的湖北大学进行自学考试论文答辩，莫名地高烧了一次。到湖北大学答辩论文的那天，我住学校门口一家私人宾馆。宾馆装修得极其简陋：一间光线不太好的小房，一个狭小的卫生间，一张铺有草席的硬板床，一张简易的桌子，一台落满灰尘的电扇，两双脏兮兮的拖鞋。

答辩安排在第二天上午。我头一天到武汉，除了在附近的大街上转了一圈外，也没来得及去黄鹤楼看看。那天下午，回到宾馆时，我突然烧得浑身滚烫起来，身上的衣服，床上的凉席，全都湿透了。可我仗着年轻身体好，

并没有吃药，只是找老板要了一大杯凉开水，咕咚咕咚喝完后，蒙着头睡了一觉。第二天一早，体温鬼使神差地退了下去。

——这是我记忆中特别深刻的一次发烧经历。

2002年下半年，妻子怀孕，妊娠反应特别严重，几乎是吃什么吐什么，身体极度虚弱，常常不得不卧床休息。我从妻子手中接过了初二语文与班主任的工作。算起来，我那会儿带的课有物理、化学、语文、生物、音乐与体育。我做老师时，教过小学、初中、高中，所有的课程里，大概除了英语没教过，其他的我都带过了。我大致算了一下，四个毕业班的化学，两个毕业班的物理，加上接手妻子的语文课和几节所谓的"副课"一起，我一周的课程有将近三十节。每天累得都不想动弹，上实验课用的一些化学试剂、生物标本之类的东西，就随手丢在宿舍里。

除了常常感到乏力、疲劳、提不起精神之外，我的口味也发生了特别大的变化。那段时间我特别爱吃辣，仿佛只要一顿没有辣，饭就一口也咽不下去。母亲每天中午给我煮一碗干辣椒。每次吃饭，我都辣得大汗淋漓。现在想起来，有可能我那时便一直在低烧，只是自己没太在意，吃了辣椒出了汗之后，这体温便降了下去，人也因此而轻松许多。生病之后才知道，体温这东西，有时候就像是一个魔咒，躲也躲不了，赶也赶不走。

2003年"非典"闹得最厉害时，我和妻子带着刚满月的女儿去丈母娘家。丈母娘家在临县的太湖花园，离我们学校有八十公里的路程，中途需要转三次车。那天一早起来，我就感觉不太对劲，摸着自己的额头，对妻子说："不好了，我好像发烧了。"

如果被检测出发烧，那极有可能要被拉去隔离的。那时我并不知道隔离是怎样的一种状态。只觉得如果真的被带走了，幸福宁静的生活就会被打破，我不知道我将要面临的是什么。

车子经过两县交界处的体温监测点时，我忐忑不安起来，好像做错了什么事情一般，担心自己被那些穿白大褂的人截下来，然后将我送往一个神秘的地方。负责测量体温的人，手里拿着一支体温计，对准我的额头："不要动"，这很像是电影中警察用枪指着坏蛋的镜头。测体温的人便是那持枪的警察，我便是那个坏人了。只是我不知道我做错了什么。他仿佛也迟疑了一下。我赶紧将头往回缩了缩，离那温度计远点一定会"枪下留情"吧，我的心扑通扑通跳得厉害，简直快要蹦到嗓子眼了。

"嗯，没事。"他收回了他手中的"枪"，另一只手在胸前挥了一下，像交警指挥车辆那样。

他话音未落，我急忙快步离开了他。这短短的几秒钟里，我憋着一口大气不敢出，直到走出了他手中"枪"的射程，才长长地吁了一口气。妻子在一旁抱着才一个月的女儿，一脸不安。

这已经是我第二次很明显地感到自己在发烧了，不过，我仍然没有吃药，那该死的体温，像是一个骗子，再一次欺骗了我，它仍是神不知鬼不觉地退了下去。

——这大概是在4月份，半年后我被查出病来。

4

2003年下半年，妻子要重新回到岗位了。这是妻子从太湖县调到我同一所学校里带的第一届毕业班。为了能取得中考开门红，暑假期间，我应一部分家长的要求，在老家办了一个补习班。

这个暑假，发烧开始如家常便饭了。有时烧得实在吃不消，我便让做乡村医生的三叔给我挂水。那天晚上，客厅里，刺眼的白炽灯高悬屋梁之下，抬起头来，我仿佛看到无数的光圈在瓦房下闪耀，钨丝发白发烫，透过灯泡的玻璃，驱散乡村夜晚的黑，也引来无数的飞虫。三叔一边给我插针，一边带些责备的语气对我说："你一个小伙子怎么搞得一点朝气都没有？"

我竟觉得有些不好意思起来，"可能是太累了。"我有气无力地说。

三叔的药还是能管一些用的。第二天一早，烧再次退了下去。就这样，补习班一直办到开学前的一周。学校通知我提前到学校做开学准备工作。

也就是在这个学期，分管教务的主任调走了。乡教委决定通过竞选的方式推选一名新的教务主任。正式竞选前，由教师相互评分选出四名候选人。教师的评分里，我的分数排在第二位，排在第一的是一名老教师，排在我后边的也是两名老教师，其中有位还曾经是我的政治老师。

根据竞选规则，四名候选人要进行一轮演说，由乡教委与学校领导评分，最终决定谁出任中层干部。从当时的情况来看，无论是我的教学成绩，任校团支部书记的经历，还是我当时的竞选演说，我被选上的可能性都非常大。

评定结果如我所料，我的最终得分排名第一，而且超出第二名不少。2003年9月9日，县教委两名干部找我进行教务主任任职前的正式谈话。教务主任算是县教委直管干部，这样的谈话是干部任免前的必要流程。谈话是在我的办公室进行的，我起先还有些不好意思，不断推辞说，还是让年长的老教师们来担任这个职务吧，我还年轻，以后还有机会。领导说，既然组织已经决定，你就做好思想准备，下周一我们就正式宣布了。

也许我这一生没有官运。如果教务主任也算是一官半职的话，那这是我离"官"最近的一次了。距离9月15日宣布只有五天时间。这个"封官晋爵"的日子，距离今天，刚好是十七年零两个月。在后来这十七年零两个月的时间里，我仍有过谋个一官半职的想法，我先后参加过两次公务员考试，一次是报考省水利厅办公室副主任职位，那一次我的分数是69.725分，这个分数排进了前十名，但只招录一人，前三名才能进入面试环节，我遗憾地错过了这次机会。再后来，我还参加过一次考试，不过那次考试我头天晚上没有休息好，第二天在考场上稀里糊涂的，最擅长的申论竟然写得文不对题，驴唇不对马嘴。

教务主任正式任免前，我已经每天下午都在发烧了。那时，老师们都喜欢在下午放学后打篮球。我也是教师篮球队的一员。在篮球队里，我司职小前锋，有时也客串一下得分后卫。在对阵钓鱼台初中教师篮球队的那场比赛中，我曾经一人独得四十几分里的二十五分。但那段时间里，每天下完课后，我都是一屁股坐下，连话都不想说，动也不想动。球场离我的宿舍不远，他们在球场上不断地催我，换鞋啊，快来啊，差你呢，可我一点儿精神都提不起来。我还无意间说了这么一句话："打不得，打不得，不然我会死在球场上的。"

多年后，我才发现，人生的某些时候，总会有些神奇的暗示。我二叔在临走之前，堂妹平白无故地摔碎了两只杯子，弟弟从他家出来车胎突然就没了气。这可能是无法解释的事情，我这样一句无心的话，或许是上天在暗示我已经病入膏肓了，但我仍然没有引起注意。

我终于撑不住了，找当时在学校附近开诊所的同学宝儿给我挂水。挂了几天后，烧仍然退不了。宝儿半开玩笑半认真地跟我说："苏敏，你这病我治不了耶，去县医院找你叔吧。"宝儿说完，还拍了一下我的肚子。那时，我的肚子已经开始大了起来，鼓鼓的，像怀胎六七个月。

5

9月10日是教师节。我决定第二天去县城一趟。小叔从省城医院进修回来不久，专门负责给人做开颅手术。我想，他都能将人家脑袋锯开，然后又合上，我这点小毛病肯定不在话下。

9月11日（后来，我戏称是自己的"9·11"）一大早，我空着肚子，搭了一辆三轮车赶往县城。那时到县城的马路还没铺柏油，泥路与石子路，经车子的辗轧和雨水的冲刷后，变得坑坑洼洼，破烂不堪，三轮车摇篮似的，

"突突突"冒着滚滚黑烟，一路颠得特别厉害，我觉得自己的五脏六腑都快要被倒腾出来。

那是我人生里走过的最漫长的一段路。昏天暗地，天旋地转，恶心想吐。好不容易到了县医院。小叔将我带到化验室。从窗口里，我将手伸进去。给我抽血的是一名年龄和我差不多的医生。后来，我知道他叫春强。再后来，他成了我的朋友。现在我每次回家，只要时间能安排得过来，他都要找我喝酒。

春强一脸的笑容。他在我瘦弱的手臂上绑上黄色的皮条，让我捏紧拳头，用手拍了拍我的手臂，我的血管迅速鼓了起来。身体里，总有些东西经不住诱惑，总有些东西受不得鼓动与召唤。我的血管也是如此。春强一手拿着泡有碘伏的棉签，一手拿着一根带着针头的抽血皮管。我血管凸起处涂了两圈碘伏，碘伏凉丝丝的，在我的臂弯上留下一团暗黄色的印迹。春强一个指头按着我的血管，一手将粗大的针头迅速插了进去。

我"啊"的一声，体内的鲜血便顺势而出，往透明的塑料管里蹿。一个人，别说什么灵魂意志那些看不见的东西能出卖，就连这时时刻刻流淌在体内的血液，随时都准备背叛你，逃离你。只要给它一个小小的孔，或者一个口子，它便奔涌而出，弃你而去。血迅速流向透明的皮管里，却没有我想象中那般殷红。春强再拿起两支试管，插在抽血管的另一端，插上去的那一刹那，我的血便迅速从皮管里流了进去。那支透明试管，一定比我的血管舒适，阳光可以透进去，风雨进不去，不像我的血管，一辈子都躲在皮肉下面，永不得出头之日。血溜得那么快，连考虑都没考虑，便呼哧呼哧地灌满一支试管。

春强一共接了两试管血，在上面的标签上，用笔写着什么，大概是我的名字吧。我的名字只在作业本上、考试卷上或者是那些表格里出现过，这是第一次被写在一支试管上。还有，我长这么大，小时候磕磕碰碰出过血，跟人打架出过血，就是从来没出过这么多的血。

春强拔了针头，针头上还带着一滴血。那一滴血，凝聚在针头，像是一只眼睛，在看着我，有留恋吗？有不舍吗？还是开心愉快？它终于见着我了，我也终于见着它了。我经常看自己的头发，看自己的脸，看自己的皮肤，看自己的手和脚，却从来没这么认真地看过我自己的血，我的血就是这个样子啊，我看得有些出了神。后来，我才知道，那时我正发高烧，大概是烧糊涂了。春强让我自己按住棉签，并让我多按一会儿。我"嗯"了一声。声音很微弱，一阵风便能吹散。可那天偏偏不起风，天气闷得要死。我用另一只手吃力地按着春强拔针时留下的棉签，棉签上还是不断有血往外渗。春强拿起装满我鲜血的试管，放在灯光前，摇了摇，晃了晃，然后朝后面的化验室走去。

十几分钟后，春强脸上的笑容不见了，取而代之的是满脸的疑惑，满脸的惊慌。他的头摇得就像刚才他手中的那两支试管。我似乎又看到试管里的血液，泛起白色的泡沫来。春强有意避开我，将小叔叫到一边，低声地说，白细胞高得仪器显示不出来。可我还是听到了那句话，听到了"高得仪器显示不出来"。那时，刚刚起了一小阵风，就是那阵风把他那句话传过来的。只是，我当时还不懂血液，不懂白细胞高是怎么回事。

多年后，我已经学会了看血象，学会了看几乎所有常规检查的化验单。我曾几次帮别人看他们的血常规、肝功能，甚至骨髓穿刺的报告。当时，春强说"白细胞高得仪器显示不出来"的时候，我并没有多少惊讶，更没有感到一丝害怕。唉，无知的人啊，该有多大的胆呢？

小叔似乎明白了什么。他让我给妻子打电话，让她把家里的钱都取出来，然后他又回家拿了自己的存折。我的存折上大概有一万七千块钱，小叔的存折上不到一万块钱。那时候，我们都刚毕业没几年，成家、立业、生孩子，处处都要花钱，而工资一个月也就七八百。

小叔跟我说:"敏,要去合肥了。"

"嗯。"我的意识已经开始有些模糊。

去合肥的班车要下午一点才出发。等车时,小叔带我来到车站对面的饭店,问我想要吃什么。我一点胃口都没有,只是觉得口渴。小叔点了两三个菜,我一口也没吃,只喝了一碗锅巴粥。

上车后不久,我便迷迷糊糊的,可能睡着了,也可能没有。小叔不断摸我的额头,轻声问我:"敏,难受吗?"我记不清楚是否回答小叔了,或者我回答他的只是诸如"没事""嗯"之类的话语。

等我们来到合肥安徽医大附院住院部时,天快要黑了。夕阳下,我抬头仰望那栋略带弧形的高大建筑,它该有三十几层的样子吧。站在这座楼下,我突然觉得自己渺小得不能再渺小了。小叔轻车熟路,左拐右拐,找到电梯,将我带到十七楼。

在这次住院前,我没住过院,来医院也很少。在这之前,我只知道儿科、内科、外科、骨科、皮肤科。但这十七楼的门头上挂着的是"血液科"。血液还有专门的科室?我是头一次看到。

6

"疼,疼,疼啊……"我躺在床上,迷迷糊糊地喊道。医生开的止疼药已经失去了作用。

一只粗糙的带有老茧的手不断轻揉着我的胸口,我的手臂,我的膝关节。我的胸口疼痛,我的手臂和膝关节疼痛。我浑身疼痛,像在不断下坠,要掉入一个无底的黑洞。

也许,人生总会在某些时候掉入黑洞。这黑洞神秘、幽深,具有极大的引力,足以吞噬一切,任凭你竭尽全力挣扎、反抗,皆是徒劳。

拉着我不继续往黑洞坠入的是我的父亲。他大概是骑着瘦马、手持长矛和旧盾的堂吉诃德，是那个说"我和你奉陪到死"的叫圣地亚哥的老人。

9月12日清晨，他与三叔一起从老家赶到合肥。父亲到时，已经是下午三四点的样子了。除了吃过那个中秋节的五仁月饼和喝了大量的水以外，我已经差不多两天粒米未进了。持续的高烧，让我一点胃口都没有。

我不知道父亲是怎样面对他这个躺在病床上的儿子的。我才二十五岁，他也就五十岁刚出头。我们的人生中，都未曾经历过突如其来的灾难，都没有任何经验来应对这样的不测。

父亲从来没有对我们"客气"过，兄弟三人中，我挨他的巴掌和竹枝条的次数可能是最多的。我常常因调皮或与伙伴们打架，被父亲一次又一次毫不手软地教训过，直至我遍体鳞伤，嘴角吐血，保证下回不再犯为止。

父亲静静地坐在我的床边。这么多年来，这是我们父子第一次坐得这么近，也是我们父子之间很难得的一次不以仇恨的目光相对。

我闭上眼睛，想起了以前的"报仇计划"，我想用和父亲一样的动作，一样的巴掌或竹枝，一样大的力气，将父亲给我肉体上的痛苦和精神上的折磨加倍还回去。我似乎看到父亲身上血痕累累，跪着向我求饶——可是，我大仇未报，自己却先倒下了。

父亲终于可以实现他多年前的咒愿了——你怎么不早死呢？如今，我高烧，陷入昏迷，躺在病床上，一动不动，真的就要死了。

"拉回去吧，免得到时候家破人亡。"医生对大弟弟苏肖说。9月11日晚上，我已经被安徽医大附院的医生宣判了死刑。

也许，做医生的小叔内心已经接受了这样的事实，这并不是说做医生的人比起一般的人要冷血一些。按照安徽医大附院的医疗水平，按照我当时的状态，他们已经是山穷水尽、黔驴技穷了。两天的治疗过程中，医生除了给我开了一种吞服的药丸和几粒止痛药，连一瓶盐水也没给我挂。他们觉得没有必要在一个无药可救的人身上再去花费精力，也没必要让我的家人增加一些不必要的药费支出。

小叔把一切都告诉了父亲，也让父亲做好最坏的打算。

我并不知道病房之外发生了怎样的一场家庭辩论，或是一场激烈的争吵，也许没有。我能不能继续多活几天，或者是就此放弃治疗，也许就是父亲在来到我的病床，给我抚摸浑身关节之后做出的决定。我不知道，父亲在做出这样的决定时，是否想到过我们父子之间的那些恩怨，是否会想到在以后的日子里，他需要低三下四到处求人借钱来给我治病。

我到现在仍一直相信，有一些超越药物的神奇的东西，比如乐观、比如自信、比如意志力、比如亲情与爱。父亲缓慢而用了些暗劲的抚摸，竟将我身上的病痛驱赶走了。在父亲那双粗糙、长满老茧的双手的抚摸下，我渐渐进入了梦乡。而且神奇的是，我的身上再没有这样疼痛过。

9月13日，合肥，初秋的清晨，第一缕阳光从东方的鱼肚白里升起，住院部楼下的停车场上，有一缕略带凉意的风吹来，混杂露水与药水的气息。小叔、三叔、弟弟，将依旧是半昏迷状态的我从担架上抬了下来，然后再将我抱进一辆绿色出租车的后座。

关上车门的一刹那，我睁开了眼睛，望见了玻璃车窗外的父亲，那个矮小的老男人，一手拎着些什么，一手举过肩头。他深情而又隐忍，嘴唇翕动着，仿佛要对我们说些什么，却终究什么都没说出来。清晨的微风掀起他稀疏的头发。我这时才发现，一夜之间，他的头发全白了。

——我冲着窗外说："爸，没事，死不了。"我想要与父亲和解。

我们分头出发，小叔头天晚上联系上了苏州第一人民医院血液科，出租车将带着我去往那里，等待我的将是一场暗无天日的血腥较量与战斗。父亲急匆匆赶回家中，卖房子，四处找人借债，占卜算命，烧香拜佛求菩萨，用尽一切办法，怎么也不想让我死。

我并不知道父亲是怎样赶回家中的，他在摇摇晃晃的车上是否掉过一两滴浑浊的泪珠？他是否绝望过？他是否后悔过自己仓促地做出这样的决定？他是否想到这极有可能是他最后一次见这个与他有孽债的儿子？他回到家中如何向那个已经哭瞎了一只眼睛的老婆讲述他的儿子身患绝症很可能没有几天活头的消息？他该如何面对那个刚满六个月连话也不会说的孙女？

小叔坐在副驾驶座上，三叔和大弟将我架在后座的中间位置。我那时几乎连坐着的力气都没有了。还没等到父亲的身影消失在视线中，我再次陷入昏迷状态。

不知过了多久，我隐隐约约听到有人说"南京长江大桥"。就在一刹那，我突然就清醒了过来。或许是我突然间获得了某种神助的力量吧，我想起了小学课本里的《南京长江大桥》：

清晨，我来到南京长江大桥。今天的天气格外好，万里碧空飘着朵朵白云。大桥在明媚的阳光下，显得十分壮丽。

我手扶着桥栏杆，站在大桥上，远望江面，江上的轮船像一叶叶扁舟，随着波浪时起时伏；一列列火车鸣着汽笛，从脚下呼啸而过。

滔滔的江水浩浩荡荡，奔向大海。自古称作天堑的长江，被我们征服了。一桥飞架南北，天堑变通途。

今天，我终于路过了南京长江大桥。我使劲地伸长脖子，向车窗外望去。这可是我第一次经过南京长江大桥啊，这真的就是小学课本里的南京长江大桥啊。它之前只是存在在我早已发黄的课本里，只是一个模糊而抽象的概念，我在脑海里曾无数次勾勒过那两座雄伟的工农兵塑像，想象过那一面面映着阳光的红旗。现在，眼前，我们的车子底下，泛黄的江水，波浪滚滚，浩浩荡荡，而我身下的桥，它不就是那条钢铁巨龙吗！

人的一生之中，总要走许多的路，过许多的桥。如此多的桥梁之中，会有哪一架能让你铭心刻骨，终生难忘呢？假如出租车师傅没有在那一刻不经意地说这么一句"南京长江大桥"，我还能不能渡过生命中最重要的这座桥梁呢？

多年后，父亲跟我讲，算命的先生跟他说过——你儿子的桥还没断。为了给我救命，父亲四处找人借债。刚开始，乡亲们、同事们，也都会展现一下他们的慈善之心，会给我父亲三十五十、一百两百，但随着我在医院里的开销越来越大，人们开始躲着他，视他为瘟神。每敲开一户紧闭的大门时，父亲总会迫不及待地说，你放心好了，我儿子不会死的，我儿子的桥还没断。

父亲越来越执拗，越来越倔强，许多人都劝他放弃，劝他不要再这样抱幻想，可父亲从来没有忘记我对他的郑重承诺——爸，没事，死不了。父亲后来跟我说，我上出租车之前的这句话给了他无穷的力量与信心。他说，我相信我儿子的命没那么脆弱。

我简直有些后怕起来——父亲不知道，我那只是随口一说而已啊。

7

醒来时，我已经躺在了一张窄小的床上。我的两只手臂分别插上了一根粗大的皮管，皮管内浑浊的血液正在奔流，循环往复。我左手边靠近头部的位置有一台我从来都没有见过的仪器，仪器的顶部有两只转盘，像是两架巨大的水车，正嗡嗡作响，从我身体里抽取的血液冲击着水车的叶轮。随着水车的转动，血液如获得解放了一般，相互碰撞，翻滚欢畅，激起白色的浪花。

是的，血液的白色的浪花。仪器上，两只透明的塑料袋子里，灌满了从血液中分离出来的恶性白细胞。就是这些细胞，险些要了我的小命。

进行白细胞清除术——这是抢救我生命的第一步。为了表述准确，我专门查询了资料，有关文献中对白细胞清除术是这样描述的：通过放置在静脉中的导管从手臂上抽取血液，然后将血液放入离心机中。离心机旋转，并根据血液的重量和密度将其分离成各种成分。血液可以分为红细胞、白细胞和血小板。通常情况下，白细胞被清除，其余的细胞和血浆通过另一根导管回到身体内。

这样的仪器在安徽医大附院那座高大但略显破旧的住院大楼里我是没有见过的。后来，我在苏州第一人民医院又做过两次类似的手术。负责这个手术的医生姓常，大家都喊他常主任。2012年我应邀回医院出席全国白血病峰会，晚宴上，又见过一次常主任，相隔九年之后，我不再躺着，而是站着。常主任还能一眼认出我，我也一眼能认出他来。我刚住进医院时，常主任大约四十来岁的样子，给人的感觉和蔼可亲，像是一位兄长。

过南京长江大桥醒来一会儿之后，我陷入重度昏迷达四五个小时。住进医院等待做白细胞清除术的过程中，我已经高烧到42℃，浑身上下几乎一点就着，所有的退烧药物已经完全不起作用。也就是说，假如没有进一步的治疗方案，我可能就在一场滚烫的高烧中结束这短暂潦草的一生。我将与许多死去的人不一样——我死去的时候，不是浑身冰冷，而是全身滚烫。

2011年，有一部叫《最爱》的电影特别感人，其中有一幅画面我至今记忆尤深，女主人公琴琴为了给高烧不退的男主人公得意降体温，把自己浸泡在冷水缸里，然后用自己冰凉的身体紧紧地抱着得意。

那只是电影。为了给我降这该死的体温，小叔和三叔在我的身上放满了冰块，一袋袋冰块占据了我的脑袋、颈部、腋窝和大腿内侧，我的身上"吱吱"地冒着热气。许多年后，小叔曾跟我说："你那时已经快不行了。我和三叔轮流用毛巾给你擦拭，不知道为什么，我一边擦，一边不断地掉眼泪。"小叔在跟我描述这样的场景时，他忍不住再次掉下眼泪来。

生死往往就在一瞬之间。也许上天并不想那么早收回我的性命，我终于挺了过来，我终于等到了白细胞清除术。在那张窄小的病床上醒来时，我看见小叔、三叔、大弟弟齐刷刷地站在我的周围，他们脸上仿佛刚刚流过滚烫的泪。

我住的是12号病床。病房的干净与整洁完全出乎我的意料，护士站里的医生与护士忙碌而有序，走廊宽敞大气，走廊上方的指示灯不断闪烁，喇叭里不停地奏响那首单调却略显俏皮的音乐，地面铺的是一层光亮的淡绿色的油漆，看不见一点点的垃圾。小叔将我带到病房里时，我跟小叔开玩笑说："你们医院的环境比起这个，真是一个天上一个地下啊。"

我那时并不知道自己生命正垂危，不知道自己已身患绝症病入膏肓，也不知道即将进行的治疗将要花掉一笔堪称天文数字的费用——现在想起来，那时的单纯与幼稚是多么的可笑，而又多么可爱啊。就在所有人为我急得要命时，我竟然像是什么事都没发生一样，我甚至为自己能住进条件这么好的医院而暗地里感到兴奋不已。

病房里一共三张病床，13号是一名胖胖的、个头比我高的高中生，14号是一名三十多岁的中年男人。他们俩都比我早些住院。

14床很明显是一名资深的病人了，后来他教过我很多自我保护的常识，比如每次大便后要用高锰酸钾洗屁股，坐在盆里的时间不能低于三分钟；发烧时不能吹风着凉，一定要用被子紧裹着，捂出一身汗来；他还教我学会看血象、肝功能，以及一些生化指标。

但更多的时候，14床是躺在床上一动不动的，也很少说话。他教我那些时，声音也很小，小到只需一阵微风便可以吹散。刚开始，下午探视的时间里，偶尔有一个长相不错，身材也不错的女人给他送些吃的，等我住进去大概两周后，这个女人便再也没出现过，取而代之的是一名年纪更大些的女人。我后来知道，年纪大些的这个女人是他的姐姐。

14床已经有过好几次化疗了，他一直在等合适的骨髓。可是后来，他并没有等到。假如他在天有灵，他应该会为我感到庆幸，他教了我那么多抵抗病魔的法宝，在那间病房里，在那些没日没夜的吃药、挂水、化疗中，我们曾一起并肩作战，与死神搏斗，如今我完成了他没能完成的事业——活着。是的，活着，这是我一生伟大的事业。也是他，以及所有的白血病患者们共同的梦想。

住进医院大约一个星期之后的某个下午，我正午睡，突然感觉像下起了一阵小雨，凉丝丝的雨水落在我的脸上，惊醒了我。我睁开眼睛一看，只见13床那高大的、胖胖的小病友，正手持一支注射器，不断朝着病房里喷射，一会喷到天花板上，一会喷到墙壁上，一会喷到我的床上。

我有些不高兴，责怪地说："你这是干吗？还让不让人睡觉？"

"你都快要死了，还怕没时间睡觉？"他得意地笑了起来。

"你才快要死了呢！"

"大家都快要死了！哈哈，大家都快要死了！"

"闭上你的乌鸦嘴！"

"乌鸦嘴？白鸦嘴！到这里的，都是白血病，你还能活着回去？"

"咣"的一声，我仿佛被迎头重重地敲了一棒。直到这时，我才知道我得的是白血病，我才明白小叔跟我说的"慢粒就是一种病"，我才晓得主治医生唐晓文说的"慢粒急淋变晚期二阶"是什么意思。我突然觉得自己在那一刻掉入了一个无底洞，身体不断下坠。我又仿佛看到自己如一缕青烟，缓缓上升，直至天堂。

8

"你告诉我，大概要多少钱？"

"哎呀，苏敏真棒啊，你们瞧，你们瞧，肚子一天比一天小啦。"唐晓文（后来，我喊她姐姐。）像没听到我讲话一般，以她习惯性的微笑和惊讶，对我说，也对着跟在她身边那些穿白大褂的年轻的医生说，"你真是奇迹啊，我为你感到骄傲！"

"你告诉我，到底要多少钱？"我对她的微笑报以冷漠。

"真的太神奇了耶。"

"多少钱？"

"你看，小了很多啊。"姐姐用手摸着我脾脏的位置。

"我想知道需要多少钱？"

"不会要多少钱啦，"姐姐继续微笑，她笑起来，脸上会有酒窝，"也就二三十万吧。"

我脑子里快速地过了一遍这个数字，那时，我和老婆两个人的月工资收入加起来大概是两千不到的样子，一年的收入也就是两万块钱左右。按照这样计算，我大概需要十到十五年，才能赚回这笔治病的钱。

2003年，我们乡村教师并没有缴纳医保，只有城里的老师才享受医保待遇，我的医保是直到2005年才缴上的。我常跟自己开玩笑说，如果坚持两年再生这个病，我的家人也不会受这么多罪，不会欠下这么多的债。我那时竟没有责怪过单位为什么没有给我缴纳医保，也许那时我并不知道，给职工缴纳医保是学校应尽的义务和责任吧。当然，我们所有的乡下老师都不知道。或者，知道了能怎样呢？

脑子里转了这么一圈之后，我觉得还可以尝试一下，但没想到的是，后来的治疗费用，远远超出了这个数字。假如当初姐姐认真地跟我说，要五六十万，我想我一定会坚持自己最初的那个念头——放弃治疗，从医院的五楼一跃而下。

我高高隆起的腹部的确像姐姐说的那样一天天变小。刚住进12号病床时，姐姐拿着一支圆珠笔在我的肚子上画了一个圈。这真是一个神奇的圈啊。姐姐跟我说："加油，我要看着你的肚子一天天变小啊！"

或许是年轻，也或许是对药物的敏感反应，我硕大坚硬的腹部一天天变小，变软起来。那个神奇的圈圈，也在我的肚子上一天天变小。姐姐告诉我，腹部超声显示，我肿大的脾脏已经基本恢复原状了。

"太出乎我的意料了，苏敏，你是我最满意的作品！"一连几天查房，姐姐都这样冲我微笑。

我举起拳头，以胜利的微笑作为回复。

可是，有谁知道，在这样的笑容背后，有多少辛酸与痛苦呢？

比如吃药：

在病房里，每顿都要吃一大把药物。有胶囊、有片剂；有圆形的、椭圆形的；红色的、绿色的、白色的，我将这些药物或者放在一个瓶盖里，或者直接放在手掌中，仰起脖子，张开嘴，将药物倒进去，喝一大口水，然后"咕咚"一下吞下去。我从来没有想到我的喉咙原来具有如此强大的吞咽功能，那一大把的药物在狭窄的喉咙里没有遇到一点阻力，只需一口水就足以将它们送至我的胃囊。许多年过去，我吃药的功夫依旧保持得很好，有时候连水都不需要，可以直接干咽。

在《我不是药神》中，有一种叫作"格列宁"的天价抗癌药物，其实它真正的名称是"格列卫"。我曾吃过两盒由瑞士诺华公司生产的"格列卫"。我当年吃的时候，这药就已经是两万多一盒了，折合下来，一颗要两百多元，最多时我一天要吃六颗。

因为化疗药物的作用，恶心、呕吐是家常便饭了。想吃，却又吃不得；强忍着吃下去，食物在胃里待不了三分钟，就又全部翻腾上来。胃里吐空了，就吐黄色的胆汁，吐得人肝肠寸断。只有等胃里平静下来，再试着吃药。有时，我刚将"格列卫"吞下去，马上便会反胃，剧烈地呕吐。吐在垃圾桶里的药物，那可是钱啊，一颗两百多，两颗就是四五百，怎么舍得呢？我从垃圾袋里将它们一颗颗捡起来，用开水冲洗一下，等到胃里的反应小点时，再强行吞下去。等再吞咽下去时，我将嘴巴闭得死死的，不敢打开，生怕它再从胃里面跑出来。

比如打针与挂水：

血管开始罢工，两只手的手背已经全部被插烂了，留置针插进去用不了三天就堵塞了起来。血管被化疗药物损伤，受到刺激后，变得无比脆弱起来，我的手背上青一块，紫一块。没有办法，医生开的药水还得挂，护士便只能从我的小手臂上插管。可是到后来，手臂上的血管也变得硬邦邦的，摸上去如同一根根细铁丝，针也插不进去了。

其实，远不止在静脉或肌肉上注射了。骨穿刺与腰穿刺手术，就得在骨头上打洞。骨穿手术一般会在两个部位来做，一处是胸骨上，另一处是髋骨上。胸骨的危险系数大一些，不小心会将针头穿刺到肺部或者心脏等内脏，所以多半会安排在髋骨上进行。腰穿则只能是安排在腰椎骨上了。骨穿刺与腰穿刺的共同点就是都得先打麻药，然后用一根粗大的钢针在骨头上打洞。你能清楚地听到你的骨头在钢针的威逼利诱之下，一点点丧失自己的领地和尊严——骨头原来竟是如此的脆弱啊。随着姐姐的钢针在骨头上一点点地开凿，骨头渐渐被打开一个小洞。

骨穿刺手术会从开启的洞内抽取一定的骨髓液，抽出来的骨髓液会被送到化验室，通过检测看其中恶性细胞的变化情况。而腰穿刺手术则是要向骨髓内注射某种药物。腰穿刺我前后做了六次，注入的药物通过脊柱运输至我的脑部，避免癌细胞占据我的大脑司令部。如果不做腰穿刺手术，就无法阻止癌细胞向脑部扩散的风险。一旦癌细胞转入脑部，那就是华佗再世也无力回天了。

骨穿刺手术后，只要穿刺的部位不出血，便可以自由活动，但是腰穿刺则不行，必须至少卧床六个小时。这六个小时里，不能抬头，更不能起身。吃饭倒是可以忍一下，如果内急，那只能在病床上解决了。所以，在做腰穿刺手术时，必须提前上洗手间，而且尿壶是必须准备好的。

再比如各类检查：

抽血是最频繁的，每天早上天还蒙蒙亮，我们还没有醒来的时候，值班的护士就推着小车悄悄地走进病房来。

护士轻轻地在耳边唤我："喂，苏敏，该抽血了。"

"哦，"我醒了过来，"几管？"

"今天就血常规和肝功能，两管呢。"

一般的情况下，每天得抽上两三管血，隔三五天就得抽上七八管甚至更多的血。

借着蒙蒙的床头灯光，我跟护士说："天哪，这样抽下去，我快成骷髅了。"

护士微微一笑，轻声地说："不会的。"

9

一天早上，我无意间摸了一下头，发现好像有什么掉落下来，仔细一看，摸过头的手上全都是细碎的毛发。我再转身看枕头和床单，发现也全是这样的毛发。我几乎傻眼了，差点就要喊了出来：天哪，我掉头发了。

住院的那天晚上，小叔从医生那里找来一把推剪，给我剃了个光头。小叔在他的医院里负责神经外科，主要就在脑袋上做手术。我已经许多年没有剃过光头了。我那一头早生的华发不止一次让我自卑过，让我在女孩子们面前缺少一份自信。可如今，这花白的头发，竟然如雪落一般，哗哗地往下掉。

姐姐跟我说，因为化疗药物的作用，掉头发属正常现象，以后还会长出来的。我曾一度以为姐姐又是在善意地骗我。放疗和化疗后，我的头发几乎全部掉光了，后来甚至连眉毛和胡须都掉光了。从净化舱里出来大概一个月左右，我无意间从镜子里发现，我光溜溜的脑袋上，已经生出了不少毛茸茸的头发。我像哥伦布发现新大陆一样，冲着窗外的妻子和母亲大声喊道："我长头发了，我长头发了！"我来到窗前，将头伸给窗外的妻子和母亲看。

头发、指甲、胡须，还有皮肤，全都长出新的来，我像一条蛇一样，蜕了整整一层皮。它们的新生，具有重大的意义，这表明弟弟的骨髓已经在我的体内生根发芽了。

除了掉头发，拉肚子或者便秘也是轮番上阵，折磨得人难以忍受。在净化舱里，我几乎一天要上二十几次洗手间，经过微波炉加热得烂熟的食物吃下去，也就是到胃囊、小肠、大肠一游而已，几乎不做停留。我几乎能闻到自己拉出来的东西，仍有食物的味道，我吃下去的那些胡萝卜、白菜、土豆，它们几乎都还保持着原来的样子。

拉肚子让人乏力发软，而便秘则让人无比烦躁与恐慌。刚住进医院时，化疗药物的副作用还尚未完全表现出来，由于服用了大量的激素，我的食欲变得特别好，属于特能吃的那种，我几乎每顿能吃一大盘食物，鱼肉蛋虾，蔬菜水果，来者不拒。但是纵然这样吃，却怎么也不解手。肚子摸上去像铁一般坚硬。最久时，我超过一个星期没上过厕所。这么多的食物究竟是吃到哪里去了？都是和体内的那些恶性细胞做斗争去了吗？

我坐在马桶上，憋了半天，才挤出黄豆那么大的一粒屎来。最开始，用开塞露还能管些用，过了几天，开塞露也一点作用都没有了。无奈之下，医生只好给我灌肠。我侧卧在病床上，病床上方挂着一袋肥皂水，护士将一根粗大的管子插进我的肛门（护士真是天使啊，我自己都恶心的事情她们连眼都不眨一下，毫不犹豫地就干上了）。在重力的作用下，一大袋肥皂水灌进我的大肠之中。

这下，终于有了便意，我急匆匆地冲向马桶，十几分钟下来，拉出来的排泄物快有满满一马桶了。由于大便干涩，坚硬，马桶被堵得死死的。

　　这些其实我还都能克服。真正让我感到害怕的，是隔三岔五传来的呼天抢地的号啕大哭。一个可能前两天还一起在走廊上散步的病友，突然之间便没了，永远地闭上了双眼，被盖上白色的床单拉了出去。第一次遇到有人死去时，我刚好一个人住一间病房，说实话，我从未这样近距离地接近死亡，更没有这样近距离地看到过一个熟悉的面孔离我而去。我开始变得恐惧和不安起来，怎么也不敢睡觉，闭上眼便是许多的僵尸、厉鬼，他们獠牙利齿，恐怖阴森。

　　我不知道怎样才能克服这样的恐惧心理。妻子晚间来探视，安抚我，让我不要害怕。可是人在那种场合下，怎样才能不让自己恐惧呢？我浑身战栗、发抖，精神简直要崩溃了。

　　我跟妻子说："我想……"

　　"想什么……"妻子一脸疑惑。

　　"我想你，我想要，想要和你做爱！"

　　一边要照顾孩子，一边要照顾我，精神上的巨大压力，身体上的疲劳，让妻子也变得瘦弱不堪，她剪掉了长发，颧骨突起，面色憔悴，发黄，几乎没有一点女人的样子了。白色的灯光之下，她的脸上泛起一阵红晕来。我生病后，她好久没有这样好看过了。

　　生病之后，我和妻子之间好久没有肌肤之亲了，我的意识里甚至早忘记了夫妻之间的性事。因为这突如其来的灾难，我每天都在与药物为伴，都是在想着怎么弄到救命的钱，我们谁也没有心思去想男女之间的事。可不知道为什么，在人如此虚弱，体力如此差的情况下，我竟然有了要与妻子做爱的冲动。

　　我不知道我为什么会突然有这样的冲动和想法。也许，在每天都与死神擦肩的巨大压力下，唯有做一次爱才能缓解我心头的焦虑，我的不安、我的绝望与我的恐惧吧。

10

肚子上的圈圈一天比一天小，各项指标也一天比一天好。离移植的日子越来越近了。弟弟苏肖戒了烟，为了加强锻炼，他每天早晨到公园里跟一个老人打太极拳。他的体内，已经为我准备好了最优质最健康的骨髓与干细胞。

我的治疗方案总体来讲便是化疗、放疗、骨髓移植。化疗是利用化学药物杀死肿瘤细胞、抑制肿瘤细胞的生长繁殖和促进肿瘤细胞的分化，简单来说就是吃和挂各种不同的抗癌药物。放疗指的是用各种不同的能量射线照射肿瘤，以抑制和杀灭癌细胞，主要是利用放射线如放射性同位素产生的 α、β、γ 射线等。放疗与化疗一起形成协同作用，可以达到增强化疗的治疗效果。

根据姐姐的治疗方案，化疗达到缓解效果后，便安排我进行放疗。放疗之后立马安排住进净化舱（也就是无菌病房，但在医院里，大家都叫净化舱）。那时，我多么盼望自己能早日住进净化舱啊。

2003年10月15日，杨利伟由长征二号F火箭运载的神舟五号飞船进入太空。第二天下午6点左右，我在电视上看到英雄杨利伟从一个金属容器里平安地走了出来。这个高科技的金属容器便是返回舱。我一直觉得我即将要入住的净化舱大致就应该长成返回舱这般模样，它能将一个濒临死亡的人重新带回人间，走向新生与希望。

在杨利伟返回地球后两天（也可能是三天），我被安排进行了插管手术，也就是我在文章一开始时描述的那次插管。但由于胖护士将管子插错了地方，我不得不推迟了一周才进行骨髓与干细胞移植。

在这一周里，发生了很多故事。仅姐姐给我拔掉管子的那一天，我就花了两万元，主要的治疗是防止出血和感染。除了西药，姐姐还给我开了一种非常难吃的中药"三七粉",用开水冲过之后,"三七粉"呈糊状,特别难以下咽。一周之后,我的体重也发生了明显的变化,由四十五公斤长到了四十七点五公斤,整整增加了五斤。这样一来,上海瑞金医院给我做的那块遮挡肺部的铅块便小了一圈。就是这小了一圈的铅块没能将我的肺部遮挡严实,间接地导致了后期我的肺部出现了间质性肺炎感染。

在上海做放疗手术之前,弟弟给我买了一碗小米粥、一个包子。他随口说:"好贵,小米粥十元一碗,包子要两块一个。"天哪,那可是十七年前,我简直不敢相信,立马责怪弟弟起来,说他不知道心疼钱。

那时,父亲已经将家中的几间土房子卖掉了,一共换回五千块钱。这五千块钱可以让我在净化舱里待上十天左右。在净化舱里,不吃药不打针,一天的开销大概需要五百元。住进净化舱前,父亲已经将家里但凡能变卖的东西都变成了钱,更是将但凡能借钱的亲戚和朋友们都借了个遍。

我的老师虞晓红,当时正担任学校的校长,在我生病之后,他迅速组织全校的师生给我捐款,接着又带领几个老师到其他学校给我募捐。那年给我捐款的,有同事,有我的学生,更有许多我不知道名字的老师和学生。虞老师一共给我募捐到了八万多元,另外,教育局也给了我两万元的大病救助款。这两笔钱,大大缓解了我经济上的困窘,为我能够继续活下来做出了巨大的贡献。

我常说,我这条命是许多人一起救过来的,我这一辈子欠别人的太多太多。

弟弟在一旁低着头,没有吭声,任由我数落责怪。说归说,最后我还是将这碗小米粥和包子吃了下去。我知道,放疗也是一场没有硝烟的战斗,我需要充足的体力与百倍的精神才能应战。许多年后,我因公事出差到上海,真正见识了魔都那不同凡响的现代化国际大都市的城市风光。不过,终归是过客,我对于上海的印象,大概也如那天吃到的那份早餐吧,精致,味道十足,但的确很贵很贵。

重生

放疗室里，我脱光了衣服，露出嶙峋的骨头。按照医生的吩咐，我站到一台高大的机器前，我体内的山河将等待它的审视与检阅。医生按下按钮，机器开始启动，有轰鸣声发出，我身体里的每一根血管、每一块骨头、每一寸肌肤、每一种器官与内脏，都被那看不见的射线穿透。

那个银灰色的铅块，静静地放在我胸前，看上去像极了一件先锋派雕塑艺术品。但它的确不是一件艺术品，而是我脆弱肺部的保护神。我曾教过化学，给学生教过元素周期表，铅的原子序数为82，因原子质量数很大、原子结构非常致密，所以能阻止射线的穿透，甚至可以将射线反弹回去。我深情地看了它一眼——我的肺部大概就长成这副模样吧。

在上海瑞金医院放疗时，小弟弟苏前江专程从湖北赶到了上海。这是我生病之后他第一次来看我。

黄浦江畔，永嘉路口，瑞金二路，197号，那一座座拔地而起、高耸入云的摩天大楼，那一张张灯光闪烁的霓虹招牌，那一辆辆川流不息的车辆，和那一个个行色匆匆、面无表情的人，无不展现出这座国际大都市的繁华与热闹。我戴着一个厚厚的口罩，静静地躺在推车上，几乎不能动弹，身上被一床白色的棉被裹得严严实实。

办好所有的手续后，弟弟说："哥，我回去了。"说完，他便头也不回，转身而去——他急着回去给我筹救命的钱。在这之前，他已经将他全部的积蓄悉数交给医院，又找人借了一些。十月的上海街头，已有阵阵凉意，风掀起弟弟油腻的长发，舞动起他单薄的衣衫。躺在推车上，我默默地目送着转身而去的弟弟，他那高大而瘦弱的身影越来越矮，越来越小，直至缩成一团小黑点，最终消失在茫茫人海。

多年后，我曾无数次想起那个场景，想起那个悲壮而伤感的黄昏。血一样的夕阳，从林立的高楼间照射过来；血一样的黄浦江水，呜咽着咆哮着滚滚而去。谁说这不是一次上海滩边上演的生离死别呢？

许多年后，小弟弟跟我说起那天在上海见我的事情，他说，在上海的街头，他突然有一个念头，如果我死了，他就会去流浪。

生活不是剧本，但在很多时候，它远比剧本的情节还要曲折、离奇、荒诞、惊心和令人难以捉摸。一帆风顺，对于我来讲，或许永远只是一种美好的祝福罢了。幸运的是，当死神扼住我的脖子时，命运之神眷顾了我，也放过了我的弟弟一马。

11

浴池里放满了消毒水，味道闻起来有些刺鼻，但与"大蒜素"的气味比起来，算是小巫见大巫了。

我至今仿佛还能嗅到那种刺鼻而难闻的大蒜气味。

每天清晨醒来，或者是午睡后，我都会按照护士的吩咐，小心翼翼地将体温计放在舌头底下。我一边含着这硬邦邦的温度计，一边默默地祈祷着体温计里那条细小的水银线条缩短，再缩短一点。我每次都用手机掐着时间，三分钟，一秒钟不多，一秒钟不少，时间一到，便将体温计从舌头底下取出来，再轻轻地递给值班的护士。护士也轻轻地接了过去，迎着光亮，放在眼前。那时，我总盼着，拿开体温计后，她对我报以最灿烂的微笑，然后兴奋地告诉我：36.5℃。

可是，她每次都是轻轻地摇了摇头。水银线似乎早已忘记了退回去的本领，这些日子以来，一直停留在37.3℃，有时候是37.5℃。姐姐几乎试遍了所有的抗生素和抗真菌感染的药物，这其中包括那些漂洋过海而来的昂贵的进口药物。后来，姐姐建议我试试"大蒜素"。

大蒜居然也可以做药物？我简直有些不敢相信。莫非姐姐要以大蒜来"死马当活马医"？

大蒜素是由大蒜提取物制成的，学名二烯丙基硫代亚磺酸酯。从外观看起来，大蒜素与普通的药水并没什么两样。可当第一滴大蒜素进入我脆弱的血管时，我就觉得这不是一般的药物，一种剧烈的火烧火燎的刺痛，让我的手背、手臂都发麻起来。针口处虫啮一般疼痛，我差一点儿便拔掉了手上的输液管。没一会儿工夫，病房里充满了浓郁的大蒜味儿，熏得人眼睛都快睁不开了。

沿着输液管，这些大蒜提取物，正一滴滴以万马奔腾之势奔涌向我密集交错的血管，直至进入我的骨髓。

一段时间后，我终于看到了护士脸上欣慰的笑容，也终于听到了她说出了那个期待已久的数字——36.5℃。尽管我不知道这是不是独属于大蒜素的功劳，但我相信，大蒜素这种普通而又神奇的药物没有让我失望。在这场看不见硝烟的细菌与真菌歼灭战中，它横刀立马，纵横驰奔，发挥着不可忽视的作用。

与大蒜素比起来，消毒药水的味道好多了。从上海瑞金医院放疗回到苏州，我便要入住净化舱。住进净化舱之前，每一名患者都要经过反复地消毒，避免将外部的细菌带进舱内。

弟弟和小舅子一起给我的脖子缠上一层又一层的保鲜膜，主要是为了防止药水浸泡后渗透到插管的地方。在消毒液中，我泡了将近三十分钟，然后换上病号服，进到2号舱。

进到舱里时，我才知道，我之前想象中的舱和现实完全不一样，它其实也就是一间房子，只不过房子里的净化等级是100级，而且与外界存在一定的气压差。我前后一共在舱里住了五十多天，仅这一笔费用就花了将近三万元。

进入净化舱前，需要经过大剂量的化疗和放疗，病人几乎都虚弱到了极点。按照姐姐的说法，当我体内的白细胞降到100以下，甚至0时，才有可能将领土让给即将输入我体内的弟弟的骨髓与干细胞。某种意义上讲，我从此不再是我，我的体内流淌的将是弟弟的血液。假如我的那些已变质腐朽、成为恶性的细胞依旧占据着不肯退出江湖，而是与输进来的骨髓液干一仗，甚至将对手杀得片甲不留，那这样的胜利则意味着骨髓移植的彻底失败。

我的血液其实不想就这样草率退下阵去。后来，我真的出现了急性排异反应和慢性排异反应。骨髓移植后，姐姐每天都会来病房看我，我的口腔、眼底，身上的每一处肌肤的变化，任何的蛛丝马迹她都绝不放过。大概在移植后的第五天，姐姐例行来到净化舱查房时，在我的后背上，她发现了一个小红点。

姐姐告诉我，排异反应是一把双刃剑。出现排异反应，则表明弟弟的骨髓液和干细胞已经在我体内生根了。但是，这些骨髓液来到一个与弟弟体内并不一样的环境里，它遇到了前所未有的挑战与困难。如果它不能战胜我体内的那些残兵败将，我生命倒计时便宣告开始。

为了抑制住急性排异反应，我用了两支昂贵的药物。医院为了让我节省开支，同意我直接从药材供应商处拿药。但即使如此，一支抗排异的药物也要一万九千八百元。

姐姐知道我的家底，想方设法给我节省开支。在净化舱里钱不够时，姐姐在医院里为我组织了一次捐款。除此之外，姐姐还将其他病人用不完的药统一收集起来给我用。在净化舱里，几乎所有的药物都是按照体重来确定剂量的，少了不行，但是多了对身体的损伤也会很大。由于缺钱，我用的好几种药物都是靠姐姐这样东拼西凑起来的。

我常想，我今天能活着，要感谢的人太多太多了，这其中可能还有那些没有等到匹配的骨髓的，没能熬过急性排异的，或者是重度感染的早已化作一缕青烟的病友。

12

我以切身的经历真正领悟了"瘦骨嶙峋"这个词语。在舱里，我最瘦的

重生

时候只有八十斤，用手摸过去，胸骨、锁骨、肋骨、髋骨、大腿骨，全是骨头，骨骼分明，一块块，清晰、凸出，仿佛随时要从皮肤底下揭竿而起。断了那一口微弱的气息，便是一具骷髅了。躺在床上，如果不将头露出来，你几乎看不到被子里竟然还有一个人。稍坐一会儿工夫，我就感觉屁股生疼；躺久了，得不断变换姿势，否则也是浑身疼痛。

我想起了保尔——青春终于胜利了。保尔没有死于伤寒。这是他第四次死里逃生。在床上躺了整整一个月之后，苍白消瘦的保尔已能够勉强用两条摇摇晃晃的腿站起来，摸着墙壁，在房间里走动了。

我不想死，我要活着。活着，总是需要有一些信念的。如果没有强烈的求生欲望的支撑，我可能会像很多病友一样，最终都没能从净化舱里走出来。舱里的病友们都和我一样，吃什么吐什么，吃什么拉什么。这还不说，在肉体遭受病魔无情折磨的同时，大家在精神上也都承受着巨大的压力。死亡的魔爪就隐藏在床沿，在天花板上，在门缝里，在马桶上，在墙角里，在灯管中，在床头柜的抽屉里。

为了让患者能够自由活动，医院给我们使用的都是加长的输液管，它的长度足足可以从病床上方的输液架延伸到舱里的任何一个角落。脖子上的这根管子，连接着五路加长的输液管，它们是我血管的延伸，是我重生的关键部位，它们已经成为我身体不可分割的一部分了，我每天带着它们起床，吃药，吃饭，挂水，睡觉和做噩梦。

我在多年后常会回忆起那个场景：

清晨，日光灯悉数醒来，可它们似乎并不太愿意这么早醒来，看上去仍有些睡意蒙眬的样子。我掀开被子，带着我那不可分割的一部分下床。床边，有一小块空地，它让我想起了学校的操场。站在这块小小的空地上，我像重新回到那个遥远的乡村学校一样，我开始在那里原地踏步慢跑。

十分钟左右的慢跑结束后，我会回到床上休息大概十分钟，接着再下床，再次来到那块空地上。这时，耳边仿佛响起了广播体操的喇叭声。我开始做广播体操，我一边做一边模仿着喇叭里的那个男声大喊："现在开始做第七套广播体操，第一节，伸展运动，预备——起，一二三四，五六七八，二二三四，五六七八……"

做完广播体操，我再次回到床上，吃早餐。然后，拿出笔和本子，开始写诗歌，写感谢信。在舱里，我写了两首诗，一首是《天使的模样》，一首是《无怨无悔，付出所有》。《天使的模样》被一个护士发现了，她拿去张贴在医院的走廊里。诗歌贴出后，我一夜之间成了医院里的"名人"，家属们都知道有一个叫苏敏的病人创作了一首诗歌。《无怨无悔，付出所有》则由小弟弟苏前江谱了曲。曲子写好后，弟弟在电话里给我演奏了这首曲子，他的学生演唱，他弹奏钢琴。那悲壮的歌声和琴声从遥远的鄂州伴着滚滚的长江之水滔滔而来。我一边听，眼泪一边"哗哗哗"地往下掉。

生病后，我哭过两次。一次是骨髓移植前一天，父亲、二叔、妻子和刚满七个月的女儿从老家赶到苏州，到医院时，已经是傍晚了。

父亲手里捧着一个杯子，在那有些刺眼的灯光下，他依旧显得异常平静，目光更是那样的坚定。此时的父亲，头发似乎更加苍白，个子似乎比以前更矮，脸上的皱纹也似乎越来越多、越来越深。二叔拿起通话的听筒，语重心长地安慰我，鼓励我，让我树立战胜病魔的信心和勇气。

父亲在一旁静静地听着。等到二叔将话筒交给他时，他不紧不慢地放下手中的杯子，把话筒紧紧地凑在耳边和嘴边。透过玻璃，我分明看到此时的父亲，手微微颤抖，浑浊的眸子里淌出几颗晶莹的泪滴来。父亲的嘴翕动了一下，听筒这头，我听到了父亲颤抖着而又是那样浑厚的声音：

"孩子，不要怕，你看……一切……都……会好……会好起来的……会好起来的……你是……我的……花……朵。"

"嗯……"

此时的我早已忘了自己是个手无缚鸡之力的病人。虽然在这之前，医生曾经跟我的父亲说过，我活下来的概率不到30%，但我却从父亲的眼里看不出半丝的担忧。望着窗外刚满五十，头发差不多已经全白的父亲，那个曾经在我看来老实无能、懦弱怕事的父亲，奄奄一息的我突然间没有了那股对病魔和死亡的恐惧。我使劲地朝窗外点了点头。是的，一切都会好起来的，一定会好起来的！

北京时间2003年10月26号上午九点三十分，从弟弟身上采下来的鲜红的骨髓液被护士捧了进来。护士小心翼翼地将它挂在床头的架子上，并朝我做了一个胜利的手势。望着那一滴滴救命的骨髓液缓缓地注入我几近虚脱的身体，我的眼泪就像老家那口老井的泉水一样，汩汩地往外淌。亲人啊，你们无私真诚的爱，必将感动上苍。我也要更加顽强地同病魔斗争，早日回到你们的身旁。

当晚的探视，除了捐献骨髓还在卧床休息的弟弟苏肖没有来，父亲、妻子都满面春风地站在窗外，还有尚不能清楚地喊我一声爸爸的七个月大的女儿，她趴在窗台上，两只手不停地拍打着那厚厚的玻璃，好奇地看着我。

那晚的父亲，脸色红润，几分醉意漾在他那瘦弱和饱经风霜的脸上。他大概喝了点劣质的白酒。父亲因严重的肝病戒掉了那唯一的嗜好，在这之前，纵使有再大的喜事，他也未曾沾过一滴带酒精的东西。可我想象得出，在苏州的某个街道上，某个昏暗的路灯下，某张窄小的餐桌旁，我的父亲，他旁若无人地，举着酒瓶，仰着脖子喝酒的模样。或许，这在旁人看来是一种可以嗤之以鼻的姿势，可我觉得那时的父亲，一定是兴奋的，一定是激动的，也一定是五味杂陈的。然而，父亲并没有醉，甚至神志异常清晰——我从未见过如此般模样的父亲。他拿起话筒，轻轻地说：

"孩子，你是我的花朵。"

然后，他沉默而深情地看着我。那一刻，从那双浑浊的眼里，我读到了一个父亲最伟大、最质朴的爱子深情。

妻子还带着初三的班主任和数学，也为了节省开支，在我移植后的第二天，父亲、二叔和妻子一起，在依依不舍甚至有些像生离死别的分手后，搭车回了老家。临走时，父亲给我打来电话：

"孩子，我先回去了，子一（女儿的名字，后来改叫家卉），叫爸爸！"

电话那头传来女儿甜甜的稚嫩的声音——这些天里，我极力地控制着我那并不发达的泪腺，抑制着我那并不丰富的情感。可是这一刻，却再也顾及不了正在给我看病的医生和护士，忍不住失声痛哭起来。

我在《孩子，你是我的花朵》里写到了生病后我的第一次哭泣。当电话筒里传来弟弟的钢琴声和他的学生们的合唱时，我的眼泪再一次夺眶而出。这是第二次了。

过了一段时间，弟弟将这首曲子刻成光盘，从鄂州寄到了苏州。收到光盘后，妻子将这些光盘赠送给了科室的吴主任、姐姐、护士长等人，他们都说，这是他们收到的最好的礼物。

许多年后，父亲将这首曲子工整地誊写了下来，放置在他的琴谱里，他隔段时间便会用他的二胡演奏这首曲子。在父亲心中，这大概是一首最伟大、最珍贵，而且独一无二的曲子吧——作词者是他的大儿子，作曲者是他的小儿子，而让他的大儿子继续活下来的，是他的二儿子。

在净化舱里，我的各项血象指标都很低，白细胞接近0（正常值4000—10000），血小板也就三四十（正常值100—300），身体极度虚弱，抵抗力极其低下。为了防止出血，我不能吃任何带骨头或刺的东西，硬一点也不行。所有带进净化舱的东西都要消毒，每天的饭菜都要经过微波炉转上几分钟消毒。那时，我的牙龈、口腔黏膜、食道、胃、大肠、小肠、肛门，都脆弱得如一层薄纸，一不小心便可能破了，一旦破了便会引起感染。对于正常的人来说，划个口子、破个皮可能算不了什么，可是对于一个移植的病人来讲，这是绝对不允许的。特别是如果因为食物中有硬的东西而导致肠内出血，那足以要人性命。

当时并不觉得，现在想起来，在净化舱里的每时每刻，我其实都是挣扎在死亡线上，那只隐藏的魔爪随时都可能伸出来，将我拉去见地底下的阎王和那一大群已经死了的白血病友。

由于长期用药，加之一直不能刷牙，我舌头上的舌苔丛生密布，像是植了一层厚厚的绒线。我甚至能从镜子里看到舌头上已经有《敕勒歌》里的景象了，天苍苍，野茫茫，风吹我的舌头啊，见牛羊。

两名女护工轮流照顾我。其中一位年轻的女护工对我的照顾尤为仔细和周到。每次给我清理口腔时，她总是微笑地对我说："张嘴，啊——"

我学着她的样子"啊——"地张开了嘴巴。她取出两支棉签，蘸上漱口的药水，小心翼翼地给我清理牙齿和舌头。她离我那么近，几乎快要贴着我的脸了。我半靠在床头，半张着嘴，静静地看着她，淡蓝色的口罩后面，她五官匀称，甜美的笑容是那么的好看。

随后，她用手中的棉签轻轻地按压着我的舌头，让我的舌头不能动弹，让我流出满嘴的口水来。

我出院后，这位年轻的女护工还提着一篮水果到出租屋里看过我。可惜的是，我早已忘记了她的名字，这么多年也一直没能联系上她。写到这里，我不禁觉得有些遗憾起来，我至少应该对她说一声谢谢吧，如果当着面说那是最好的了。假如不能，她若是能看到我写的这些文字，那也行啊。

13

五十多天后，我执意要出舱。一是我自己感觉良好，各项指标也接近正常；二是这个舱太费钱了，仅住宿费用一天就是五百多元，相当于当时一间五星级酒店的价格。但现在想，假如那时能在舱里再多待一个星期的话，我后面出现肺部感染的可能性会小很多。

出院并不代表脱离了生命危险，真正意义上的康复还远远没有到来。家暂时是回不去的，那时家中的老房子也已经贱卖给了邻居，算是无家可归了。隔天我就要到医院去做一次检查，每周要到门诊复查一次，必须要留在苏州的出租屋里再待一段时间了。

出租屋的位置就在苏州大学本部西门右侧的一个自建小区里，距离苏州第一人民医院大约十分钟左右的路程。街道两旁是一间间商铺，理发店、早餐店、干洗店、药店等，高大的法国梧桐，熙熙攘攘的人流车流，让这里的一切都显得充满活力。

我曾在出租屋里给妻子做过一顿生日宴。妻子比我大一岁，腊月初七生日。那天一早，我摸黑起了床，穿着厚厚的衣服，戴着厚厚的口罩，蹑手蹑脚地穿过庭院，来到厨房里，洗菜，切菜，炒菜，忙活了快两个小时。在平时，我是很喜欢烧菜的，也烧得出一两桌酒席来。不过，到苏州治病后，我要么在医院，要么便在去医院的路上，回到出租屋也是关在房间里，从来没有下过厨房，过的真正是衣来伸手、饭来张口的日子。对厨房的陌生让我闹出了一个笑话，在那昏暗的灯光下，我错把味精当盐放了，而妻子是不吃味精的。妻子那天强忍着吃了我给她做的生日宴。等我心满意足地躺下后，她跑去洗手间全给吐了出来。

2004年4月，家里实在是拿不出钱来了，那时我的肺部出现间质性肺炎感染。据统计，这种感染对于骨髓移植的病人，致死率竟高达95%。鬼门关前，我逃过了急淋变晚期，逃过了那次插错血管，逃过了急性排异期，但是我可能逃不过这次肺部感染了。

一条狭长幽暗的通道里，一名护工推着我，轮椅的轮子摩擦地面，发出"吱吱"的响声，护工的拖鞋踩在地面上，"嗒嗒嗒"作响，这声响在狭长的通道里回荡，久久不能散去。我穿着从房东家衣柜里翻出来的一件黄单袄，那种军用的服装。不知道听谁说的，说军用的衣服可以用来抵挡一些邪祟的侵袭。未经房东同意，弟弟将这件黄单袄翻了出来，穿在了我的身上。

会诊的是一名胸外科的医生，他举起我的胸片，对着灯光看了看，放了下来，接着又举了起来对着光，然后再放下。

"还有多少天？"

"一个月左右。"

"确定？"

"最多不会超过四十天。"

"好，我知道了。"

"不过，可以去北京协和医院看看，需要做一个肺穿刺。"

"不用了，谢谢。"

"那个……"

"吮"的一声，护工推我出门。那关门的声音在通道里回荡，像是在时光的隧道里送我最后一程。

那天下午，等我回到病房里，姐姐丢下她手头的工作，来到我的床边，陪我聊了好久。

"你别放弃啊，我有85%的把握救你。"

"可是我没有了子弹。"我苦笑着，摇了摇头，"如果我死了，我想让女儿喊你干妈，可以吗？"

我决定放弃治疗了（我并不知道，那时我的感染已经开始好转了）。我对妻子说，我不想死在外边，我要回去看一眼女儿。女儿那时刚满一岁。

在出租屋里，经过一段生不如死的恐慌和绝望之后，我开始为自己准备后事。我曾在《我要活着》里这样写：

> 我打电话给角膜捐献机构，我说，我是一名白血病患者，我的角膜可以捐献吗？我的角膜捐献有人要吗？我还想继续看着这个美丽的世界，还要看着我的女儿不断长大……
>
> 我拿起毛笔，其实我已经虚弱得连拿毛笔都有些吃力。4月的阳光，透过出租房的玻璃窗，温暖而又明亮。我平静而悲凉，几乎用尽生命中最后的力量，给我刚满一岁的女儿写信。我是一个不称职的父亲，或许我根本不配做父亲；但是，前世的缘分，我拥有了我的女儿，尽管她还不能清楚地喊我一声爸爸。我就要走了，我不能像别的父亲，给她一个完整的家，给她美好而快乐的童年。这些书信权当是我留给她的遗物。多年后，如果有一天，她站在长满野草的坟茔前，偶尔想起我时，脑海里或许飘过一个身影……

2020年，因公事出差苏州，我专门去了一趟出租屋。那里的一切都没什么太大的变化。只是当初那个在此绝望的人，如今正在故地重游，感慨地回忆那些绝望的日子。

14

存折上再也拿不出钱来了。我的生命开始进入"倒计时"。2004年4月14日，小叔找了一个朋友开车将我接回老家。车子启动的一刹那，我并没有太多伤感，反而有一丝兴奋和激动。从2003年9月11日离开老家已经有七个多月的时间了，这七个多月里，发生了许多的事情：我的女儿学会了走路和说话，我家中的老房子换了主人，我的学校换了校长。

老家已无法回去，学校里人多担心感染，在此情况下，小姑父接纳了我。小姑父家离学校三四里路，两层简易建筑的房子，紧挨着马路，屋后是青山，门前是一条河流。我在姑父家住了大概有一年半的时间。在此期间，先后出现过几次危险，120急救车来了几次。

骨髓移植满五周年即为医学意义上的康复。从2003年10月26日骨髓移植后，我就一直期盼着2008年10月25日这一天的到来。我能否坚持到这一天，将决定我是否能够获得医学意义上的康复，获得重生。

15

在阿拉伯半岛上的一口枯井附近，每当黎明来临时，会有一只鸟儿在清晨的阳光下沐浴，并唱着美妙动听的歌。每当歌声响起时，太阳神就会停下他的战车，静静地聆听这动听的歌声。这时，世界上仿佛就只有这只鸟儿的存在了。每当这只鸟儿知道自己要接近死亡时，它都会用芬芳的树枝来筑巢，然后在火焰中燃烧。当它快燃尽的时候，会有一只新生的鸟儿从火焰中飞出。新生的鸟儿会用没药树的汁液涂在死前那只鸟儿的身上，然后和它一起飞向太阳之城。这便是希腊神话中的不死鸟。

不死鸟，在我们的文化里，被称为凤凰。"春潮涨了，春潮涨了，死了的宇宙更生了。"读师范时，我曾大声地背诵过郭沫若的《凤凰涅槃》，被凤凰的重生深深地震撼过。

古人认为，人死后，灵魂依然在，但灵魂如果离开身体太久，就会死亡。朱熹在《招魂》题下注释道："而说者以为招魂复魄，又以为尽爱之道而有祷祠之心者，盖犹冀其复生也。如是而不生，则不生矣，于是乃行死事。"想想，我这些年的经历，过往，绝处逢生时经受了巨大的痛苦，或许是一次招魂与重生的过程吧。

她双手合十，仰望上天。她不是佛教徒，也不信那些有名有姓的神。但她为自己创立了一尊，每当她陷入极大的恐惧之中的时候，她祈祷这尊神，期待着神理解她的苦心，原谅她的暴行，不要把更大的灾难降临在她的头上。这样默默地祈祷了一阵之后，她的心灵渐渐平息了。她觉得自己是问心无愧的。

这是《血玲珑》里对主人公卜绣文的精彩描写片段。为了拯救一个如一瓣露珠般清澈的稚嫩生命——她的女儿早早，她铤而走险，实施了"血玲珑"计划。经过错综复杂的情节发展，最终医生用新生婴儿晚晚的脐血给患罕见血液病的早早成功地做了骨髓移植手术。如果没有爱，就没有这么揪心的故事，也就没有这个故事完美的结局。

记得史铁生曾说过，死亡将来临，这是不可避免的事情，活着，仅仅是不甘心而已。我那时还那么年轻，我是真的不想死啊。这种不想死的信念，为我艰难地战胜病魔起到了无法估量的作用。

生病后，我历经过几次死神的威胁，也算是看透了人间百态与世态炎凉。我侥幸地活了下来。也许，活着本就是一件侥幸的事情，而一个白血病人的活着，那更是如履薄冰、百倍艰辛了。

许多人说，你是大难不死必有后福。我想，我其实并不乞求要有多少后福，只要能平安健康地活着就好。在活着的同时，再去做一些自己喜欢的事情，去做一些有意义的事情，只有这样，我才对得起那些曾经帮助过我的人，才对得起给我骨髓的弟弟，才对得起跟着我一起吃了那么多苦受了那么多罪的家人——没有他们，我不可能活到今天，也不可能取得今天的成绩。

每一朵鲜花，都有它的一只蝴蝶。每一只小鸟，都有它的一片蓝天。每一名白血病患者，也一定会有重生的那个春天。

乡村葬礼

　　十里一乡风。在乡村葬礼这件事上，尤为明显。作为一个近四十岁的人，说句实话，我对乡村葬礼诸多的繁缛程序及仪式，了解得非常有限。但我想，各地的风俗习惯再怎么不同，超度亡魂、缅怀和祭奠逝去的亲人，送他们在忘川路上的最后一程，这点应该是大致相同的。

　　"奈何桥，路遥迢，一步三里任逍遥；忘川河，千年舍，人面不识徒奈何。"据说，人死之后，要过鬼门关，经黄泉路。在黄泉路和冥府之间，忘川河为分界。忘川河水血黄色，里面虫蛇满布，腥风扑面，都是些不能投胎的孤魂野鬼。忘川河上有奈何桥，奈何桥边坐着孟婆。过忘川河，必须经过奈何桥；要过奈何桥，就得喝孟婆汤。不喝孟婆汤，就过不得奈何桥；过不得奈何桥，就不得投生转世。

　　我们老家，把喝孟婆汤称作"叫茶"。人死后三天，要请道士前来做法事，这个法事被叫作"管灯"，大意是给亡者点亮通往冥府的路途。人们认为，通往冥府的路一片漆黑。但凡能通知到的亲戚朋友，以及同村的人，都会前来参加这一重要的法事。其间，道士会咿咿呀呀地念很多的经文，会絮絮叨叨地念一长串孝单，也就是逝者晚辈们的名字。孝子孝孙们，按照道士的指引，或站着祭拜，或跪着磕头。快结束时，所有前来灵堂的人，都要头搭一块白布，跪在灵前，给逝者敬香、敬酒、磕头。鞭炮锣鼓齐鸣后，才算完事。

逝者死后的第三天晚上，法事做完后，待夜深人静，路上再也没有行人时，主事的人将事先准备好的三碗茶端至灵前，由逝者的儿子和同村的几个长者一起，给逝者"叫茶"。叫茶的人对死者称呼不同，但有一句是相同的，那就是在称呼之后，都要齐声喊上一句"喝茶"。几个人并排站在一起，对着黑漆漆的旷野喊道："要喝清茶，不要喝浑茶哦……"喊腔音拉得长长的、悠悠的，从灵堂门口飘出，从夜空中升起，透着悲怆。一连喊上三声，然后放一小挂鞭炮，"叫茶"的程序算是结束。第二天早上，若是碗里的水浅了些，那则表示死去的人已经喝上了那杯孟婆汤。这世间，有很多东西看不清、看不透，比如，人与人之间的钩心斗角、尔虞我诈、貌合神离，似雾里看花，水中望月。可活着时，没这样的孟婆汤，只能去借一双慧眼。可到哪里去借呢？即使别人有，谁借给你呢？

乡村的夜晚本就寂静，每当太阳落下山岗，月亮爬上山头时，村里的人便都渐渐进入梦乡。而此时，乡村的旷野上，尽是蛙叫虫鸣，以及野兽的哀号嘶鸣，当有人死去时，这种静里，则渗着一丝阴森与恐怖。有月时，月色会显得惨白凄凉；有风起，风声中会夹杂啸叫凄厉；若无风无月，空气也会变得沉滞，黑也便变得越发黑起来。乡村里的很多事物，皆有灵性，如屋角的竹林和树木，小河里的流水，枝头的乌鸦，夜间一两声清脆的狗吠，它们均能因境况不同而传递出不一样的情绪来。此刻它们似乎知道，有一个与他们如此熟悉的人，正离它们而去。我祖母落气闭眼的那一刻，村庄之上，阴风四起，竹林啸叫。我想，那是祖母的魂魄，她已乘风西去，驾返瑶池。

在这样的深夜，那悲情切切的调子，那三碗凉透的茶水，让这种阴森显得有些恐怖。祖母去世后，我曾静静地站在屋里听"叫茶"的人长呼短唤，听叔叔们齐喊"姆妈"的悲切，这样的呼叫，这样的调子，我无法用音乐来为其记谱，亦无法用我枯燥的语言来描述。那种哀戚，大抵是最能触动人心的。余音绕梁里，我似乎看到，祖母缓缓地重新站了起来，拖着沉重蹒跚的步伐，颤颤巍巍地端起那碗茶，咕噜噜地喝下，然后转身黯然离去。至此，这个世上，再也没有她的魂魄。

这碗清茶是给死人喝的。老家的葬礼上，还有一种叫"苏木水"的茶，则是给活人喝的，准确地讲，是给逝者子女喝的。"苏木"是一味中药材。《医学启源》记载：《主治秘诀》云，发散表里风气，破死血。《本草纲目》云：苏枋木，少用则和血，多用则破血。药物配伍有：苏木配桃仁，能活血化瘀止痛，治妇女经闭、血瘀腹痛及各种瘀血肿痛等；苏木配益母草，可治瘀血腹痛、产后恶血不行等；苏木配紫草，治痈疮肿毒。

"苏木"味微涩，无臭，但煎出来的"苏木水"浓浓的，那味道让人难以下咽。父亲、叔叔和姑姑们，在祖母的葬礼上喝完"苏木水"后，表情都极为复杂，脸扭曲变形。我无法知道，当他们趴着围在一起，按大小顺序，轮流喝着那碗"苏木水"时，他们最真实的感受。小叔喝完最后一口，将碗重重摔向地面，发出刺耳的"哐当"声响。我知道，父亲、叔叔和姑姑们，除了在葬礼之后将祖母送至山上埋葬，之后若干年里，清明或者过年时上坟插花、烧些纸钱之外，这大概是他们能为祖母做的最后一件事情了。

若按这个习俗，做儿女的，在某个时候，大抵都将会喝上这样一杯"苏木水"，想必，这大概是另一种幸福和责任吧？不过，但凡孝顺的儿女，有谁不希望这一天来得更晚一点呢？

老家的风俗里，给逝去的人做法事，大抵上分为"超亡七""破浴念转""日半斋"几种。"日半斋"又分为"大日半斋"和"小日半斋"。乡音里，"半"和"本"音近，所以经常会把"日半斋"叫作"日本斋"。我那时不懂，总以为是日本传来的法术，或者认为做这样的斋，能让逝者不惧怕"小日本"。

在更早时，人死后，分头七、二七、三七……一直到七七，也就是每七天为一个周期，四十九天后方能出殡。但现在为了简便，大多在二七，或者三七时，葬礼就会草草结束了事。更短的，甚至是在头七，还有些地方只有三五天的。妻子的伯母，我的伯岳母，于今年正月十四去世，二十四出殡，前后十天多点。这在她们那里已经算是时间较长的了。

"超亡七"便是在人死后的第七天或者逢"七"时，请道士来做法事，念咒，超度亡魂。灵堂上张贴着各类神符、咒语和经文，会摆很多纸扎的将军、白马、童子、亭台、花篮之类，现在有些人家也会扎一些飞机、轿车、手机等。但凡人间用的，他们希望逝者在另一个世界也能享用。

做法事的时候，道士一边敲锣打鼓，一边口中念念有词。在搭好的台子上，他们还会穿上颜色鲜艳的道士服装，假扮一些角色，有的还男扮女装，反正是唱念做打，手舞足蹈，极尽所能。他们还会戴上"小蜜蜂"，或手持话筒，通过扩音器将声音放大。他们的声音，通过喇叭传出很远，在山间和田野间回荡，有着百般的愁肠。那些田地间，或许还留着逝者的脚印和汗水；那些小河旁，或许还残存着逝者佝偻蹒跚的身影。

道士口中念的都是一些符咒。在之前，道士这个行当，一般都是家传的，除口口相传之外，他们有专门的咒语书籍。我有一个同学出身道士世家，每次放学回家后，除了要完成老师布置的作业，还得跟着他的祖父拿腔作调，摇头晃脑，念上一遍又一遍。念的腔调，异常丰富，远不止"平上去入"四个声调。这些调子，有时急促，有时舒缓，有时悲怆，有时又欢畅。几乎所有的道士，声音都极富磁性，浑厚、饱满、悠扬，又充满沧桑感，有时候听起来，会让你不由自主地悲从中来。我们对那位同学心有惧意，当"一言不合，友谊的小船说翻就翻"时，他便唱念做打，手舞足蹈，给你念咒语。

道士念咒语的过程中，也会插科打诨，说些俏皮话。我曾听过一个道士在念咒语时，想要水喝，只听他字正腔圆，声声唱道，"这边要喝茶啊，那边要抽烟哦"。他们出口成章，信手拈来，唱的像是念咒语一样。这些插科打诨，是他们的调味剂。一天的法事做下来，枯燥无味，每个人死去时，他们都是这样唱念做打，重复一遍，想必有必要调侃一下，或者缓和一下亲人悲伤的情绪，调和一下现场悲伤的气氛吧？有时，他们甚至还会说说时事，讲讲国家大事和国际形势。

更多的时候，道士会说一些劝世良言。如，别人生气我不气，气出病来无人理。人生本是梦一场，为了小事莫生气。再如，既是相依同林鸟，风雨同路见真心。父母恩情深似海，人生莫忘父母恩。兄弟本是同根生，莫因小事起争论。世事茫茫如流水，休将名利挂心头。粗茶淡饭随缘过，富贵荣华莫强求。静坐常思自己过，闲谈莫论他人非。等等。大意是，让人要看透一切名利财富，要孝顺和睦之类。

乡下很多老人对做斋是很熟悉的。我刚逝去的伯岳母，便是一个很懂法事的人。有时，道士偷懒，少唱念几句，她都能立马识破。或者，道士说出上句，她能随即吟出下句，有点像诗词大会的感觉。前些日子，在她的葬礼上，发生了一件有趣的事情。按风俗，做法事的头一天，我们一帮人，要跟着道士在刚搭建好的台子上跑来跑去，这仪式叫"跑马"。一连好几圈，直跑得我两膝发软、酸痛，浑身大汗淋漓，上气不接下气。而这样一个十几个人一起跑也安然无恙稳如泰山的台子，在第二天法事开始时，突然间轰然倒塌，发出一声巨响来，吓得道士们顿时一个个脸色发白，抱着头，如鼠窜，大声尖叫。后来，我笑说，这大抵是道士念咒时，偷了懒，少念了几句吧？我的伯岳母，可不是一个糊涂人。

台子底下，来看热闹的老人，一个个正襟危坐。他们大多一脸皱纹，一头白发，牙齿掉得也不剩几颗。或许他们想不起常年未见面的孙子孙女的名字，但对这些咒语恐怕再熟悉不过。每逢邻近有人离世，他们都会不约而同赶过去，雷打不动，风雨无阻。等锣鼓响起，他们便入神，入迷，如痴，如醉。或许，在那些时刻，他们对于亡者的追忆，对生与死的看法，是我们这些读过几天书的人，永远也捉摸不透的。或许对于他们，乡村最庄重、最热闹、最神圣、最隆重的事情，莫过于一场葬礼。邻里乡亲，今日拥坐在一起，说不定到哪天，又有一个一起走过苦难岁月的同伴离去。而葬礼之后，乡村又将恢复往日的宁静，年轻人又一个个奔赴他乡，村里只剩下几个老人和孩子，只剩下连叫声都不怎么响亮的几只老狗。

做法事时，还有很多仪式，比如"取水"，比如"接亡魂"，比如"送莲花灯"，等等。大抵的意思都是为了让逝者走得更好。我们很多时候，会用简单的"一路走好"这样的方式表达我们对逝者的哀悼，而乡下人总是那么朴实，身体力行，真下跪，真磕头。

有些人家还会把附近的读书人，一般是些老先生，比如像我父亲这样的，请去给逝去的人"上祭"。上祭意为致祭，奠祭。《史记·周本纪》："九年，武王上祭于毕。"《后汉书·苏竟杨厚列传》："毕为天网，主网罗无道之君，故武王将伐纣，上祭于毕，求助天也。"《红楼梦》第十四回："不以王位自居，上日也曾探丧上祭，如今又设路奠，命麾下各官在此伺候。""上祭"时，杀猪宰羊，异常隆重。喊祭文的人，尽数逝者生前吃过的苦、受过的罪；细数逝者生平，给逝者的一生做个总结。这些都是一次最好的家庭教育。父亲是一个老实人，每次给人家上完祭，嗓子都会哑，有时发不出声来。当然，人家也不亏待父亲，往往都要给父亲送一只羊腿，有些人家还会给些钱。父亲因肝病不吃羊肉，我在家的时候，他每次都将羊肉送给我；而那些钱，他自己大多舍不得花，一点点地攒着，我们读书、娶媳妇的花销里，应该有一笔这样的钱。

若逝者生前是国家公务员，或者事业单位编制，也会被安排开个追悼会。这算是乡村比较时髦的葬礼了。另外，这些年，鼓乐队在乡间非常流行。尽管这些吹铜管的，在我这样一个曾经专业吹过小号的人的耳朵里，算

重生

不上专业，甚至很蹩脚，但对于乡下人，他们似乎并不在乎，他们关心的是，这场葬礼热不热闹。他们的流行乐，比如《送别》《千年等一回》《最炫民族风》之类的，有时候，把葬礼弄得高潮迭起，热火朝天。

不同的民族有不同的习俗，不同的民族有不同的丧葬礼仪。即使是同一民族，因为风俗习惯的不一样，葬礼的程序和方式也都不尽相同。这些口口相传、代代相传的仪式和礼仪，带着明显的地域印记和烙印。我去参加伯岳母的葬礼时，懵懵懂懂的，像一个啥事不懂的孩子。当然，随着社会的发展，现如今，很多仪式都逐渐被简化，被省略，有些已经面目全非了。

人近中年，参加葬礼变得频繁起来。这些年，我参加了外祖母、祖父、祖母、伯岳母的葬礼，也参加过一些单位上同事亲人的葬礼。很小的时候，我是十分惧怕葬礼的。我的女儿，在这件事情上，一点都不随我。那天，她对着岳父家的那条小黑狗，一边抚摸，一边说，小黑啊，小黑，大奶死了，你晓得不？女儿平时称呼伯岳母为大奶。女儿是极认真的，也是极虔诚的，她跟着一帮人从灵堂里焚香烧纸，叩首磕头，她一点惧怕的意思都没有。

我想，乡村的葬礼，应该算是人生中最为重大的事情，无论对于死者，还是对于生者。在乡村的葬礼上，尊卑有别，长幼有序，家族关系会因此重新做个新的梳理，站在灵前的人对生和死也会有新的认识和思考。那些逐渐消失的乡规乡约，在葬礼上，又得以重现。你看，葬礼上，处处有规，事事有矩，主事的人，将一切安排得停停当当，妥妥帖帖，井然有序，没有谁不服从他的安排和指令。有人坐账房，有人负责陪道士，有人负责接待，有人打锣，有人放鞭炮，有人采购，有人搭台子，有人搬桌子，等等；女人们则被安排在厨房，烧饭，做菜，洗碗。你看，就连平时作业也懒得写的孩子，此时正坐在桌前，快速地在包袱纸（裱纸包裹起来的，冥府的钱币）上写着，某某老大人（女人则称老夫人）冥中收用。我干体力活不行，搬桌子、搭台子、挖土搬运等，这些重活儿做不了，我便拿起一支毛笔，作先生状，写挽联，带孩子们写包袱纸。

乡村的葬礼上还有很多的仪式和礼节。比如女儿的哭丧、娘家人的哭丧；比如按辈分与年龄大小依次排好跪迎亲人；比如之前的进材封棺、八大汉子抬丧；比如风水先生掐日子、看时辰、查风水、选墓地；比如安葬时喊祭语和吉祥话、抛撒米粒等等。每一项程序，皆有其特定的含义与作用。诸如此类，一起构成乡村葬礼不可分割的重要内容和组成部分。

现在的葬礼，可能还有另一种意义。多年不见的亲人，在葬礼上，指着彼此，结结巴巴地说，你是，你是……半天叫不出对方的名字来。好了，道士念孝单时，方才恍然大悟，哦，哦，刚才那个半天叫不出名字的，原来是某某老表，某某侄子侄女。

在这些模糊和清晰，以及再模糊中，乡村依旧，葬礼也会依旧。或许它的仪式会不断演变，会简化，会加一些时代的因素进去，但我想，缅怀和祭奠，大抵永远是主题吧？

对于乡村，没有比葬礼更隆重的事情了。

祠堂重建记

受族人委托，牵头筹建老家祠堂，任祠堂建设理事会理事长。筹建期间的辛酸与委屈，族人之间的钩心与斗角，是我始料未及的。随着经济与社会的不断发展，乡规族约逐步土崩瓦解，村风民俗几乎荡然无存，不免感叹，特以文字记之。

1

建华的脸色红润。还不只是红润。从视频里看过去，他的五官有些扭曲变形，面部血红。这肯定是他喝了酒后，酒力发作，正面红脖子粗着。

而小窗里的我，脸色乌青、发白。已经晚上六点多了，我还没弄上一口吃的，但一点饿意都没有，心里窝着一肚子火。此时，我正口干舌燥，浑身发抖，额头上，豆大的汗珠不断地往外涌。

建华张着嘴，露出一排参差不齐的黄色龅牙，他不断地解释着什么。我一句也听不进去。我对着手机屏幕，大声冲他呵斥，我有一种歇斯底里的淋漓与痛快，我觉得这就像是直接将口水与唾沫喷在建华的脸上一样。

如果不是隔着手机，如果我们面对面的话，今晚肯定少不了要干一仗。我估算过，身高上，我胜建华一筹；年龄上，我也小他好几岁。这些都是我的优势。当然，或许体力上我可能要略处下风，不一定是他的对手。建华是做泥水匠的，在外搞建筑搞装修。我还在读书的时候，他就跟着他的二叔和三叔一起给人家盖房子。我家的房子就是他们一起盖的。现在我还记得，他在高高的墙上走来走去的样子，他一点也不晕，一点也不紧张；我还记得，他稳稳地蹲在墙头，用两只手接地面上的人抛上去的砖，就像接一本丢来的书那般，一点也不费劲。

我和建华刚才在"苏屋"微信群里大吵了一场。微信群里有一百几十号人，都是苏屋的男女老少。苏屋，是我老家村庄的名字，这实在是一个一点诗意都没有的名字，土得掉渣。难怪海子曾说要给每一座山、每一条河取一个温暖的名字。现在想想，我是能够理解的。他的家乡叫查湾，离我老家不远。在我们这一带，村庄的名字，大多是什么"屋"、什么"湾"、什么"口"、什么"岭"之类，别说有那么多的山没有名字，有那么多的河流没有名字，就连一个村庄多半也没有一个正儿八经像模像样的名字。你看，我们村叫苏屋，这是一个多么不伦不类的地名啊。

我常想，我们有着这样一个还算不错的姓氏，这个姓氏还出了不少才华横溢的人，比如"三苏"：苏洵、苏轼、苏辙，为何我们村会这样，连一个村庄的名字都取不好呢？据族谱记载：神龙元年（705年），苏味道被贬眉山任刺史，不久又复迁益州，未行而卒。其次子苏份留于眉山娶妻生子，"自是眉山始有苏氏"，说的就是这个。从此，川中便有了后来的苏氏，这些子孙中，就包括闻名遐迩的"三苏"。老家祠堂正面墙上贴着的那副对联，其中就有"眉山"二字。这样算来，我与"三苏"同属苏味道的后裔了。在许多年前，我们这一支的祖先，从四川迁移了出来，在安徽一带生根发芽。

2003年后，我便从老家搬了出来，后来在县城买了房子，几乎很少回老家。尤其是生病后，八年多的时间里，我一次也没有回去过。那些年，算命先生以及神婆认为，我之所以得这个病，是因为我老家的房子下面葬了两座坟。而两座坟上的那间房子，恰恰是我少年时住过的地方。我曾经在那间房子里点着煤油灯看书，做作业，胡思乱想，做过不少的美梦。

直到爷爷去世，我才回了一趟老家。八年多的时间里，老家已经发生了较大的变化，村里修了水泥路，很多人家盖了新房子，有不少的人故去，有很多的小孩子满地飞奔而我一个也不能认出来。最大的变化还是我家的那几间房子，它们已经被拆得七零八落了。我曾经住的那一间被夷为平地。房子的主人换成了以前的邻居毛公公。毛公公的妻子前些年走了，女儿也已出嫁，家中就他和他儿子两个人。那天我进去时，屋里面堆得到处都是东西，连个下脚的地方都没有，而门口的稻场上，杂草长得几乎齐腰深了。

爷爷的丧事是在祠堂里举行的。祠堂还是以前的祠堂，只是已经破旧了许多。按乡下的习俗，每个逝去的人的最后一站，都被安排在祠堂里。乡下人的一生，从出生，长大，结婚，生孩子，到死，可能唯独最后的一站，有一个稍微正式和隆重的仪式。人死后，族人前来帮忙，一起在祠堂里挂起白色的挽幛，点燃大红的爆竹，奏响破旧的锣鼓，吹起幽怨的唢呐。葬礼上，道士手舞足蹈念经，亲人披麻戴孝磕头，亲戚邻里焚烧纸钱，哭哭啼啼里，闹闹哄哄中，故去的人离开村庄，离开人世，从此魂魄远去。

祠堂，又称宗庙、祖祠、宗祠，是供设神主牌位、举行祭祖活动的场所，也是举办家族事务活动的地方。比如《白鹿原》里，一些重要的节日，族长白嘉轩会将族人召集至祠堂，讲道理说规矩谈乡约；黑娃、孝文在各有归宿后回到白鹿原，请求白嘉轩让自己重新回归族人祠堂，祭拜祖先；田小娥一心想要进祠堂而白嘉轩坚决不同意；等等。

不过，记忆中，我们的祠堂除了在大年三十晚上祭祖时，偶尔会有人提议发言，说点村里的事情外，其余的时间里，从未举行过其他仪式。即使是在这样的祭祖仪式上，长者的提议也没几个人能认真听进去，大家烧了香点响爆竹磕完头后，便各回各家吃年夜饭。饭后都在玩扑克、搓麻将。有一些族里的年轻人，外出打工多年也未曾回来过，有的干脆在外地定居。

这么说来，为逝者举行葬礼，算是我们村祠堂最重要的功能了。记得在我很小的时候，族人也会在祠堂办红喜事，比如，谁家接媳妇、生孩子都要在祠堂里摆上几桌酒席，热闹一下。但现在，这样的喜事，差不多都在镇上或者县城的酒店里举行了。

老祠堂是爷爷在很多年前牵头建起来的。爷爷生前当过教师，后来转为正式工，有了编制，算是吃国家粮的人。那时，他在族里多少有些说话的分量。爷爷召集乡亲们开会，说明重建祠堂的必要，然后挨家挨户按人头收钱，再找来砖瓦匠把祠堂盖了起来。想必那会儿的人没如今这么复杂，没费多大的力气，爷爷便将这件事情给操办成了。那会儿的祠堂建得也简单，土砖青瓦泥巴地，木头檩条石灰墙，一重三间，分主厅、中厅和门厅，厅与厅之间建有天井。

在亲自张罗建起来的祠堂里，爷爷安静地睡在一副漆黑的寿材中。我不知道当初爷爷带头建这祠堂的时候，是否会想到自己的这一天。爷爷走时，正值严冬，天寒地冻，连路上都结满了冰碴子，人走在上面，稍不小心便会滑倒。那时，祠堂已有不少年头了，因长期疏于管理维护，墙壁与瓦均已斑驳破败，墙上的石灰壳轻轻一碰就会掉落。那扇木门被风雨侵蚀，陈旧不堪，手指稍微用力便能在上面抠个窟窿出来。刺骨的冷风从门缝里钻进来，呼啦呼啦作响。点在爷爷灵位前的长明灯灯火孱弱，飘忽摇摆，几次险些被吹灭。那天，轮到二叔守夜，他竟恐惧起来，不敢独自一人前去祠堂。二叔硬拉着我们几个，在爷爷的寿材旁边玩扑克。爷爷在世时，其实挺喜欢二叔的。那时，还可以"接替"，也就是顶岗的意思。后来，爷爷将自己的饭碗让给了二叔。或许父子前世是仇人，年轻时的二叔和爷爷争吵过不少回，甚至动手动家伙干过仗，差点你死我活。我不知道二叔那天的恐惧，是不是因为内心的愧疚与不安。

　　三年后，奶奶又逐爷爷而去。奶奶的离去，让我好一阵子都不能缓过来。如果说爷爷生前严肃吝啬，我对他并没有太多的不舍，奶奶却不一样。奶奶慈祥、和蔼，从未打骂过我一次，哪怕语气重一点的责怪都没有过。小时候，只要有好吃的，奶奶总会给我留着。尤其是在我生病后，为了能让我尽快好起来，奶奶开始信奉佛教，每逢初一十五上庙，烧香、磕头、拜菩萨、念《大悲咒》，祈求我早些好起来。想起这些，我至今仍感动不已，泪水也常会泛眶而出。

　　等到奶奶走的时候，祠堂已经破败不堪了，中厅完全倒塌，门厅只剩下门套和一扇剥蚀的木门，主厅也是摇摇欲坠。那天，我带着弟弟妹妹们，坐在敞篷一样的门厅里，给奶奶写"财包"（用黄裱纸包起来的，类似于冥钱），我们在"财包"上写着：苏母张氏观梅老夫人冥间受用。奶奶在世的时候，我从未写过或者喊过奶奶的名字，那一天，我写了好多好多奶奶的名字。只不过，那时，我已经不再喊奶奶了，而是"老夫人"。

　　在一个破烂不堪的祠堂里，奶奶走完了她辛苦、清贫、勤劳而善良的一生。奶奶生了八个儿女，一个夭折，其余七个都活了下来。我的父亲是老大，我是奶奶的长孙。奶奶生前没有住过好房子，走的时候祠堂又如此破败，作为奶奶生前最爱的孙子，这样送奶奶最后一程，我的内心有着无限的悲凉与愧疚。在奶奶简单的葬礼上，我用小号吹奏了几曲骊歌。我希望用幽怨呜咽的号声陪伴奶奶走完这最后的一程。我不知道奶奶在去往天堂的路上是否能够听到我动情的演奏。那天，我几乎用尽了我全部的力气，也耗尽了我全部的不能倾诉也无法倾诉的悲伤。我将号嘴紧贴嘴唇，用力按下那些闪闪发亮的键子，从丹田间生发出来的气息喷薄而出，穿绕过弯弯曲曲的号管，让骊歌在村庄上空回荡，凝滞，升腾，四散。从那之后，我再也没有吹奏过小号。

　　我小时性格顽劣，与不少乡亲闹过别扭，但随着自己年岁的增长，阅历的增多，加之多年不曾回一趟老家的缘故，自打决定带头张罗重建祠堂这件事后，我就暗自告诫自己：一定要克制，不要和乡亲们发生冲突。但现在想想，我的修行还远远不够，所做的思想准备也远远不够。我早就破坏了自己立下的规矩，违背了自己的诺言。与建华在微信群里的吵架，已经不是我第一次与族人吵架了。

其实，建华也是挺支持重建祠堂这件事的。他甚至还对我说过，这祠堂，没有你们年轻人，根本做不起来。与村里很多人一样，建华更知道，这祠堂早就该重建了。这些年，村里的经济条件有了好转，利用打工的收入，差不多每家每户都盖起了两三层的小洋楼。就连几个五保户，也都住进了由政府统一盖起来的水泥楼房里。四年前奶奶走时，祠堂就破败不堪，到现在已摇摇欲坠了。仅剩的一间主厅和一副石门框，靠几根木头撑着，仿佛风一吹就要倒塌。一眼望去，这祠堂在比比皆是的水泥洋楼中，就像是一个衣衫褴褛、蓬头垢面的乞丐，在穿着整齐的人群中显得格外地刺眼。

每当村里有老人去世，或者每年春节，族人聚在一起时，总有人说，这祠堂真不像样子，该重新翻建一下了。这样的话不知说过多少回，也不知说了多少年了。邻村的陈门口、童家河、何岭，比我们村都要小，人口也少些，但都重新修建了祠堂，唯独我们的祠堂一直未能重新修建起来。

这几年里，以文榜叔、道福爷爷、建华为首的长辈们，也曾几次张罗过，但最终都没有结果。每当谈到关键问题的时候，大伙儿总是公说公有理，婆说婆有理，各有各的意见，各有各的想法。还有人翻出陈年旧账，比如谁家多占了一处地基，谁家吃了什么亏，等等，鸡毛蒜皮、鸡零狗碎的事情，三天三夜也说不完、扯不清，有时说着说着，还要动起手来。于是，重建祠堂这事儿便一直搁着。直到这次成立祠堂重建理事会后，才真正有了一些眉目。

2

公历2018年8月29日，农历七月十九，是祠堂正式动工的日子。虽已入秋，但这一天的阳光依旧毒辣、耀眼。在离故乡七百多公里的温州，我坐在一间距离大海不到一百米的办公室里，心情颇为复杂，就像那百米之外起伏的潮水，浑浊不堪，泛着泡沫，夹杂着垃圾，一浪接一浪，哗哗哗地冲刷着堤坝。

我丢下手头的工作，打开手机和苏尊敬（我堂叔）联系，了解祠堂动工的事情。堂叔在微信群里发了一段施工的短视频，并用语音说："动工了啊，动工了！"在祠堂原地基的四个角上，施工队浇筑了混凝土。

在屋角浇筑混凝土的做法，是按照族里几个长辈的要求做的。8月19日，我专门回老家给族人开祠堂重建会议，与大家沟通祠堂重建事宜。会上，以道福爷、训良公公为首的几个长辈，坚决不同意重新开挖地基，他们要求在原地基上直接施工。道福爷一本正经地说，老祠堂的地基经风水先生看过，不能轻易动它。这祠堂保佑着每一个苏屋的子孙，假如今天去动它破坏了风水，谁担得起这个责任？

事实上，这么多年，我们村里并不平安，非正常死亡的事情时有发生。出事故的，疯了的，残了的，傻了的，生重病的，几乎每个大家族里都有些不幸的事情发生。如果说，老宗祠的风水好，祖宗福荫后人，那怎么会出现如此多的事故和非命呢？假如祖宗没有福荫后人，我们族里是不是会有更多的不幸？说实话，如果不是为了减少如道福爷这几个族人的阻力，想必很多年轻的人，或者开明一些的人，估计都想要将这老祠堂扒了重新修建。可是，谁愿意因此而去和一帮上了年纪的人争执不休、面红耳赤呢？

多一事不如少一事。按照道福爷他们的意思，我对施工队说，原祠堂的地基就不要动它，尤其是四个角。我将堂叔尊敬发的这段视频转发到苏屋微信群里——我想借用视频告诉大家，历经艰难险阻，祠堂终于动工了。微信群里，除了我的弟弟发了一条表示祝贺的短信外，没有任何其他人说一句类似祝贺的话语。

上午十点多，道福爷的儿子尊详在苏屋微信群里发了一段视频。按辈分，尊详长我一辈，我该喊他叔。但我们年龄相仿，小时候一起上过学，也就一直称呼他详佬。详佬在微信群里发的视频是，施工的挖机压断了老祠堂的门槛石。

我没细看视频，或许石头已断成两截，或者干脆碎了。这块埋在地里多年的石头，被无数人踩踏过、跨越过，它不声不响，却也曾见证过众多逝去的祖辈（包括我的爷爷和奶奶）黑压压的棺材，见过众人的哭哭啼啼或嬉笑怒骂。

从这个意义上说，这块石头有一定的价值，它是一个历经时间沉淀，见证族史的物件。据堂叔讲，这块石头和屋顶的梁，大约有一两百年的历史。一两百年的时光飞逝，它们完全可以算作一件文物了。我们村里，上年份的东西，现在几乎看不到了。这几年来，儿时记忆里的建筑，几乎连一块砖、一片瓦也找不到了。单从这点上讲，故乡已经不是过去的故乡了。唯有村头那座废弃的石桥，在新建的混凝土浇筑的桥梁底下，瑟瑟地静卧着，一副老态龙钟、不问世事的样子，上面长满了青苔和杂草。

从石材的质地上讲，这只是一块极其普通、极其平常的石头，连河面上那些用来筑桥的青石也比不上。它质地疏松，颜色泛黄，承受不了太大的压力和敲打。我们管这样的石头叫"马虎石"。做一块石头，也马虎了事，不能算是一块真正的好石头。当初，我的祖辈们，为何选用这样一块"马虎"的石头，来做如此重要的门槛石呢？

建华之所以与我在群里吵架，便是因为这段视频。

这一段时间里，因为设计方案的事，因为集资的事，因为开工日期的事，我已经费尽了口舌，觉得精疲力尽，几乎有撒手的念头。费力不讨好，还被误解、被责骂，一次两次还可以忍受，多了，我就窝了一肚子火，有些受不了。

我也曾私下问过堂叔，他是祠堂建设理事会成员之一，根据分工安排，他负责监督现场施工。他给我的解释是：老人们不让施工队挪动门槛。他说的老人，主要是指道福爷。

祠堂重建前，道福爷找了风水先生，择了个日子，将快要倒塌的大门石柱用几根废弃的木棍撑了起来。那天，我回老家开祠堂重建沟通会，站在村里的洋楼中间，望见瑟瑟的秋阳里，那根被五花大绑起来的石门柱，我突然想起一幅悲凉的电影画面：在秋风萧瑟、满目枯黄的崇山峻岭间，一条弯弯曲曲、崎岖坎坷的乡间小路上，一个须发花白、风烛残年的老人，拄着拐杖，颤颤巍巍，艰难地跋涉着，一步、两步，他险些就要跌倒，或是被一阵风吹倒。

祠堂重建会议上，以道福爷为首的几名长者，坚决不同意拆除大门。道福爷本就是个酒糟鼻，一激动起来，鼻子红得就像是戏台上的小丑。他怒气冲冲地说，谁拆大门，我就和谁玩命。

为了减少阻力，我以理事会的名义向族人保证过，新的祠堂保持原来的大小、朝向与方位不变，但这门不拆除，后面的主厅、中厅根本无法施工。好说歹说，算是好不容易说通了几位长者。但这埋在地底下的石门槛，还是没有同意被事先挖出来。于是，当挖机经过的时候，便给压坏了。

晚上下班，我正往宿舍赶，建华在微信群里大骂："不会做事就给我停下来，老子明天就回去找施工队玩命！找他们赔钱！"建华气势汹汹，脏话一句接一句。

我劝他："你的命就这么不值钱？"

建华不听，继续在群里骂。

劝告不管用，我只好发火了。我说："26号拆屋，他们将那根一百多年的梁烧掉，是不是也要找他们赔钱？"

拆屋时，族人发现主厅的大梁有些地方腐烂，见已派不上用场，便堆起一堆柴火，付之一炬。他们烧掉大梁是担心有人占为己有，或者担心有人因骑在这梁上而倒霉。看着那根有着一百多年历史的木梁在熊熊大火里一点点地化为灰烬，我感到全身无力。而几个烧梁的族人，围着火堆抽烟，吐痰，有说有笑。

见劝告无效，我只能用"霹雳法"了，绝不能允许他继续这样胡闹下去。自从担任这个理事长以来，为了处理各种意见和纠纷，我已经不是第一次吵架了。我曾指望和族人讲道理、讲情分，并动用各种关系来做他们的思想工作，可是后来发现，任凭我的嘴巴磨起泡、嗓子讲哑，皆不管用。

这些年来，族里遇上邻里纠纷，也基本上靠的是嗓门，是拳头，是家里的人多势众。这几年，大概又多了一点，就是钱，谁的钱多，谁的嗓门也会高一些，大一些。

嗓门我倒是不小，但我肯定不是拳头最厉害的人，更不是族里最有钱的人。从老家搬出来后，我教过书，开过店，打过工，经历过不少事，算是见过一些世面，这或许是大伙儿推选我做理事长的原因。小时候我玩世不恭，平时认理不认人，也多少能写几个字，这或许也是大家认为除了我再无别人适合张罗这事的理由。

我在群里说："今天这么一个大喜的日子，吵来吵去，有意思吗？我现在就在这里告诉你们，你们谁要吵，我请假回去专门跟你吵！你们谁要打架，我请假回去专门跟你打架！你们谁要打官司，我请假回去专门跟你打官司！"

——没人说话了。

摁着讲话键，我继续说："今天我把话撂在这里，你们谁有本事冲我来！

我一定奉陪到底!"我的声音近乎嘶哑了。

直到这时,才开始有人出来劝架。其实,在祠堂正式动工之前,我心里一直都不踏实,既担心族里的几个老人撒泼耍横,又怕因临时增加诸多的施工要求,施工队撂挑子不干。

8月29号这天早上,祠堂准备开工。送钢筋的农用车跑错了地方,将车子开到了湖北省蕲春县。我们老家与蕲春县交界,两省交界处水泥路窄而弯,坡道陡峭,时有交通事故发生。农用车"突突突"冒着浓烟,迎面遇上一辆载人的三轮车,差点就撞个满怀。运送钢筋的师傅紧急刹车,可由于车身的重量与惯性,加之是下陡坡,怎么也刹不住,无奈之下,他只好急中生智,将车子一头撞向公路内侧的岩石。

当天晚上,我从超市回来,路过一个小区时,突然从天而降一件神秘暗器,只听"嗖"的一声,暗器从我耳旁飞过,紧接着,"咣当"一声落在地上,响声清脆,闪着寒光。我不禁冒出一身冷汗,借着路灯昏黄的光线看去,是一个不锈钢制成的撑衣杆的金属头——这家伙,要再偏那么一点点,就刚好砸在我的头上了。

3

大约在三年前,也就是奶奶走后的第二年,文榜叔便找过我商谈祠堂重建的事情。文榜叔能说会道,与族人的关系都不错。他深知重建祠堂这件事情,涉及邻里关系,错综复杂,并不那么容易。那天,我们在二叔那里喝酒,他端起一杯酒,说:"这事儿你要想方设法动员族里年轻人一起参与。"

族里的老一辈们,几乎都没怎么出过门,大多没什么文化,他们整天窝在巴掌大的地方,免不了为一点点蝇头小利而大动干戈。谁家田里的水被人放了些,谁家的牛吃了地里的一棵白菜,或田里一株秧苗,谁家山上少了一棵树一根柴火,谁家的狗咬了别人家的一只鸡崽,这些在村里都是大事情。

母亲不止一次跟我讲过，道福爷欺负我们家的事情。那年，大队里安排修路，每家按人头分配任务，负责修建多少米的公路。那时没有挖机，没有铲土机，全靠锄头铁锹，靠肩扛手拎，硬生生地，要在荒山野岭上挖掘出一条可以通汽车的马路来。在食物尚不能果腹的日子里，谁家田地里的活都忙，可对于这额外的任务，大家敢怒不敢言。大队书记和村主任，夹着一支香烟，整天在工地上晃来晃去，见谁家不出工，便大声嚷嚷，说要牵你家的牛，赶你家的猪。

父亲在学校里做民办教师，一天到晚要上课，改作业，几乎没时间去工地修路。而我们兄弟三人还小，尚不能出劳力。修路的重担，全部落在母亲一个人身上。

道福爷是我们生产队的队长，修路的任务由他来分配。等其他家的任务分配好后，剩下他自家和我家的。他将剩下来的任务分成两段，左边一段土方少，石头少，挖出来的泥土也好处理，工程量要小一些；右边的一段相对而言，工程量大，施工难度也要大些。他跟我母亲说抽签。道福爷转身背着母亲，从路边折了两根小树枝，做好了签，握在手里说，抽到短的便修建左边的，抽到长的便修建右边的。我母亲也不是个省油的灯，她看出了道福爷的小心思，伸手就抽中了那支短的。按照事先的约定，抽到短的，那段较好施工的路段就是我家的了。可签刚抽完，道福爷便死活不认账，硬逼着我母亲重新抽。我母亲坚决不同意，和他一路吵架回来。

这些年，道福爷在村里开了个小店，我每次回家都要在他那里买点什么，比如香纸、爆竹之类。他家差不多算是村里的娱乐中心了，每到农闲或下雨时，留在家里的乡亲们，都集中在他家打牌。他的二儿子叫尊豪，也是这届理事会的成员之一。尊豪当年和我同一个学校毕业，现在在镇上的学校里当会计。大概是因为这些原因，道福爷一直认为，他在村里有绝对的发言权，至于重建祠堂这样的大事情，必须征求他的意见，或者必须由他牵头。

那一年，文榜叔、道福爷、建华等人曾一起组建了祠堂建设理事会，筹备祠堂重建事宜。但很多族人不满道福爷带头张罗这件事情。担任理事长后，有人跟我说，他私挖学校的操场，增加了自家的屋基面积；有人跟我说，他已经和某个林场联系好了一批木材，准备用来做祠堂建设的木料，想要从中赚一笔。建华也曾和我说过，这事一定不能让道福爷插手。当然，也有人不同意建华张罗，说他做砖匠，想要承包这祠堂工程做。还有人不同意文榜叔，说他懂风水，到时候，肯定只会为了自己家选个好日子。

因为众人的反对，加之他们几个人内部本就意见不统一，他们这一届理事会先后几次筹划，也一直没能将重建祠堂这事真正张罗起来。有不少的老一辈希望有年轻的人能够站出来，将这担子挑起来。今年春节过后，苏威在微信上建了一个群，群名叫"苏屋微信群"。我是被他第一个拉进群的。看这群名，我大致知道他建这个群的目的。他在群里诚恳地讲道，希望年轻人能站出来，完成祠堂重建这件事情。苏威也是年轻人，老实，身体瘦弱，戴副眼镜，说话轻声细语，典型的书生相，读高中时他曾写过小说，这些年在安庆开了一家印刷公司，生意做得不错，盘下了一个国营印刷厂，算是真正的老板。

族里的年轻人大概有四五十个。微信群里，我一开始没怎么说话，直到大家一致推选我做理事长后，我的话才多了起来。我知道，这将是一份纯义务付出，而且还要贴钱受气的差事，但同时也觉得，这也将是一份沉甸甸的责任。既然年轻人信任我，还有不少的长辈支持我，再三推辞之后，我还是选择当了这个理事长。

上任后，我用电话和微信与族里的年轻人交流，希望他们能承担一定的责任，共同来挑起这个担子。族里这些年轻人大多混得比我要好，也大多比我有钱，他们有的人在省城，或者外省的城市里买有房子，买有私家车。但几轮沟通下来，很多年轻的族人都不想去蹚这趟浑水。

为平衡各大家族的关系，我要求原则上每个大家族都选派一个人到理事会里，方便后期筹款和沟通。经过最终讨论，由我任理事长，苏威、苏尊豪负责筹资和财务；苏训枝、苏平松负责规划监督和验收；苏尊敬、苏流利负责材料施工；苏晓、苏宝生负责组织联络。但是在后来，理事会里真正发挥作用的没几个人，除我和苏威外，他们几个人长期处于"潜水"状态，宝生更是至今连泡都没冒一个。理事会另建了一个筹建群，主要用于讨论有关祠堂筹建的事情，议题一般由我发起，有时候苏威也会提交一些事项供大家讨论。

理事会成立后，我们按照计划开展各项筹建工作，首先就是确定施工方案和集资、捐资方案。经大家讨论决定，祠堂建设要秉承天人合一的理学思想，在保持原有一重三进的格局与大小的基础上，融入徽派建筑特色，建马头墙，铺琉璃瓦，造飞檐翘角，在主厅与中厅之间，中厅与门厅之间，保留原有天井，作采光与排水用，取四水归堂之意，寓意水聚天心，象征家族团结、和谐、共荣和美好。

苏训枝是学美术出身，现常年定居上海。画图设计的事情，自然就交给了他。设计图很快就出来了。稿纸上的祠堂，大气、漂亮，既古朴优雅，又时尚大方。

方案公示通过后，开始组织工程招标。连建华、东生在内，我们寻找了多家施工队投标报价。最终，理事会评定，由朱秀红承包祠堂重建工程。朱秀红算是我们苏姓的女婿，家住我们村附近不远，平时四处承包道路桥梁与房屋建设工程，拥有一定的施工经验。持续一个多月的招标后，其他施工队报价均在二十万以上，最高报价是二十四万。朱秀红的报价最低。那天我与苏威一起，将他约到我家谈合同与施工细节。最终敲定时，我们砍掉了零头，约定了一个整数价格，十八万。

为了避嫌，我们注册了一个公共账号，开始着手集资，按族里男丁与媳丁人均一千元的标准收取祠堂建设集资款。

4

苏晓是第一个交集资款的。其实,族里很多人都不同意苏晓这一大家族参与这次祠堂重建。很多年前,苏晓的爷爷那一辈,另起炉灶,自己单独建了一个祠堂。据说,当年分开时,祖辈们给了他们一笔钱。

苏晓的大爷爷叫苏训来,当年当生产队长,是一个很厉害的角色,族里很多人都畏惧他。

小时候,我跟苏训来吵过架。我跟他吵架的原因,主要就是看不惯他那耀武扬威、不可一世的样子。我父亲在村里的学校教书。学校一共就两间教室,被苏训来霸占了一间去。在占去的这一间教室里,他的儿子装上了柴油机和轧米机。有时候,我们在上课,他儿子在隔壁开动柴油机轧米,那轰隆隆的响声,如炸雷,几乎要把我们的耳朵震聋。

我父亲懦弱,不敢说他。我不管这些,跟苏训来吵了起来,一句也不让他。他气得呼哧呼哧的,想要打我。我扭头就跑,他追不上,拿我没办法。

我除了跟他对骂,还偷偷地从窗户钻进机房里搞破坏。我就是想要让他儿子的柴油机不能再发出响声来,那样,我的父亲可以不用扯着嗓子讲课了,我们也可以安安静静地读书了。后来有一天,柴油机真的发不出响声了,我和一帮小伙伴躲在教室里偷着乐。

苏晓的爷爷那一代从祠堂分出去,离现在大概至少有四十年了。从我记事起,他们就不在同一个祠堂里祭祖。我那时并不知道这些原委,以为他们一家是另一个祖先,直到这次祠堂重建才了解有这么回事情。他们一大家自己设了一个祠堂。后来,苏训来去世的时候,就是在他们自己家的祠堂里举行的葬礼。

族里的老一辈认为,苏晓的爷爷们曾经拿了好处,现在如果苏晓这一家族要回来，就必须得多交些集资款。可苏晓的父亲，也不是个省油的灯，精明得很。那天，我跟他沟通这件事，打了一个小时的电话，直打到手机没电。

年轻人中，除了东生为此事找我说过几次，其他人都没说过什么。这一来是年轻人想得开一些，不太计较这些事情，更主要的是苏晓这些年在武汉开金融公司赚了些钱。苏晓对族里的年轻人也算是出手大方，据说族里有年轻人去武汉，他都会请他们胡吃海喝一顿。

成立祠堂建设理事会时，我就强调要团结，不搞分裂，要求年轻一代有新思想、新观念、新胸怀。但族里有几个长者，一直咬着苏晓的爷爷们拿了钱占了好处这事儿不放。比如以道福爷为首的那几个人，直到开祠堂建设会议那天，还在愤愤然说着这件事情。

集资款收得并不顺利。从7月24日起，到9月2日，共一个月零九天的时间里，账户上共收到集资款十九万三千元。建华的集资款是8月底交的。建华和很多人一样，他们都以为，这次祠堂重建可能还会和之前一样，终究是不欢而散，做不成功的。不说别人，就连我在武汉的堂弟也都这样说，一开始也都不愿意交钱。直到现在，还有几户人家没有交这笔集资款。这些不交钱的族人，几乎都有他们不交钱的理由，比如手头紧张（或许真有人手头紧张），比如还没发工资，比如孩子要上学，比如还有一批货款没收到，诸如此类。总之，他们就是一而再、再而三想办法推诿、拖延。

其实，这些都不是真正的原因。这年头，村里几乎再无真正的贫困户了，谁家拿不出这几千块钱来呢？我后来总结了一下，这些族人之所以不愿意交钱，大致的原因是，有人继续揪着过去的事情不放，有人想要承包祠堂重建工程，有人想要卖点材料准备趁机小赚一笔，有人想要借此占一块边角地，有人认为我们是要从中捞一笔，甚至也有人希望这祠堂建不起来。

真可谓是，人上一百，形形色色。

方案终于确定了，集资款也收了个八九不离十，祠堂就等择日开工。经理事会讨论，决定于公历2018年8月28日，农历七月十八动工建设。重建祠堂毕竟是件大喜事，这一天算是黄道吉日，借此图个吉利。

以道福爷为首的几个族人，坚持要等到国庆节开工。那天的会议，是在祠堂前的空地上召开的。从一早开始，会议持续了快三个小时，太阳越升越高，晒在身上有些发烫，我的额头与后背上汗水直冒。会议刚开始的时候，大家还能心平气和，慢慢地，大伙的声音开始越来越大，相互之间骂骂咧咧，到后来有人摔瓶子，砸凳子，就差动手动脚了。道福爷一开始不说话，歪着头坐在他家的店门口。大概是日头晒的原因，也可能是生气的原因，他的鼻子已经红得发紫了。他拉长着腔调，一字一句地说，我不是不支持你们年轻人，但是有三件事情，一是大门不能拆，二是必须用木头做檩条，三就是这开工日期必须是国庆节。他一只手叉腰，一只手不断指点着，以"不能""必须"这样不容置疑的口吻说话。

等到国庆节开工，这祠堂年前还能不能完工？老家在山里，一入冬，就天寒地冻，那样严寒的天气，会不会对祠堂建设的工程质量造成影响？现场便有不少人竭力反对道福爷。这个消息传到群里后，建华说，如果到国庆节开工，那就退钱！听到建华的声音，我仿佛看到他在手机那头张着满嘴黄牙、喷着口水的样子。建华说了后，好几个人又跟着说，退钱，退钱！

大家互不让步，双方各执己见，开工日期的事情就一直这样僵持着，无论哪一方的工作都无法做通。无奈之下，我说，大家投票吧，由大家投票来决定开工日期。就这样，大家开始在群里投票。我每天公布投票的结果。刚开始，选择8月28日开工的占绝大多数，选国庆节开工的寥寥无几。眼看这日子就要定下来了。在投票期间，不断有人告诉我说，道福爷和训良公公在家里天天骂这个骂那个，当然包括骂我。还有人将他骂人的声音录了下来，从微信里发给我。

离投票结束不到一周，剧情突然出现反转，很多之前选8月28日开工的人，一夜之间都要改成国庆节。我感觉这事有些蹊跷，但为了尊重族人的意见，还是给他们改了过来。到后来，我才知道，详佬在私下里给很多人打了电话，要求他们将票改过来，并且跟他们说，这日子是我文榜叔选的，文榜选这个日子，一定是为了我们这个家族好。

为了能在年底前顺利完工，并保证工程质量不受天气影响，无奈之下，我提出了一个折中的日子，也就是公历2018年8月29日，农历七月十九，比原定的日子延迟了一天。

不得不说，为了说服大家，建华也做了很多工作，他甚至给我出点子，说绝不能到国庆节开工。为此，他也私下给很多人打电话，动员他们将票再改回去。建华是做砖匠的，他一定知道，抢出来的工程质量必然会有问题，他也知道天寒地冻对现浇水泥的影响。可是，我万万没有想到，建华今天会在群里突然翻脸，像变了一个人似的。

说实话，一直到祠堂动工后，我紧绷着的神经才好不容易松弛了一些。为了这件事情，在这半年的时间里，我得罪了不少族人。其实，我内心一次次告诫自己不要这样，但实在是没有更好的办法可以心平气和地说服他们。

我的母亲为了阻止我任这个理事长，跟父亲大吵了一架，并且在电话里跟我说，你不是不知道族人的德行，你张罗这个破事，多少年尊辈长的都不管，你何苦呢？吃饱了撑着吧？将自己的日子过好了就行。母亲还说，你不答应辞了这理事长，那我就去寻死算了。

母亲以死要挟。算起来，她对族人的了解，远超过我。但想想，我如果这样轻易放弃，谁还敢来接手这块烫手的山芋呢？

重生

5

时间来到冬月，山里一连下了几场小雨。山中的冬雨，淅淅沥沥，冷冰冰的，连绵不断。随着雨水的到来，山中的气温也随之下降了不少。此时，祠堂的主体建筑部分已基本完成，中厅和主厅的屋顶上，都已铺上了琉璃瓦。门厅也差不多将要完工，仅剩马头墙还没建好。从视频里看去，竹林掩映，雨水蒙蒙，雾气氤氲，祠堂已俨然有了一派庄严与肃穆的气势。

建华那天从外地回到老家。他大概每个月都要回去一次。建华每次回家第一件事情，便是去祠堂工地上看看。上一次回去时，他便拍了很多的照片和视频。他在视频里说，这根柱子不正，那块地坪不平，这里有一截儿钢筋露在外面，那里的拐角儿做得太大，等等。听他口气，这工程做得一无是处。

看到视频后，我让负责现场的堂叔尊敬去看看，建华讲的到底是怎么回事。毕竟远在七百公里之外，我对现场的施工情况并不了解。我跟堂叔再三强调说，如果涉及质量问题，要毫不犹豫地让施工队返修整改。

这一次，建华拍的视频是尚未建好的门厅。他将镜头对着门厅的天花板，一遍一遍地来回移动。那块还未刷白的灰色的天花板在视频里打着转儿。建华大声地说，你们看啊，你们看啊，外面大落，里面小落。"大落"和"小落"是我们老家的方言。这句话的意思是，屋外面下大雨，屋里面下小雨，也就是豆腐渣工程的意思。从这声音和这转得让人头晕的视频里，我仿佛能看见建华血红的脸庞、愤怒的眼神，以及横飞四溅的唾沫。

视频发布后，群里便有人出来说话了。我逐个地点开语音，有人说，祖宗有灵，呼天下雨来检验房子质量，免列祖列宗受雨淋之苦；有人说，花了这么多的钱，做成这个样子。

我看到这段视频时，已是几个小时后的事情了。听到一段段幸灾乐祸的语音后，我有些坐不住。假如质量真是这样，那更是说不过去。我再一次点开视频，想要看个究竟。天花板上，湿了一大块，渗透进来的雨水，没有规则，像是石壁上渗透着泉水，滴滴答答地落了下来。看起来，的确像是存在严重的质量问题。假如真是这样，我怎么交差——我可是信誓旦旦保证过会高度关注质量的，而且，出了质量问题由我负责我都是拍着胸脯保证过的。

为了弄清楚到底发生什么事情，我立即与堂叔尊敬联系。可他当时并不在家，无法了解现场的情况。于是，我将视频转发给朱秀红，打电话过去问他，说："老朱，这到底是怎么回事？你让我们怎么向族人交代？"

大概是我的语气不太好，朱秀红似乎也被我激怒了。他回答的语气也丝毫不客气："你看看其他地方漏不？马头墙还没做，防水也没做，琉璃瓦还没盖上，能不漏吗？其他的地方怎么不漏？"朱秀红反复强调已经做好的其他地方不漏水，他的意思是想要让我放心，质量绝不会有问题。

此刻的群里，热闹非凡，想必是好久都没这么热闹过吧。这些声音中，训良公公发的语音最多。说来奇怪，那一段段长短不一的长方体的方块啊，大抵是现代人交流的主要方式之一了。在不同的群里，可能会有不同的语音，这些语音，或是调侃，或是命令，或是问候，或是叮嘱，或是提醒，或是祝福。可这一次，我想，我点开的大抵是一个炸药包。

论辈分，我称呼训良叫"公公"。关于族中辈分的口诀，我记不太清楚，其中有这么两句：训点尊前哲，忠良启厚玄，这是父亲小时候教我的。这口诀里的每个字，都代表一个辈分。训良公公与我曾祖父同一"训"字辈，我是"前"字辈，族谱里，我的名字叫"前红"。在女儿出生之前，我是族里最小的一辈了。我是这一辈里年龄最大的那个，算是"老大"。因为辈分低的原因，在族里，见着任何一个人，哪怕是年纪比我小的，男的我都得喊他们叔叔、爷爷、公公、太公公；女的都得喊她们姑姑、姑奶、姑婆、太姑婆之类的称呼。族里的男女老少加起来有三百来号人，谁是哪一辈，我是一笔

重生

糊涂账，这么多人，哪里记得过来呢。假如有事，也就冲他们笑笑，点点头。那些年纪相仿和比我小的长辈，我干脆就直呼其名了。

训良公公和我的父亲差不多的年龄，今年六十四五了。但看起来，他的身体比我的父亲要好，至今他还种着几亩田，一年能收获十几担谷子，十几担红薯、马铃薯。训良公公的儿子叫水松，水松多年前死于一场矿难。水松遇难那会儿，我身体正不好着，天天吃药挂水。我比水松要大一些，小时候几乎没和他一起玩过，但我现在依旧记得水松的样子。水松他中等的身材，圆圆的脸蛋，说起话来轻声细语，笑起来时，胖乎乎的脸上有两个酒窝，眼睛也几乎眯成了一条缝。

训良公公还有个女儿，相貌看起来与水松差不多，也是圆圆的脸，也是笑起来脸上有酒窝，眼睛会眯成一条缝。但水松妹智力上有些缺陷，早些年，她外出打工，被人骗了去，给卖到一个叫泰顺的地方，做了别人的媳妇，在那里生了一双儿女。水松死后，训良公公又托人将水松妹找了回来。现在，她和邻村一个叫陈祥源的小伙子住在一起。我常常在想，在水松妹漫长的人生岁月里，那两个从身上掉下来的骨肉，会不会在梦中将她一遍遍折磨呢？

对于这样的一个家庭，我内心是充满同情与怜悯的。我曾在一次清明回乡上坟时，听到过仲莲婆婆在水松坟头的哭泣声。那如泣如诉的哭声，忽高忽低，时长时短，又若急若缓，似忏悔，如幽怨，像倾诉，和着山间凄凄的风声、茅草的呜咽声，令人心境无比悲凉。我曾对水松的女儿说过，你有困难可以跟我说。其实，我并不知道我能帮助她什么，或许，我只是说出来，内心好受一些。

对于一个父母失去儿子，女儿失去父亲和母亲的家庭，我又能帮上什么呢？我之所以有这样的感受，或许在于我自己经历过生死，经历过这世态的炎凉和人情的冷暖。相比起来，我更能理解那种无助、悲凉与绝望。

在祠堂刚开始筹建的时候，训良公公曾找过我，问能不能把水松妹和祥源归进族里。从法律的角度讲，水松妹和祥源算不上正式的夫妻，到今天为止，他们那本红色的本本儿是没有的。从族里所谓的规矩来说，他们之间也未办理任何一种乡下人结婚的手续，比如找两个媒人，拜个天地，办几桌酒席之类。他们只是你情我愿地住在一起，相互之间有个照应而已。两家父母之间，也未曾正式说过提亲的事情。

我能明白训良公公的意思，毕竟他已经六十多了。人老了，总得有个人送终，总得有人来替他守住这个家业。不过也许是他一厢情愿，不知道祥源到底怎么想的，祥源的父亲母亲是怎么想的。祥源又是否同意自己的名字被我们写成"苏陈祥源"？祥源的父母是否同意让自己的儿子做上门女婿呢？训良公公跟我说的时候，显得有些无奈和不满。我跟他说，你放心，这事好办，我来跟理事会商量，并帮你去做祥源的工作。

我担心大伙儿不同意，与理事会商量时，先说明训良公公家的实际情况，再强调说，我们要摒弃过去那些腐朽的思想和陈旧的做法。理事会里都是年轻人，对于我的提议，大家基本都没什么意见。与祥源做思想工作的事情，交给了苏威。他和祥源刚好是老表的关系。

训良公公交代的事情，可以说进展得很顺利，祥源很快就交了集资款。尽管在私下里有人说些闲话，但并没有人公开出来反对。不过，我没想到的是，这件事情确定后不久，训良公公便突然间像变了一个人，处处和理事会作对。

第一次是在暑假。那时，我妻子刚好到我这边来探亲。那天晚上，我正准备陪她去看场电影。去电影院的路上，突然狂风大作，电闪雷鸣，刹那间暴雨瓢泼一样，铺天盖地，我和妻子差点就淋成了落汤鸡。而就在此时，训良公公正在群里大骂。

坐在一辆小三轮里，顾不上淋雨，我先是好生劝他，让他有话好好说，不要发火。可是，这似乎并不管用，他的话越来越多，讲得也越来越难听。想着为他家的事情，我们也算是顶着族人的压力，为他费了些口舌，而他今日如此不通人情，我便毫不客气地将他顶了回去，并且还和他吵了几句。但很快，我意识到自己有些过，在群里说，请大家原谅，我不应该发火。

另一次是回家开祠堂建设沟通会议时。会议一开始，我再一次对他表达了歉意，希望能得到他的原谅和理解。他坐在板凳上并不说话。等会议快进行到一半时，他突然就叽里呱啦起来，大意是，不可以用水泥砖，必须要用青石的沙子，动工不允许挑日子，大门不允许拆，开工不允许动墙角，所有的材料必须由他购买，等等。

这一次在群里，他话说得就有些酸不溜秋了。他一条接一条地发着语音，"理事会的人呢？"他拖着长长的腔调——"去困醒（睡觉）了吧？"带着并不是疑问而是调侃的意味——"这么长的时间，也不去来讲一句话？"——有些开始取笑的意思了——"做着亏心事吧？"他越来越得寸进尺了。

我向朱秀红了解到情况后，在群里用文字和语音分别回复道：据朱秀红讲，门厅尚未完工，马头墙还未做，琉璃瓦也没铺上，这是漏水的原因。请大家放心，我们一定会高度重视工程质量。

但训良公公依旧不依不饶，一句比一句讲得难听："我说过吧，不听我讲的，出事了吧？"明显地幸灾乐祸了——"大家看啊，漏成这样，祖宗住着都不安心啊！"这句开始上纲上线了，将祖宗都搬了出来。

在这之前，他已经不止一次两次在群里发火了，甚至还曾以死要挟过。为了说服他，我连他家的孙女都搬了出来，让她一起出面劝劝她的爷爷，这孩子聪颖懂事，我一说便能明白我的意思。还有一回，也是因为他说那些风凉话，我毫不客气地说了他，让他不要管那么多的闲事。谁料到，水松妹竟在群里一句接一句，将我批得狗血淋头。说实话，当时真是气不打一处来。

但我还是忍住了，用文字回复她，说：水松妹，你是个女孩子，我不会和你吵。

或许是天气的原因，也或许是生气的原因，那天，我坐在办公室里，身体一直在发抖。想想这些事情，我更是忍不住，在微信里用语音厉声回应道："你可以闭嘴了！一边儿去，不要在这里乱说话！"

"我凭什么闭嘴？我凭什么不要说话？做成这个鬼样子，还不允许讲不是？把钱退给我！我要看看你有多大的本事，你不是今天和这个吵，明天和那个吵吗？你不是要单挑吗？你回来，我和你单挑！你还是读书人，读到狗屁眼里去了吧？这么不讲理，还是个读书人！读什么鬼属弄？"或许是我激怒了他，训良公公连珠炮似的，一句接一句，一句比一句难听。

训良公公反复地说我是个读书人。他的大意是作为读书人的我，必须讲道理，不能发火，更不能说打架的事情。在族里，我大概算是个读书人吧，二十多年前，我考上了师范，算是族里第一个正式捧国家饭碗"吃皇粮"的人。难道读书人就该忍气吞声吗？我立即回答道："这和读不读书有什么关系。你是长辈，你讲话要注意身份。你听听你自己说了些什么？别以为我听不出来。我现在告诉你，对讲道理的人，我们讲道理；对不讲道理的人，我们不讲道理。"我半点都不让着他，一一给怼了回去。

与他在群里有一句没一句吵的间隙，我给二叔打了个电话，让他马上给训良公公打个电话，尽快平息这场群内的争吵。我知道，他多少是听一些我二叔的。可是，我想，在微信群里，我绝不能被他这样负面甚至反面的声音给压下去——我如果稍微尿点，各种质疑、各种反对就会随之铺天盖地而来。

我依旧觉得不解气，在群里继续说：多少年了，祠堂好不容易能做到今天这个样子，我们在背地里做了多少事情，受了多少气，私下付出了多少，这些我们都不想说。但是，对于心怀鬼胎、破坏团结、寻衅滋事的，我们绝不会让步。

我还意犹未尽，接着说：没有谁天生就该有义务去做这些事情。我们不指望你们说好话，说感谢之类的话，但是绝不允许你们随意污蔑、诋毁，这是我们的底线。我特别强调"底线"二字。

当我们吵得不可开交时，才有几个人冒了出来。建华就是这个时候冒出来的。他发完视频后，大概是躲一边看热闹了。建华发了一条语音，说，你们不用吵，让施工队来整改就是。

为了确认工程是不是存在质量问题，苏威也给朱秀红打了电话，他还找了族里其他人去现场看过，确认了朱秀红说的没错。苏威在我们争吵结束时，发了一条信息。苏威说，目前了解到的情况是，屋顶还没竣工，有些防水、连接缝、排水还没做完整，渗水情况会有解决措施，大家都放心，少激动，更不要幸灾乐祸。

6

再回到开工那天。当我看到堂叔尊敬发的开工视频后，我长长地舒了一口气，苏威也是百感交集，回复我说：太不容易。

我想，或许真正意义上的乡村早就不复存在。重建这样一个祠堂，也许多少能留住一些乡村的痕迹，维系一下这早就分崩离析的族人，给现如今散布在四面八方的年轻人一点点族姓的怀想吧。多少年后，以族姓居住在一起的方式，或许将会不复存在。当然，也许重建这样一个祠堂也根本起不到任何作用，不过是我自作多情而已——哎，那些善良的乡亲啊，那些淳朴的乡情啊，是不是只存在于乌托邦式的文字作品里呢？

当然，值得可喜的是，我们这一代的年轻人中，很多还是走出了大山，他们也不再像族里的前辈那般坐井观天。我想，在轰轰烈烈的城镇化进程中，这或许是乡村那一点点的进步和那一点点的希望吧？

这些年，新农村建设如火如荼，各家的条件比起之前都有了好转，但有些骨子里的东西似乎并没有改变。多少年过去了，他们一直将那些鸡毛蒜皮的事情记在心上，这些东西或许早已融进他们的血液里。这真是一件很无奈的事情。我不知道，除了那深厚的泥土，还有什么能将这些埋葬？

视频里，建华终于冷静了下来。他说，我今天突然肚子痛，看到详佬发的视频，然后就火了起来。我不知道建华说的是真还是假。但从他多少有些悔意的表情和声音里，我大概能猜想到，他可能理解我了。

——是这样的吗？我不管他。反正，祠堂重建这事儿，现在总算是真正地正式开始了。

冥机

　　天地之间，生是偶然，死是必然，在生死之间，在希望与绝望之间，渺小的我们与强大的自然、浩渺的宇宙，有无法抗争的无奈，但生命有光，有温热的情感。台风、死亡，这是两件本看起来没有关联的事情，但是，它们都在以不同的方式，向我们泄露这世间神秘的"冥机"。

1

　　草坪上，一株新移栽的桂花树，被竹竿和铁棍五花大绑着。以树干为中心，竹竿与铁棍的一头扎入草坪，另一头绑在树干上。在即将登陆的台风面前，这样围成圈的防御、抱成团的支撑，有种誓死守卫的气势。

　　台风还没真正登陆。代表台风的风圈在手机屏幕上不断地转动，像只幽灵，正一步步逼近我所处的位置。没有经历过台风的人，远不能从一块屏幕上知晓它的威力。尽管风圈还在两百公里之外，但它的先遣部队已于昨晚拍马赶到。

　　已有不少地方的建筑被前来打头阵的狂风损毁。城区某栋高楼，外墙正一块块脱皮往下掉。今天一早，在从宿舍到办公室的路上，我见一名同事正费力地撑着一把雨伞走着。迎风的雨伞咬牙立志，要做一只打不死的小强，你看，那伞骨嶙峋凸出，伞布呼啦呼啦作响。

我在沿海一带待了快有十年了。这十年里，每年都会传来台风登陆的消息。这些台风常常有个听起来十分诗意的名字，比如"玛莉亚""云雀""山竹"等等。这一次的台风名叫"利奇马"，在越南语里，它是一种水果。赋予这些极可能酿成灾难的台风一个文弱与甜美的名字，想必包含着人们对平安的祈福吧。也许，这样的名字，能减少一些人们对灾难的恐惧。

从西北太平洋或南海长途奔袭而来的热带气旋，大体的路径是由东往西，或自南向北，它们在海面上马毛猬磔，浩浩荡荡，锐不可当。遇到陆地时，台风仍会桀骜不驯，耍泼打赖，不过威力会逐渐减弱。可以这么说，台湾算是大陆防御台风的一道天然屏障。此外，还有沿海星罗棋布的岛屿，比如洞头岛、玉环岛、大门岛、舟山群岛等，这些岛屿东临沧海，威镇巨涛，如一个个英勇抗击台风的战士。

同事一本正经地说，自从普陀山的南海观音立像后，温州几乎没有太大的台风登陆过，有观音菩萨显灵，没事儿。另一同事打趣，普陀山的观音属于舟山，管不了温州啊。

"千处祈求千处应，苦海常作渡人舟。"南海观音怎只属于舟山？在一场飓风前，我宁愿相信"观音菩萨显灵"这样的事情。我不是一名真正的佛教信徒，但内心崇敬佛学，敬畏那些慈悲为怀、普度众生之人。我偶尔也会去深山拜访古寺，双手合十，擎香一炷，双膝跪地，口中默诵"南无大慈大悲救苦救难观世音菩萨"。

与往常不一样，这次的台风极有可能在温州正面登陆。气象台已将台风应急响应登记提升到了最高级别。这样的消息让气氛变得空前紧张起来。一份份红头文件，一条条手机短信，情况的急迫与形势的严峻不言而喻。公司与大海的直线距离不到五十米，涨潮时，透过办公室的窗户，便能看见咆哮

重生

翻滚的浪潮，如千军万马兵临城下。那"惊涛拍岸，卷起千堆雪"的壮阔画面，既刺激，又令人心惊胆战。

下午，我到园区巡逻，检查沙袋是否备足，空中可能刮落的物件是否拆除，物资是否转移至安全地带，不能转移的物资是否加固捆绑好。今夜将风雨飘摇，但愿它们都能各自安好。回办公室，路过一株桂花树，我不禁为它深深担忧起来——它根须尚未扎稳，还没来得及开花，便遇上这次超强台风，它能否逃过此劫？呼啸的风中，紧紧围成一圈的竹竿与铁棍，随着树干的摇曳，发出哼哼吱吱的声音，断断续续，却又无休无止，像在风中痛苦地抽泣与呻吟。

这样的呻吟，让我想到命运。命运，命与运，这些天，我不断咀嚼这个词语。我一直琢磨不透这个与众生密切相关的词语，也许它不仅仅是一个词语这般简单吧。如果命运是一门学问，我则是白痴一个，不知道怎么去找到开启这门学问的钥匙。在命运前，在命或者在运之前，我常常苦苦思索，却懵懂无知，像眼前这株桂树，它对两百公里外超强台风的威力一无所知，手足无措，只能听凭命运的安排。

生活中，大多数人都能一生平安，健康，幸福，能将日子过得安稳。然而，并不是所有的人都能这样。在一个夏日炎炎的午后，我曾深深地羡慕一个从垃圾桶里觅食的乞丐。我现在还清楚地记得，他头发凌乱，衣衫褴褛，浑身散发着恶臭。他弯腰将头伸进垃圾桶里，从中翻出一枚已经变色的苹果核，他将苹果核高举在阳光下，脸上露出胜利者般的笑容，然后迅速将核塞到嘴里，津津有味地咀嚼起来。尽管这个乞丐生活落魄，穷困潦倒，他却拥有一副健康的身体，他这副身体风吹不坏，雨淋不坏，细菌与病毒也拿他毫无办法。他活得那样健康，这简直让我嫉妒。那时，我正身患重疾，刚从医院检查回来。我几乎用遍了所有珍贵与昂贵的药物，却仍气若游丝，一次次挣扎在死亡的边缘。

上天给予人们同样的生命，为何不给予人们同样的健康、平安与运气呢？众生的命运里，有基因密码的遗传，有个人后天的努力，是否还有上天冥冥之中的安排？

命运。我一遍遍咀嚼这个在常人眼中也许平淡和普通的词语。我怀着十分复杂的心情一遍遍咀嚼并品尝它的滋味——咸涩的汗味，苦涩的药味，刺鼻的血腥味，令人作呕的糜烂与腐臭味……

在一株摇曳的桂花树前，台风、死亡，这两件看起来并无关联的事情，此刻在我脑海里纠缠。

2

烈日当空悲戚，夏蝉隐林号啕。

斯人驾鹤西去，世间再无二叔。

那天晚上，我刚关灯准备睡觉，电话铃突然急促地响起。我抓起手机凑到耳边。电话里，弟弟说，二叔摔了一跤，可能不行了，赶快回家。这口吻，想必情况十分严重。当时，我并没有慌乱——摔一跤，总不至于要人性命，但昏昏睡意顿时无影无踪。

二十分钟后，弟弟发来微信：明天叫车回吧，注意安全。二叔已经走了。黑暗中，我盯着雪亮的手机屏幕，两眼干疼。那年去二叔学校，他给我煮了一碗油凌凌的白菜，那是我第一次觉得白菜竟然也这样好吃；那年暑假，他拎着一瓶啤酒来到我家，尝过一口后，我们都说有一股尿骚味儿，那是我第一次喝啤酒；那年我考上师范，他站在村头扯着嗓子高喊：敏佬考起来了，敏佬考起来了……如电影般，一个个镜头，一帧帧画面，瞬间涌了出来。我没哭。我不知道，我没哭，甚至连想哭的冲动都没有，这是不是对二叔的不敬？——也许，我还抱有一丝侥幸——这不是真的，这怎么可能?!

二叔一家和我的父母住在同一个院子里，当年他们合伙盖了一幢三层楼房。院子局促，很小，停放几辆电瓶车便转不过身。一幢三层的水泥楼，在县城密密麻麻的水泥森林里，实在太不起眼。但在我们看来，这座小院子，这幢三层小楼，才是我们真正的家。搬到县城之后，每逢重要节日，全家人都在这儿聚会。我父母住三楼，二叔一家住一楼。二楼是三叔的，他不住这儿，将房子租了出去。每次回家去父母那里，我总是喊二叔来开院门。进门后，二叔总要让我在他家坐一会儿。

"五一"放假，我从温州回老家，正遇上二叔家来了几个同事。已接近晚饭的时间，有同学得知我从外地回来，约我当晚小聚。二叔让我推掉同学的邀约，留下来陪同事们喝几杯。说实话，一时半会儿，我竟有些为难起来，答应不是，不答应也不是。思来想去，和二叔说，我先去同学那里，半途再赶过来。那天晚上，等我赶回来时，二叔和同事们正喝得高兴。

那晚喝的酒，是我去年春节从温州带回去的"家烧"。前年冬天，我找物流公司运了四百斤"家烧"回去，我自己一百斤，二叔一百斤，另外两百斤是同学的。到现在，这酒还放在同学家的仓库里。之前，二叔总嫌这酒不好喝，但那晚他应该喝了不少。我没有想到，这竟是我陪二叔吃的最后一顿饭，喝的最后一顿酒，严格来讲，只能算作半顿。

我又想起四十年前的那个冬天，天寒地冻，大雪纷飞，我在外婆家呱呱坠地。几天后，二叔用"箩窠被"抱我回家，十里山路，弯弯曲曲，翻山越岭。多年后，有一次我因琐事跟二叔吵了一架，二叔当时生气地说："你就一尺长啊，一尺长!"二叔一边叹气，一边用手比画着。唉，抱我回家时，二叔十五岁，是一个白衣少年。如今再见二叔，他却已浑身冰冷。

二叔走后，遗体一直存放在殡仪馆。那天去看二叔，带我们的是一名瘦瘦的中年人。他颧骨高高突出，两眼深陷，宽大发紫的厚嘴唇上，叼着半截香烟。跟在他后面，我们来到停尸间。停尸间里光线昏暗，凉气逼人，空气中弥漫着一股腐肉味儿。两排高大的不锈钢停尸柜摆放整齐，柜门上有红油漆标的阿拉伯数字，每一个数字后面，都是一具冰冷的尸体。五年前，我曾在这里亲手将尚有一丝热气的祖母塞进左边的柜子里。我依然记得那小小的柜门"啪"的一声关上的情景。这间停尸间里，活着时互不认识的人，死后成了临时的邻居。

瘦个子中年人从口袋里取出一双透明的一次性手套，麻利地戴上，双手五指交叉，将手套紧了紧，接着再从腰间取下一串钥匙。那串钥匙在他手里相互碰撞，发出清脆的金属响声。这响声在停尸间回荡，上升，久久不能散去，仿佛每一个柜门都在这样的响声中蠢蠢欲动，欲要开启。中年人快步走到右排的停尸柜前，"哐当"一声，打开其中一只柜门。他动作极其熟练，行云流水，像打开一盒火柴般轻松自如。他那双瘦弱的胳膊力大无比，刺啦一声，毫不费力便将二叔连着担架从柜子里抽了出来。我俯身看去，二叔闭着眼睛，脸颊上保存着惯有的笑容，那笑容我太熟悉，他就像刚刚睡着了一般，正做着美梦。

回到老家，我们请来道士，在祠堂里设了灵堂。这祠堂是我去年牵头重建的，重建祠堂时曾遇到很大的阻力，二叔为此做过不少思想工作。没有二叔的大力支持，重建祠堂这事儿绝不会那么顺利。可万万没想到，由我牵头重建的祠堂，二叔竟成了进入其中的第一位逝者。

二叔走后的第三天晚上，按风俗习惯，我们要给二叔"叫茶"（我们老家，把喝孟婆汤称作"叫茶"）。夜深人静，一行人从灵堂走到祠堂门口，再从祠堂门口返回至灵堂，如此往返三次，往二叔灵前的三只大碗里倒茶。我们一边走一边喊："二伢（二叔）喂，回家喝清茶，不要在路上喝浑茶哦……"喊着，喊着，我渐渐哽咽，出不了声。

灵堂上，硕大的风扇嗡嗡作响，可空气仍如凝固了一般。我们头顶白布，敬香、叩首、跟着道士绕着灵台转圈。这些天里，我常常分不清我的脸上是汗水还是泪水。十岁的堂弟披麻戴孝，跪在灵前敬酒。他的手那么小，手臂那么细，细得几乎拿不动那只酒杯。只差那么一点点，酒杯就要从他手里摔下来。

太阳开始偏西，阳光依旧炽烈。七月的山野，青草味浓郁，蝉鸣撕心裂肺。我们来到二叔的墓地。刚修筑的墓地水泥还未干，呈灰黑色，仔细看过去，仿佛还有水汽在墓地上蒸腾缭绕。二叔的墓地旁是祖父和祖母的墓地。两个隆起的坟墓，一新一旧，在群山间，在阳光下，格外刺眼。祖母是在五年前走的，祖父是在八年前走的，他们音容宛在，笑貌常浮现于脑海。算算，不到八年的时间，我已经失去了三位亲人。如今，他们将在另一个地方相聚。

山脚下，有一条快要干涸的河流，河床上，到处裸露着凌乱但并不圆润、不规则的石头，仿佛是一条石头流淌而成的河。如今，它早已不是记忆中那条或奔腾欢跃，或静影沉璧的河流了。除了暴发山洪，河里平时水流量很小。河水磕磕绊绊，在乱石间潺潺流动。假如河水也有生命的话，那么它小心翼翼的样子，大概是担心碰了头、崴了脚吧。水里还有鱼虾吗？如果有，也一定会被这乱石撞得鼻青脸肿吧？鼻青脸肿还不算什么，可千万别搁浅，这石头已晒得滚烫，搞不好，便会成为一摊腥臭的烤虾与烤鱼了。

枯竭的河道弯弯曲曲，从山间穿肠而过，将村庄劈成两半，仿佛是村庄里一条生与死的分界线。河的彼岸，是二叔生前的旧居，他曾在那里经营过一家小店，过着烟火人间的生活；河的此岸，是二叔亡后的新坟，一抔黄土中，他的骨殖将永世长眠。

墓地前新翻的泥土上，摆满了红色的鞭炮。那红是鲜血一般的红，它让我想起二叔摔倒后，地板上留下的一摊血迹。父亲指着那块已经被擦洗过的地板时，还心有余悸，悲痛不已。现在，我们就要和二叔做最后的告别了。

乡亲们点燃鞭炮，顷刻间，鞭炮炸响，震耳欲聋，响彻整个山谷。用这隆隆的鞭炮声，我们告诉这座山，告诉这条河流，告诉这漫山遍野的草木，告诉一旁旧坟里的祖父和祖母，这刚来的是二叔，是你们生前疼爱的儿子。

山间变得寂静起来。那是一种令人窒息的寂静。持续十多天烦琐冗长的葬礼，殡仪馆里简单而肃穆的告别仪式，火化时屋顶滚滚的青烟，那一铲烧得发红的骨头，精致的大理石骨灰盒，和这新修的墓地，一切都在不断地提醒着我——这个世间再无二叔。

让时间回到那天中午，二叔去一个同事家吃乔迁喜酒。下午五点左右，他觉得有些不舒服，便让同事将他送了回来。

回家后，同往常一样，小叔、弟弟和二叔坐在一起聊天。这期间，二叔又摸着双颊说"不舒服"。从医的小叔擅长脑外科，判定不是脑外症状，但一时也拿不准这究竟是什么毛病，只好打电话咨询同事。同事说可能是急性腮腺炎，让二叔先观察一段时间，如果第二天仍不舒服再送去医院。不知从哪里听来的偏方，二婶用蘸着香油的梳子给二叔按摩双颊。这样的按摩，让二叔不舒服的症状减轻了一些。

那天，不到十岁的堂弟，突然像得到"神谕"一般，在沙发上边跳边喊："不得了！不得了！我爸爸生了大病！我爸爸生了大病！"堂弟异常的惊呼，没有引起大家的注意。

"玫瑰发出土荆芥的气味；一个加拉巴木果壳杯失手掉落，鹰嘴豆和谷粒撒落在地排列出完美的几何图形，组成海星形状；一天晚上她还看见夜空中有一排发光的橙色圆盘飞过"——我不由得想起《百年孤独》里，乌尔苏拉临死前，桑塔索菲亚·德拉·彼达已经观察到自然事物的异常。

后来，回忆起没送二叔去医院的事情，小叔异常自责，他坐在办公室里，不断扇自己耳光。

而关于二叔的死因，我们仍然不能完全确定。到底是外伤，还是高血压所致？或是其他疾病？这真是一件荒谬的事情——我们竟不知道一个亲人的死因。

<h1 style="text-align:center">3</h1>

将二叔安葬后，我们请帮忙的乡亲吃了晚饭，天渐渐暗了下来，我们开车返回城里。崎岖的山路上，大家一句话也没说，仿佛只要一开口，还会忍不住呜咽或号啕。车窗外残阳如血，林间的蝉鸣依旧刺耳，一阵又一阵，似无尽的悲鸣。

第二天我便返程温州。回温州后不久，我接到父亲和母亲打来的电话。电话里，父亲和母亲叮嘱我务必要抽时间去苏州做一次全面检查。我能听得出来，他们的声音有些颤抖。惶恐、恐慌，像乌云一般笼罩着我们。对于我们这样的一个家庭，幸福似乎总是吝啬的，平安与健康也是吝啬的。这些年来，我们更多的精力是用在与病魔斗争、与厄运较量上。

办完二叔的葬礼，从山里回到县城后，父亲和母亲择一个清晨来到一位算命先生家中。在生死面前，平凡的人们总在寻求一种寄托。他们诚惶诚恐，报上我的出生年月，要替我算一卦。算命先生穿戴整齐，发黑面净，端坐在一把太师椅上，他伸出指头，子丑寅卯，甲乙丙丁，口中念念有词。"难逃一劫啊，"算命先生顿了顿，接着说，"如果逃过去了，后面或许会有些好运。"

——这是我再一次嗅到"死亡"的讯息。

2003年，我被诊断为"慢性粒细胞白血病急淋变"，当时，医院基本判了我死刑。昏迷，高烧，呕吐，出血，脾脏肿大，所有的毛发掉光，急性排异反应，严重肺部感染……我在阎王殿前走了一遭又一遭。

直到现在，我的身体里仍残存病魔肆虐时留下的痕迹。尽管我可以算作医学意义上的康复，但"你永远不知道明天和意外谁先到来"，这世间有太多的不可测。骨髓移植快十六年了，在父亲和母亲眼里，我仍是个"病人"。每次出门远行，每次给我电话，母亲总要反复叮嘱我，注意身体啊。这样的唠叨几乎一成不变。

那些年梦魇一般的治病经历，铭心刻骨，不堪回首。在我被病魔摧残折磨的同时，我的家人们也在承受着巨大的精神与经济压力——他们既要随时面临白发人送黑发人的伤心欲绝，又要持续不断地向那个如无底洞一样的医院账号汇入巨款而焦头烂额。

接到父母电话后，我失眠了，一整夜辗转反侧，翻来覆去，难以合眼。我必须承认，在二叔刚走时，这样预告死亡的讯息，的确给我带来了惶恐与困扰。这些年来，每经历一次亲人的离去，我便会越发觉得死神的威力无比，和人在死神面前的无助与无能为力。

我的左手手腕上一直戴着一串佛珠。这串佛珠已被磨得光溜溜的，油漆已经脱了一圈。如果从材质与品相来看，绝对属于地摊货，根本不值钱，但我却从来舍不得丢了它。佛珠是祖母生前在庙里为我求来的。我生病后，祖母成了一名佛教信徒，每逢初一十五，都会去庙里烧香拜佛。祖母生前常对我说："菩萨保佑你活三百岁啊。"年迈的祖母，慈祥、虔诚。

前段时间，佛珠的丝线断过一次。一颗颗佛珠，落在坚硬的地板上，蹦蹦跳跳，满地翻滚，发出清脆的声音。我有些惊慌，蹲下去一颗颗捡了起来，挨个擦去尘迹，用纸巾包好。然后赶紧从网上买回丝线，再一颗、两颗、三颗，小心翼翼地将散落的佛珠重新穿上。看着穿好的佛珠，我又想起了祖母，想起祖母瘪着嘴跟我说"菩萨保佑你活三百岁"的样子。

人活在这个世间，总会有孤独的时候，总会有内心恐惧与胆怯的时候，总会有犹豫和彷徨的时候，甚至还会有绝望的时候。在这些时候，我常会默默注视和摩挲这串佛珠，一边拨动佛珠，一边默念祖母教我的"南无大慈大悲救苦救难观世音菩萨"。

二叔如此年轻，他的死，除了让我们痛惜、悲伤，也让全家人如惊弓之鸟，陷入一场巨大的恐慌之中。《百年孤独》里，那个身材高大、满脸络腮胡子、手指瘦得像鸟爪的吉卜赛人梅尔加德斯，曾在帮霍·阿·布恩蒂亚装备实验室时说，死神到处都紧紧地跟着他。也许在一个看不见的地方，也许在我们中间，也许就在我们头顶，死亡之神也正紧盯着我们吧，它随时都可能将我们其中一个人带走。

我不知道，算命先生的提醒，是不是破译了那道关乎我的神秘的"死亡"密码，是不是提前泄露了阎王地府的绝密"冥机"？我该高兴，还是该恐惧绝望？躺在床上，窗外一片漆黑，我给妻子发了一条微信——如果我死去，不搞任何仪式；如果再患大病，绝不做无意义的过度治疗。

一个经历过亲人死亡，也亲身经历过几次"死亡"的人，本应对死亡不再恐惧，但父亲和母亲的电话，竟让我一时半会儿不能淡定。也许，我恐惧的并不完全是死亡这件事情本身。一个人死去时，或许会有瞬间的恐惧，但"死去元知万事空"，等两眼闭上，呼吸停止后，还能知道什么呢？可是，在二叔的葬礼上，我又一次目睹了亲人们撕心裂肺的痛苦与悲伤。不知道为什么，我会将这样的场景复制粘贴，就如在一个空白文档上复制粘贴一段文字那般——在我的葬礼上，这样撕心裂肺的痛苦与悲伤一定会再次上演。

人间有太多的疼痛。这所有的痛中，失去亲人最痛。我治病的那几年里，我的家人已经承受了太多太多的痛苦，他们小小的身体内再也盛不下这样的苦痛。

4

超强台风"利奇马"终于登陆了，中心附近最大风力16级。我所处的位置距台风登陆点约六十公里，基本也在16级风圈之内。

公司提前放了假，只留下我与七名同事一起值班。晚上六点左右，我们在单位食堂吃饭。食堂的师傅给我们烧了蛲蜢、虾等满满一桌子海鲜。在同事的撺掇下，我冒着大雨赶回宿舍打了一大瓶"胭脂红"（我泡制的杨梅酒）。席间，我开玩笑说，我们是留下来防台，还是吃海鲜喝酒？

算起来，这是二叔的葬礼后，我第一次笑，第一次喝酒。我原本喜欢笑，也喜欢喝酒。一人在外，一盘花生、一碗稀粥、一碗面条，都可以下酒。隔三岔五，我总要喝上一两二两，高兴时还能多喝几杯。

值班的八人中，我是唯一一名外地人。这十年里，我从未遇到过如此超强的台风，心中自然对台风的威力没有什么概念。对于台风，其实本地人多少也有些麻木了。年年都在说"台风要来了，台风要来了"，可台风每年都扭个头，转个向，年年都风轻云淡，风过无痕，没事一样。侥幸、麻痹，有人竟在微信里调侃：台风快些来吧，都热死了！

从晚饭时起，窗外便开始狂风不止、雨水不断，一切都像在酝酿着更大的风和雨，或者死亡。风真正厉害起来的时候是在凌晨，也就是台风登陆的那段时间。在台风的正面袭击和肆虐下，办公室的落地玻璃窗户呼呼作响，不断震颤，像一头拴着缰绳的野牛，正喘着粗气，刨着四蹄，拼命挣脱缰绳。窗外，狂风骤雨，飘摇、撕裂、毁灭，一阵接一阵，一阵紧一阵，风雨交加，时而席卷地面，时而半空飞旋，发出一声声凄厉的啸叫，犹如万千鬼哭狼嚎。

就在这时，楼顶一扇玻璃门突然被风刮开。屋内顿时狂风四起，乱作一团，有如翻江倒海。若不及时关上，楼顶的房子将可能被这狂风撕裂——情况十分危急！我们迅速给两名身强力壮的同事绑上麻绳。其他人则牢牢拽住绳子的另一端。迎着瓢泼的风雨，两名同事贴着地面，匍匐前进，一点点去靠近这扇疯狂失控的大门。

狂风像在跟我们拔河。这是一场生与死的较量。我们稍一松手，两名同事便极有可能像只风筝那样被轻松卷走，然后消失得无踪无影。他们在风雨里摸爬滚打，费了九牛二虎之力，终于关上了那扇愤怒的大门。此刻，窗外鬼哭狼嚎，室内风平浪静，俨然两个世界。同事落汤鸡般，身上的雨水落下来，滴答滴答，湿了一大块地板。我突然想起《摆渡人》，想起那片荒原上的小木屋。木屋外，一群狰狞咆哮的恶魔，正张牙舞爪，想要将迪伦往地底下拽。

除了这一段小小的插曲外，在这场台风中，我所在的地方并未受到太大的损失。后来，风势逐渐减小，雨也小了很多，我们有些困意，和着衣服，倒在沙发上睡了。

第二天，有人在我朋友圈戏言说，恭喜苏先生大难不死。这的确是一场灾难。台风登陆处的大荆等地，多处山洪暴发，楼房倒塌，信息中断，顷刻之间，满目疮痍，家园化作洪水滔滔的泽国。灾情最严重的山早村因特大暴雨引发山体滑坡，形成堰塞湖，堰塞湖突发决堤时，部分村民来不及撤离。山洪如猛兽一般，顷刻间，整个村庄变成一片废墟。我们无法知晓，在这场山洪之中瞬间消失的村民在最后一刹那的恐惧与绝望，或许有过挣扎，也或许连一声呐喊与叹息都来不及吧？台风，呜呜的台风，呼啸的台风，鬼哭狼嚎的台风，是否提前告诉过人们山早村的死亡讯息？

台风过后，我们决定给灾区送些矿泉水和食品。此时的天空，阳光明媚，丝绒般的蓝天澄澈，棉花似的白云悠闲，一切看起来都如往常般祥和安宁。但此时的灾区，近似孤岛，停水、停电、断网，与外界失去了联系。在前往灾区的路上，随处可见塌方、东倒西歪的大树、凌乱的蔬菜大棚、被撕得粉碎的广告招牌和简易建筑。在河道边、大街上、巷子里，被洪水浸泡过的车辆、冲垮的房梁与瓦砾，比比皆是，惨不忍睹。

这是我第一次亲历这样的超强台风，就像经历一场死亡一样。台风、山洪、疾病、死亡，或许这些是上天在赐予我们生命时一并赐给我们的东西。很多时候，它们躲在暗处，悄无声息。可它们一旦粉墨登场，变成主角时，人瞬间便变得如此渺小，脆弱得几乎不堪一击，不值一提。

5

命运常有不测。"则知冥机所运，吉凶于倏忽之间。"可是，冥机常常难辨，凡夫俗子何来一双慧眼？假如真有一双慧眼，什么时候能与死神找个地方，旷野也好，闹市也行，我们面对面坐下来，心平气和，公平、公正、友好地聊一聊？

一场突如其来的灾难，往往能激发人的斗志，能催人奋进，重建美好家园。可死亡这件事，它却不断让我感到人生意义的虚无与缥缈。在这个世间，我们活着，是多么的偶然和胆战心惊。

可还得硬着头皮活着，生活终归要继续。妹婿事业单位考试笔试成绩第一，无须参加面试直接录用。这是二叔生前一再要求他参加的考试。获知消息后，在微信里，我对堂妹说：生活中有那么多的苦难、痛、绝望，但一定会有光、温暖、出口。我推开窗户，那株桂花树依旧还在。在这场酝酿着死亡讯息的飓风中，它坚强地活了下来。

为了防止被刮倒，在台风来临前，葳蕤的桂枝已被剪掉了一大半。习习的微风中，桂花树枝头稀朗，像极了一个秃头的中年。桂花一定还会开的。或许，花朵会少一些，疏一些，但那花香一定仍会醇厚与沁人心脾吧。

花开时，便是中秋了。这个中秋，人注定会缺，但月一定会圆。中秋之月，高挂天上，她银白的清辉，皎洁、明亮、温凉，她将会倾泻在依旧于尘世间行走、奔波、流浪，或者打拼的我们身上，也将会洒照千里之外那座刚修不久的新坟。

干菜如玉

在乡下，阁楼上不摆几个坛坛罐罐，算不上过日子的人家；坛坛罐罐里不装满几样干菜，那说明家里没有个贤惠能干的好女人。我家的楼上，陶罐、瓦瓮、泥钵、坛子，大的、小的，高腰的、细脚的、粗肢的，一字排开，摆满了阁楼。一年四季，里面都装满了各种各样的干菜。

顺着木梯，便能爬上阁楼。阁楼下，是我们一家人的卧室。阁楼上，是我们家这些干菜"打盹儿"的场所。我现在想想，阁楼大概是我家最舒适的地方。你瞧它，风吹不着，雨淋不到，地上的潮气够不着；贪吃的鸡飞不上去，嘴馋的猪拱不到。要是有一两只胆大的老鼠想要胡作非为偷吃点什么，它蹑手蹑脚的声音，早就出卖了它的贼心。你看，角落里，父亲买的铁夹子，一直在那里张开铜牙铁齿，坐等着享受一顿饕餮美味。

这些坛坛罐罐里，不同的季节，会装满不同的干菜。干菜的种类实在多，有干豆角、干辣椒，有土豆干、红薯干，有萝卜丝、红薯丝、榨菜丝，有蚕豆、黄豆、红豆、米豆，有红薯粉、小麦粉、糯米粉……

母亲的记忆力总是那么的好。她随便就能讲出，哪个坛子里存的是什么，哪个罐子里藏的是什么。母亲不仅记得这些坛坛罐罐里面装的是什么，她还清楚地记得这些坛坛罐罐里的东西还剩多少。日子过得清贫，可是母亲心里有一笔账，什么季节该晒什么，什么季节该吃什么，母亲清清楚楚明明白白。母亲说起这些干菜的时候，了如指掌，如数家珍。我想，对于一个农家妇女来讲，还有什么东西能比这些干菜更珍贵呢？

青黄不接的时候，母亲从一个高高的瓦罐里取出一木升子红薯丝。乡下人家，几乎家家都有一个这样的木升子。一木升子装大米，刚好两斤。有时候，家里的米缸见了底，只好找隔壁邻居借一升。借过来的时候，大米装得平平的，还回去的时候，母亲总是将它堆得满满的。借回来的大米，总是要省着点吃，比如熬一大锅粥。清水煮白粥，总是让人吃得不觉饱，走起路来，两腿发软，双眼老冒金光。大米粥清汤寡水，实在没什么味道，我们总是不想吃。吃了过后，老是不到饭点便要嚷嚷：娘，我的肚子饿了。母亲帮我们紧紧裤腰带，说，等一下，娘就给你们做饭去。母亲生起炉灶，淘好两三把米，将从楼顶瓦罐里取出来的红薯丝一并放了进去。咕噜噜，不一会儿，粥的清香、红薯丝的清香便冒了出来。我们在灶台边，敲着碗筷，流着哈喇子。

土豆新挖出来，堆了满满一房子，母亲变着法子给我们做土豆宴。清炒土豆丝、红烧土豆块、土豆片汤、土豆泥、青椒炒土豆、油炸土豆丝；或者把土豆放在米饭边蒸，或者干脆给我们煮一锅土豆；奢侈时，母亲还会做一盘腊肉炒土豆。新鲜的土豆不能一天两天吃完，但总不能等它烂掉吧？吃过晚饭，母亲看了看天，说，这两天是好晴天，明天晒土豆干。母亲看天的本领，似乎比现在的天气预报还要准。

母亲把洗净的土豆放进大铁锅里，舀满水。父亲坐在灶门前生火。父亲是个教书匠，也是个烧火的好手。父亲在灶膛里架起木坯柴，熊熊的烈火，烧得"呼哧哧"作响。锅里的土豆开始躁动起来，不断传来"汩汩汩"的声音。这声音，似乎是啜泣，又似乎是期盼。乡下的土豆，想必是知道它们终究会有这一天，会被滚烫的开水煮熟，然后被剥皮、切成片，晾在竹匾里，等着那火一样的日头晒过来；它们还知道，晒成土豆干后，在瓦罐里，它们可以待上一整年，自己的生命又多了十二个月。

母亲一刻也闲不着，她把刀磨了又磨，把案板洗了又洗，把竹匾擦了又擦。我们也不能闲着，洗净小手，准备剥土豆皮。煮出来的土豆，一个个圆滚滚的，胖乎乎的，熟透透的，香喷喷的，闻着，便想吃一口。土豆多的是，我们尽管吃。我们给土豆剥皮的时候，刚剥出来的第一个，一定是进了自己的肚子。只是这刚煮熟的土豆，吃一个好吃，吃两个说得过去，到第三个时，舌头便开始发麻，再也不想吃了。

母亲在竹匾旁放一碗清水。我们剥完一个土豆，便把手放在清水里蘸一下。我们的手，好像是一支写字的毛笔。父亲写毛笔字时，写几下，总要蘸蘸墨水，然后再在砚台沿边舔一舔。舔好的毛笔光滑顺溜，锋毫毕露，那样子，像是刚梳洗过头的小姑娘那缕黑辫子，好看极了。我们把沾满土豆泥的手放进清水里，手便立马滋润起来，剥起土豆皮，手到擒来，毫不费力。

薄薄的一层土豆皮，像是土豆穿的外套。只是，土豆大概和我们一样穷酸，衣服也没几件。我们轻轻一掀，土豆光滑的肚子就露了出来，胖乎乎的背便露了出来。土豆浑身长满肚脐眼，它们有些害羞，穿在肚脐眼上的衣服，老是不愿轻易被我们剥下来。我可不管，我用我尖尖的指甲，仔细地抠着，抠着，不一会儿，土豆就剥好了。

母亲的刀工精准、细致、娴熟，一刀一刀下去，土豆片便一块一块诞生。母亲切的土豆片，厚薄均匀，从不碎块。弟弟也是个好帮手，将母亲切好的土豆片整齐地摆在竹匾上，就等着太阳爬上山来。

大概半天工夫，土豆片便开始在竹匾上蜷缩、变小、变薄。母亲带着我们，将它们一个个翻了个身。母亲说，我们的日子何时能翻身啊？那时，我还不懂母亲这句话的意思。自从与爷爷分家后，我们兄弟三人便陆陆续续，像是赶趟儿一样，来到这个贫穷寒酸的家庭。父亲一个月的工资才几块钱，母亲除了忙家里的事，还承担着所有田里地里的活儿。母亲生大弟的前两个小时，还在地里挖土豆。挖着，挖着，母亲觉得肚子隐隐作痛。她心里想，莫不是老二要出来了？母亲加快了动作，挖满一担土豆，挑着便急匆匆地往家赶。回到家中，把扁担撂下，母亲这才发现，裤子已被鲜血染红。母亲大喊隔壁邻居，说，婶子，快来帮我一下，给我烧一锅水，我家老二要出来了。等婶子一锅水烧好，老二便哭哭啼啼地降生了。老二出来后，母亲说，瘦得像只猴子，只剩皮包骨头。

大概两到三天，土豆干便晒好了。晒好的土豆干，金黄、坚硬，放在阳光底下，如一块金灿灿的玉。阳光照射在一块块金灿灿的玉上，照在母亲的脸上。母亲好看的脸上，有了如阳光一样灿烂的笑容。

土豆干烧肉是最好吃的一道菜，可惜，我已经很多年没吃过了。上初中时，学校蒸饭，我经常在饭盒里蒸上几块，只要加点猪油，放点盐，吃起来，便像是在吃肉。

除了土豆干，母亲还要晒干豆角、萝卜丝、辣椒干，母亲亲手晒的这些干菜，大多保持着原本的色泽，捧在手里，能发出"铮铮"的响声。新鲜蔬菜还没出来，这些干菜，便成了餐桌上的佳肴。干豆角烧肉、萝卜丝烧鱼，哪怕是一碗辣椒干，都是味道奇佳，让人垂涎三尺。我生病前期，有段时间，吃什么都不香，母亲每顿给我做一海碗辣椒干，满满的一大碗辣椒干吃下去，吃得我满口生津，满头大汗。那一直高烧不退的体温，也随之降了下来。

我最喜欢的，还是母亲晒的红薯干。母亲晒的红薯干，大抵可以说是这个世上独一无二的美食。这些年来，我也吃过一些红薯干，在县城的小摊上也买过一些，可没有一家做的红薯干能比得上母亲做的。到现在，这么多年过去了，我依旧清晰地记得，母亲做的红薯干的味道，以及母亲做红薯干的样子。

同样是要等天晴，同样是要在灶里生起木坯柴火。要做红薯干的红薯，母亲都会精挑细选一番，歪瓜裂枣的，有伤口的，个头太大或太小的，母亲一个也看不上。

做红薯干的红薯，母亲都要选红心薯。林清玄在《红心番薯》里写道：

"在我居住的地方，巷口本来有一位卖糖番薯的老人……那些番薯是去皮的，长得很细小，却总像记录着什么心底的珍藏。有时候我向老人买一个番薯，一边散步回来一边吃着，那蜜一样的滋味进了腹中，却有一点酸苦，因为老人的脸总使我想起在烽烟中奔走过的风霜。"

我也买过红心番薯，我还给我的女儿亲手烧过红心番薯。那年，从医院回来，家中连吃的大米都成了问题，自然是拿不出钱给女儿买牛奶和零食。女儿刚满一岁，正值嗷嗷待哺、急需营养的时候。我有时候想想，这一辈子，亏欠我的女儿太多，小时候，没钱给她买衣服、买吃的，现在条件稍好点，却不能陪她。时间从不等人，一晃，女儿都快要上高中了。

女儿小的时候，我每天在土灶里给她烧一个红薯。女儿捧着红薯，从客厅跌跌撞撞跑到房里，又从房里歪歪扭扭跑到客厅，一口一口地吃着红薯，一声一声地嚷着"好吃"，就连最后的红薯皮也舍不得丢掉。那时，我的泪水就像是手臂上输液管里的抗生素一样，一滴一滴地往下落。

母亲将挑选好的红心薯洗净、削皮，放进大铁锅里。这个时候，父亲这个再合适不过的烧火佬，已经将土灶弄得热火朝天，火苗腾腾直蹿。母亲说，火苗笑，客人到。儿子，你听听，这火苗笑得多好！

大铁锅里开始冒着白汽，开始泛起红薯的香甜。再过一会儿工夫，红薯就熟透了。灶上灶下，讲究搭配，妇唱夫随，在我家的灶台前表现得可谓淋漓尽致、无可挑剔。我的父亲和母亲，年轻时因生活的艰辛困苦，吵过、闹过；可是，在我的记忆里，他们从来没提过"离婚"二字。母亲爱唱黄梅戏，会唱样板戏，电影里的主题曲或者插曲，听一两遍，便能丝毫不差地唱下来。母亲没学过音乐，甚至连学校也没正儿八经上过，但是母亲天资聪颖，记忆力超强。而我那有些木讷的父亲，不仅会写一手好毛笔字，更是拉得一手好二胡。他们经常一个拉琴一个演唱。这不，做红薯干的间隙也不放过，母亲嘴里哼着曲，父亲将手中的火钳敲打着。逼仄的厨房里，歌声、火钳声、锅里的蒸汽声、开水咕噜声、灶里的火苗声，还有我们的鼻涕口水声，交织在一起。

母亲一边哼，一边将煮熟的红薯捞起来，沥干水，放在比晒筐小的竹匾里，趁红薯还冒着扑腾腾的热气，用铲子将红薯碾成糊，不放过一块没碾碎碾透的红薯。那时候，母亲的眼睛，清澈明亮，像是珍珠里镶着一颗黑葡萄。我总在想，父亲肯定是被我母亲那一双大眼睛给迷倒的。前些年，母亲受眼疾困扰，因为没能得到及时治疗，瞎了一只。现在，仅剩的一只眼睛，也就仅有一丝微弱的光芒。看着母亲那凹陷、发灰、无神的眼珠，我总觉那不是我的母亲，那眼睛不是我母亲的眼睛。

灯光下，母亲在碾好的红薯泥里，撒上黑芝麻。一粒粒干净的黑芝麻，撒在红薯泥上，就像是晚霞的天边，火烧云里，飞过的一群大雁；母亲又在上面均匀地撒上一层白糖，那些晶莹的白糖，像是夜晚的天空里眨着眼睛的星星。

母亲用手揉搓着红薯泥。母亲揉搓红薯泥的样子，和母亲和面时一样有力、优美。母亲这双手，做过太多的事情，穿过针引过线，淘过米和过面，砍过柴喂过猪，割过麦子插过田，打过我们也抚摸过我们，而现在，母亲的这双手，每到冬天，便会皲裂，像是松树皮，摸起来，硌得慌。

和好的红薯泥，先切成块，再切成片，然后放在太阳底下晾干。那时，我还不知道有"雾霾"这么一个词，天气总是那么好，到冬天，总有艳阳高照的时候。母亲切好的红薯片，大小一致，厚度均匀，方方正正。红薯片上面，均匀地缀着黑芝麻。暖洋洋的太阳底下，晒上一两天，等红薯片的水分散去，半干半湿时，再收起来切成条，然后再晒。

红薯条晒干后，用透明塑料袋封好，装进瓦罐里，等快过年时，用铁砂炒。炒熟的红薯条，放在嘴里，"嘎嘣嘎嘣"，又脆，又香，又甜，好吃得不得了。客人来时，就抓一些放在果盘里；上学时，我总是偷一把装在口袋里；嘴馋的时候，嚼几根；饿的时候，吃一把；跟同学闹矛盾，想要重归于好时，塞一把母亲炒的红薯干，他那愤怒的脸上，一定会"咯咯咯"地笑个不停。

前些日子，某地的花菜滞销，急得农民愁眉苦脸。公司的老总自掏腰包，买了一些回来，算是做点公益事业。可是，买回来的花菜，该怎样处理？天公越来越不作美，前两天气温还有十几度，三九天里，只需穿一件褂子衬衫。昨夜，气温骤降，今天一早，太阳干脆不露面。这几吨的花菜啊，不仅急坏了菜农，更是急坏了我们。一大帮人装、运、卸、切、洗、煮、晾、烤，忙活了一整天，还没见一棵花菜干出来。烤箱里，有的被烧焦了，变得黑乎乎的；有的还水淋淋、湿漉漉的，而一旁，等着进烤箱的花菜，正在风扇里，呼呼作响，打着鼾。

我突然想，要是我的母亲在这里，她将如何变着戏法，将这些花菜变成菜干呢？

前几年，母亲的眼疾没这么严重的时候，总会在我回家前，做豆粑干。母亲做的豆粑干，用料讲究，用糯米、大米、小麦、高粱、大豆、芝麻、绿豆做原料，用石磨磨成粉，调成浆，一锅一锅烫出来，然后切成丝，晒成干。晒干的豆粑，母亲帮我用塑料袋装好，放进我的行李箱里。行李箱沉甸甸的，里面一大半是母亲做的豆粑干。每天下班后，我便烧一锅开水，抓上两把豆粑干，打一个鸡蛋，放点葱、姜、大蒜，几分钟后，便是一顿美味佳肴。

可是，母亲现在正在一家洗脚城里做着清洁工，每天给那些摇摇晃晃、进进出出的人收拾着、打扫着，只怕再也没有时间，给我做这碗我最爱吃的豆粑干吧？

那些乡下的坛坛罐罐呢？那些清爽透气的阁楼呢？那些如玉如金属一般的干菜呢？都没有了。没有了的，还有我的故乡、我的童年。

辑二

重生与流浪

机器与手艺

耳旁全是轰鸣声。巨大的、嘈杂的、震耳欲聋的机器轰鸣声，此起彼伏，一浪高过一浪。我闭上眼睛，脑海里全是压铸机、液压机、横轧机、抛光机、注塑机和空压机的运转。空气中灰尘浮动，如同雾气升腾，与抛光轮里冒出的青烟一起，在车间里弥漫、扩散。我仿佛能看到，一颗颗带着麻轮灰的尘埃，如同千军万马，正手持大刀长矛，挥旗舞帜，前仆后继，朝它们的战场——我的鼻腔、胸腔、肺部，滚滚而来。

楼板在晃动，墙体在晃动，窗户在晃动，灯光在晃动，办公桌在晃动，桌子上的茶杯也在晃动。这种晃动感，首先来自我的脚底、臀部，然后依次是我的腰、躯干、双臂和头颅。坐在办公室里，我感到浑身震颤。敞口杯里的水不断摇晃着，波纹一圈圈地荡开。漾起的波纹碰到晃动的杯壁后，再反弹回去，波纹与波纹交织，发出细碎的光晕。晃动的灯光倒映在晃动的水面上，扭曲、变形，折射出许多灯影来。常说心静如水，这杯子里的水何时平静过呢？我的心又如何能平静下来呢？这样的晃动，来自楼下的车间。

我的办公室在四楼，一楼、二楼、三楼全是生产车间。在车间里，摆满了大大小小的各种机台。最大的八爪抛光机，像一只巨大的章鱼，正在那里张牙舞爪，吐着浓浓的黑烟与灰尘，轰隆隆地转个不歇。

车间实行的是两班倒工作制，白天一班，晚上一班。无论是白班还是晚班，几乎所有设备都要开动起来。出人意料的是，疫情过后，订单比去年还要多。为了准时交付订单，每天从早到晚，几百只液压锤咣当咣当砸下，几百只抛光轮轰隆轰隆转动……操作设备的员工，一个个都蓬头垢面，面无表情，重复操作着，像是机器的一部分。如果不是因为工作服的颜色不同于这些设备，几乎看不出在这些设备后面有一个人，或者有一群人。他们几乎保持着同一个姿势，那姿势机械、僵硬、呆滞，像一块木头，像一坨铁。

我曾在一名员工后面站了半天。他一直忙着手中的活儿，始终没有看我一眼。高大的机台下，摆满了一堆切好并经过热处理的钢料，只见他右手拿着一块钢料，飞快地通过两只转动的钢轮。这道工序叫横轧。热处理后的刀片，需要经过横轧机钢轮的正反两面，分别挤压两次之后，才可以成为一把餐刀的雏形。这些年重复的操作，让他早练就了一套"玩魔术"的手法，或者是障眼术之类的功夫，我离他不到一米的距离，却没看清楚他是如何将手中的钢料翻边，也没看明白那堆钢料是如何从他的左手传递到他的右手的。两只手之间能够进行这样精美绝伦、天衣无缝的配合的，我只在那些黑白琴键上见到过。

大约九年前，我曾在这里工作过三年，然后递交了一封辞职信，远走高飞。如今我重新回到这里。我可能算不上一匹好马吧，终究没能经受住老板一次又一次的邀请，来吃回头草了。来到这里后，我一连几周都睡不好。工厂靠近海边。滩涂的潮湿，和动不动就下雨的南方天气，让我体内的湿气进一步加重。尽管我每天早晚洗两次头，可头发依旧油光可鉴。

这个工厂是生产西餐具的。一套西餐具由刀、叉、羹匙、勺组成，制作工序大致可以分为下料、切边、成型、磨边、抛边、抛光、清洗、包装等近二十道工序。其中，餐刀要多出热处理、横轧、开齿几道工序，叉子会多一道打叉缝的工序。每一道工序，几乎都是凭借"一物降一物"的方式去实现的。你想啊，那么坚硬的钢板，要切成一把一把的，要压成勺形、刀形、羹匙形、叉形，要将钢料上的毛刺与利口去掉，得需要多大的力气？这些大大小小的冲床，轻则几吨，重则几十吨、几百吨，在这样的冲床面前，厚厚的钢板脆弱得如同一张白纸。

下料、切边、成型，这几道工序，仅仅只是生产出了餐具的雏形，烦琐的生产工艺流程还远远没有结束。要将餐具变得光滑，如镜子般明亮，照得见人影，还得靠砂轮、麻轮，反复地打磨，直到金属层表面磨出镜光（后面还有清洗与包装工序）。也许你根本想不到，你在酒店和餐厅里见过的那些精美餐具，它曾经历过至少十几双粗糙而发黑的手。这些手里，有些还可能会少一两根手指头。

打铁，打铁。我脑海里突然跳出这样的词语来。传统的手工打铁，在这里变成了人与机器设备一起打铁。一人一台机器。工人们或站着，或坐着，用脚控制冲床的开关，用手将一份份切好的餐具送进冲床的模具里。"咣当"一声，一份餐具切好。"咣当"一声，一份餐具成型。这沉重、沉闷的"咣当"声，单调、枯燥、乏味、震耳欲聋，一声连着一声重复，不知疲倦……

我儿时的记忆中，铁匠铺里炉火正旺，红与蓝交映的火苗呼啦啦蹿起，豆大的汗珠不断从铁匠师傅与徒弟古铜色的脸上冒出来。一架锃亮的铁墩，一只小锤，一只大锤，轮番落下，时而快时而慢，忽而轻忽而重，叮当，叮当，叮叮当，叮叮当，俨然一曲节奏明快的乡村交响曲。然而，记忆总是习惯性地删除疼痛与苦难，打铁怎么可能有这样的诗意与美感呢？当我从记忆里回过神来时，除了机器，除了嘈杂，除了汹涌的噪音和灰尘，还能看到和听到什么呢？

在办公室坐久了，我喜欢起身去车间转转。一天，在车间下料的地方，一卷钢材被切成餐具雏形后，剩余的废料被卷了起来。卷起来的废料，远远看上去，像花儿一样，有一种特殊的几何学美感——这大概是我在这里唯一能感受到与美有一点关联的事物吧。

重生

这些年，我换过几份工作，在几家公司就职过，有做低压电器的，有做太阳能的，有做阀门的，有做机器人业务的。比较起来，生产餐具是我见过的最脏、最耗费能源、污染最大，利润也是最低的一个行业了。每天下班，从抛光线上下班的工人就像刚从煤窑里爬出来一样，全身上下只剩两只眼珠子有点白。一个专门清理抛光灰的师傅，姓赵，一米五不到，快六十五岁了，还没有退休。每天中午，等工人下班吃饭的间隙，他便会猫着腰钻进狭长的风道里，有时还得跪着，用一只特制的工具将麻轮灰一点点地清理出来。这些灰尘被集中到一个角落里，由一家环卫公司的垃圾车定期运走，但最终被运往何处，我们并不知道。

赵师傅做事极其认真，钻风道的活儿也只有他这样的身材才能干得了。尽管赵师傅每天定时清理这些麻轮灰，但公司的楼顶、周围的马路上、隔壁的厂区里，依旧落满了厚厚的一层灰尘。宿舍离厂区大概三四十米的样子，我从不敢打开窗户。这些灰尘像是长了眼睛、长了腿，从窗户缝里、门缝里，或是从其他什么鬼地方钻进来。宿舍里原本黄色的地板变成黄褐色了，桌面上的玻璃一天不擦就落满厚厚一层灰尘。这样的灰尘不仅污染环境，对健康有害，还存在着巨大的安全隐患。灰尘中含有大量的麻轮屑与抛光蜡，遇到火星就会燃烧，如果是在有限的空间里则会发生爆炸。我刚来这里不久，二楼抛光车间的一条风道就发生过火灾。熊熊大火将铁皮制成的排风管道烧得通红发亮，如同一条动脉血管爆裂开来，十分危险。

许多年前，我曾写过一篇叫《满生》的文章，写的就是这里的故事。我想，此刻我写下的，大概要算是《满生》的续篇了。在《满生》里，我写到过一个叫"满生"的人，是一名抛光车间的工人，后来得了肺病，终究没能圆满地过完这一生。现在，满生不在这个世间已经多年了，而我又重新回到了这里。当年，我是这家公司的行政管理负责人。由于工作需要，我经常会下车间检查。因车间里噪音大、灰尘大，存在职业危害因素，我要求员工佩戴耳塞和口罩，做好健康防护。没想到，我的一番好意竟被当作了驴肝肺，工人们在背地里指着我的脊梁骨骂我。这次回来，我的职务发生了变化，我完全可以不用下到车间检查了，但对工人职业健康安全与劳动保护这一块的工作，仍然十分关注。我实在不忍心看到第二个满生出现。我下到车间时，发现仍有少数工人我行我素，嫌戴口罩不舒服，检查的人来了就戴上应付一下，检查的人一走又立马取掉。在疫情期间，可能大家都感受过戴口罩的滋味。戴口罩怎么可能会舒服呢？谁不想自由顺畅地呼吸？尤其热天，如果不是因为疫情你会戴口罩吗？如果不是满生死了，这些工人会戴口罩吗？每次走到抛光车间，我都感觉满生依旧坐在那里，他正愤怒地瞪着我，那张黑乎乎的脸上，两只眼珠突了出来，射出两道凄厉的寒光。还没等我反应过来，满生噌的一下起身了，顺手抄起一把钢勺，张牙舞爪，朝我冲来，大声嚷着："还我性命，还我的肺！"

与这个车间紧挨着的是五金车间，也就是生产餐具雏形的地方，属于加工的前几道工序。小刚和老梁就常年待在五金车间里，他们算是这里的中层管理干部了，一个是部门经理，一个是车间主任。尽管他们每天都戴着一副耳塞，尽管他们不需要在一台冲床前坐着或者站着，可他们俩的耳朵还是出了问题。那天，他们坐在我办公室里，我给他们泡茶，边喝茶，边聊一些管理上的事情。我们就隔着一张桌子，但他俩说话时声嘶力竭的那阵势，像是找我吵架。我实在有些吃不消这样的"噪音"，只好戴上两只耳塞。我无法想象，一个长期在喧嚣与嘈杂中工作或生活的人，他的世界里是否会有真正的宁静。不敢去想常年在车间里与上百台冲床相依为伴的人——那些巨大的轰鸣声，像灰尘一样，翻墙蹿壁，越过窗户，穿过楼板，再从耳塞的罅隙里钻进耳朵，去叩击快要疯了的耳膜。

人们说，眼睛是心灵的窗户。那么耳朵也该是另一扇窗户吧？于污泥中可以生出洁净的莲，于闹市里可以无车马喧，但要是在这样持续的、巨大的机器轰鸣声里呢？——"空山不见人，但闻人语响。""山光悦鸟性，潭影空人心。""蝉噪林逾静，鸟鸣山更幽。"我突然无比怀念这样的幽静来。

俗话说，常在河边走，哪有不湿鞋。常年置身于这样的机器设备旁，安全事故不可避免地发生。一组组冷冰冰的数据，触目惊心。2018年，工伤事故三十八起。2019年，二十三起。每一起工伤事故，都是一次流血事件，被冲床压碎的一根手指头，或是被抛光轮卷进去一只胳膊。我见过最惨的是，有一个工人，一只手的五根指头全都没了，仅剩半只手掌。那残损的手掌啊，是血，是疼痛，是绝望，它将如何撑起他的家庭的天空，他将如何延续他的后半生呢？许多年前，我曾送一个受伤的工人去医院抢救。我看见他时，他的胳膊血肉模糊，衣服被抛光轮绞得稀巴烂，黑色的抛光灰、撕烂的衣服，胳膊上的肉、血管、筋，还有露出的骨头，简直惨不忍睹。我赶紧用纱布胡乱地将他受伤的手臂包扎好，立马开车送去医院。在医院的急诊室里，我和同事一起将浑身是血的工人架到一张简易床上，刚绑上去的纱布全部被血浸透了，血液滴滴答答地落在垃圾桶里。他脸色苍白，全身发抖，痛苦不堪。医生拿起一瓶碘伏，直接往工人手臂上倒，碘伏在血肉模糊的手臂上泛起一层层白沫，像是啤酒花。紧接着，医生取出一支镊子，从棕色的瓶子里夹出棉球，擦洗着已经钻进肉里的抛光灰尘与麻轮屑。工人撕心裂肺地喊着，发出杀猪般的惨叫。我实在受不了，跑了出来，跑到洗手间里呕吐不止。

突然想起叶山嘉树的短篇小说《一封水泥桶里的信》："我是个在某家水泥公司缝水泥袋的女工。我的意中人是负责将石头运进碎石机的工人。十月七日早上，他在把一块大石头搬进碎石机时，不小心跟石头一起滚进机器里。其他工人虽想合力救他出来，但是他却像溺海的人一般，随着石头沉进碎石堆中……在他变成水泥的第二天，我写了这封信，偷偷埋进这个水泥桶内……你是劳动工吗？如果你是劳动工，请你可怜可怜我的境遇，给我回一封信吧。"——谁能去可怜她的境遇呢？谁能去给她一封安慰的信呢？谁又不是那名劳动工呢？

我十分明白自己的身份，在老板那里，我顶多只有一些建议权而已。尽管我多次提醒让他重视安全，慢慢转型，但是并没有多大效果。我毕竟不是老板，并不能代替他做一些重大决策。他对我个人再好，本质上赚钱与趋利是最大的目的。另外，从个人的情感来讲，这位老板算是我这些年遇到过的最好的老板了，这也是我选择重新回来的原因。只是看见有工人受伤，我的心情就会特别沮丧和难过，内心总会升起无限的悲凉来。

我知道，在东莞、揭阳、阳江一带，工人们的工作环境比这里更差，条件更恶劣。还有那些所谓的跨国公司，将最低端的加工制造环节甩给这些五金工厂。榨取剩余价值、工人的血汗钱，我想起课本中枯燥乏味的词语来。我还想起了王亚丽，一个年龄与我差不多大的女人，瘦瘦的，仔细看去，脸上长了许多雀斑，但样子并不难看。她与老公一起，在这厂里上班十年了，她是质检组组长，也算是一个基层管理干部。大概是去年，她的老公受伤，右胳膊被抛光轮卷了进去，断了一根筋，现在受伤的那只手仍不太方便，算是某种意义上的残疾了。那天我劝她，让她老公换个安全点的岗位，我跟她说工资低点就低点，安全与健康第一。她叹了口气说，两个孩子读书，压力太大，不愿意换。我无奈地摇了摇头，再问她老公怎么不去报工伤鉴定，她说可能评不上。我告诉她，如果评上了，可以有一笔工伤赔偿款。好说歹说，她才说等忙完了再带老公去做鉴定。末了，她不忘感谢我，让我不要担心，说，每个抛光车间都是这样，哪有不出工伤事故的呢？——天哪，工伤，残疾，断胳膊少腿，他们竟早已经习以为常了。望着她的背影，我长长地叹息了一声。

周末那天，我准备去附近菜市场买点菜，在路口遇到另一个发生工伤事故的工人。据人力资源部门的同事讲，他已经是第二次出工伤事故了。那天在办公室，他大概是来报销医药费吧，看着他一脸近乎哀求的神色，好像给我们赔不是的样子，那一刻我觉得我简直像是一个罪犯。落日的余晖里，他那只受伤的手挂在半空中，看起来极不协调，仿佛风稍大一点，就可以随时将它吹走一般。他那空荡荡的眼神里，有如老年闰土般的目光，让我感到一阵彻骨的寒意。

前些日子，我买了一大堆的书。我喜欢临睡前的阅读。这么多年来，我总是利用周末和下班的时间阅读和写作。我的床头摆满了书籍，有马尔克斯、卡夫卡、福克纳、乔治·奥威尔、博尔赫斯、略萨……我最近又买了一大堆"蓝色东欧"系列的小说。这成了我这些年打发时光的唯一方式，让我在这样的单人世界里，享受到了许多别人无法体会到的乐趣。可是，来这里工作两个月了，我拿起书本就想要打瞌睡，我提起笔就感觉文思枯竭，几乎写不出一句完整的话来。我甚至再没做过梦，常常半夜醒来，听到的仍是持续而巨大的轰隆隆的噪声。

我决定利用难得的休息日去寻找那些词语、诗句和片段，就像去寻找一个似曾相识的人。刚出门，在宿舍的楼梯里，我看见一大群工人叽叽喳喳地议论着什么。等我走过去才知道，原来是一名女工晕倒在了楼梯上。女工叫雷小琴，贵州人，她今天正准备去加班。她的工作是"打叉缝"，具体的做法是，在一条高速转动的砂带机上，将一把把叉子放在折叠起来转动的砂纸上打磨，动作并不复杂，没有什么技术含量。相对来说，这个岗位的危险系数比抛光与冲压要小许多。每一支叉有三个叉缝，每一支叉，雷小琴至少需要在砂带机上打磨三次。雷小琴二十出头的样子，看上去略显稚嫩。她的老公看上去年纪与她相仿，同样来自贵州。小伙子的脸上似乎还有些婴儿肥，只见他站在一旁扶着雷小琴，神色慌张，不知所措。在几名工人的帮助下，小伙子将雷小琴背下了楼。在楼底窄小的空地上，他将雷小琴放在一张板凳上。此时的雷小琴，额头直冒虚汗，脸色苍白得像一张纸。我说，赶紧送医院去。小伙子此时已经满头大汗了，他一直在犹豫着什么。有人说，打电话给你哥啊。他哥哥也在厂里上班。他深吸了一口气，然后鼓起嘴巴吹了一下额前的头发，从短裤的口袋里掏出一只碎了屏幕的手机，拨通了他哥哥的电话。电话里传来一片嘈杂声，他哥哥说："我在加班，你自己想办法去。"

我见状后，立即给公司的司机打去电话，让他开车带他们去医院做检查。司机不断地小声问我："她这能坐吗，要是路上出了问题咋办？"我两眼一瞪："让你送就送，哪来这么多废话？"我们说话的工夫，小伙子上楼取身份证去了，雷小琴则由别的工人暂时扶着。这会儿，雷小琴似乎缓了一些，人也清醒了许多，脸上恢复了一些血色。小伙子在楼上磨蹭了半天才下来。我和保安一起，将他们送上车。车门即将关上的一刹那，我突然想到了什么，赶紧走上前去问："你带了多少钱？"小伙子小声地应道："带了几十块钱。"我叹了一口气，让他加我微信，给他转了两千过去。他说："等发了工资就还你。现在是6月底了，4月的工资还没发呢。"

橘事

  吃过很多地方的橘子，涌泉蜜橘算是最好吃的，没有之一。吃过很多次橘子，唯独这回吃橘子的时候，突然觉得应该为橘子写点什么。

  蜜橘是一个朋友托她的同学给我快递过来的。那天晚上，我正在一个同事家喝酒。窖藏二十年的老酒，一杯复一杯，不知不觉，便喝得有些高。我这人，有个坏毛病，那就是酒量不好还贪杯。于是，一喝便容易喝高。酒喝高了，便开始唱酒歌，现场唱完，还觉得不尽兴，于是跑到微信里直播，凡是给我点赞留言的，我都按着手机给他们一个个唱过去。

  酒歌正酣时，一个朋友给我发来微信，要我把地址给她。微信里说，她一个在临海的同学，冒雨去摘橘子，一定要送些给我尝尝。我这位朋友，是前几年在一次演讲比赛时认识的。她六岁的儿子，跟我一起比赛。那一年，我们一起被评为"草根名嘴"。

  这些年，总有些朋友给我寄这寄那的，弄得我怪不好意思。对于这些朋友，我无非就是帮他们耍了几下笔杆子，弄了几篇豆腐块而已。这年头，文字不值钱，尤其我这样含金量不高的豆腐块更不值钱。这点小事老是被他们惦记着，我心里免不了有些忐忑。而我这一生，欠人的太多，有时候想想，觉着这一辈子都无法还清。

  朋友立即回复：地址、地址、地址。三个紧紧连在一起的词语，突突突地蹦出来，闪烁在手机屏幕上，齐刷刷的样子，似乎能够看到朋友内心的真诚。看那架势，大有我不给地址她便不罢休的意味。有句话说，恭敬不如从命。盛情实在难却。不过，那时酒兴正酣，老是打错字。坐在一旁喝酒的同事，实在看不下去，从他微信里把地址发给我，我总算颤颤巍巍地把地址转发了过去。

我想，朋友在微信里所说的那个同学，一定是她的"中国好闺蜜"吧。这时候，南方的天气虽不太寒冷，但要淋着雨，去深山老林的橘园里摘橘子，然后还得打包、找快递，给一个名字都没听说过的陌生人寄过去，这样的事情，若是换作我，肯定做不到。

很快，我便收到了橘子。保安气喘吁吁地帮我搬到办公室。偌大的一个泡沫箱，看保安那呼哧呼哧的样子，我似乎能感到这份情谊的厚重。

好东西，自然不能独享，何况是朋友的同学从临海寄来的蜜橘。于是，呼朋引伴，找来办公室里的同事，分而食之。不到一会儿工夫，蜜橘便见了底。同事们一个个都说，真甜，真好吃。

我的嘴比较挑剔。而这蜜橘，的确甜，的确好吃。"良玉有浆须让味，明珠无颗亦羞圆。"不知陆龟蒙是在哪里尝过橘子后写下这诗句的，若是他尝了涌泉的蜜橘，又将会怎样诗兴大发，酣畅淋漓，写下另一首精妙绝伦的诗篇呢？

包装上说，涌泉的蜜橘，果形整齐，色泽亮丽，果皮细薄，肉质脆嫩，汁多化渣，风味浓郁。经我亲自证实，半点虚假的成分都没有，只是我觉得，这样的表述与文字，还远远不能表现出这蜜橘的甘甜与味美来。

这美味的橘子，不像荔枝，曾经让玄宗荒淫误国；不像葡萄，让边塞充满悲凉伤感；更不像苹果，被冠以商业名称后泛滥得遍地都是。橘子依旧是橘子，它那么普通，那么平凡，却总能令人眼前一亮。街头的水果摊上，它随处可见。远远望去，那满满一车的橘子，黄澄澄的，金光闪闪，令人垂涎。

涌泉的蜜橘，则可算得上"碧玉小家女"。可惜的是，诗词里，写橘的并不多见，远比不上那些描摹荔枝、葡萄、桃或者梨的诗词歌赋那样路人皆知，这与橘子在百姓中大受欢迎的情况，有些格格不入。

我有些迫不及待。剥开细薄松脆的橘皮，娇嫩的橘肉，黄里透红，只要轻轻一掐，便能溢出水来。轻轻一拈，橘瓣上少许的白色橘筋儿便轻易剥起。而那橘瓣，随即松散开来，如一群妙龄女子，簇拥在一起，忽地一下，笑声朗朗，散开而去，留下一抹清香。

掰几瓣放进嘴里，不用咬，不用咀嚼，橘肉立刻便如融化了一般。甜甜的汁水，顷刻间顺着舌头、牙齿在口腔散开，布满舌蕾、口腔壁，生出满腔的津液来，整个口腔都浸淫在这蜜一般的汁水里。橘子吃过不少，这样好吃的橘子，我还真是头一次尝到。那入口即化的感觉，像是吃东坡肉，但橘子不像肉那般肥腻；又像是吃一块鲜美的豆腐，但橘子没豆腐那样的豆腥味。

这是我头一次吃涌泉的蜜橘。小时候，吃过外婆家酸涩的橘子；上学时，吃过同学偷摘回来的青涩的橘子；到现在，天南地北的橘子大概都算尝过。不同的时间段里，总有不一样的故事。这些故事，就如吃过的这些橘子一样，或酸、或甜、或涩，滋味不尽相同。

外婆家的屋后，有一块果园，果园里种着桃树、梨树、枣树、橘树，一年四季都有水果吃。在我家，除了红薯、萝卜、黄瓜可以生吃之外，所有的东西都得煮熟了才能吃，而红薯、萝卜、黄瓜这些东西的味道，总是不能和水果媲美的。在那个饭都难以吃饱的年代，能吃到水果，简直是一件不敢想象的事情。那时，要说我最想去的地方，一定是外婆家。而到了外婆家，要做的第一件事，一定是去屋后的果园里，摘几个果子尝尝。

外婆家的果园里，橘树最多。橘树的个头不大，比大人们稍高些。橘树不像桃树、梨树、枣树那样，一副高不可攀、盛气凌人的样子，它们总让我费尽九牛二虎之力，才能摘下一两个果子来。而橘树，你看它多么平易近人，对大人、对孩子，一样地公平，只要你愿意，伸手即可摘到，踮脚即可把橘子揽入怀中。再不行，端出一条板凳，便可将它手到擒来。

可总有不赶趟的时候。有时，我们跟着母亲来到外婆家时，果园里早就静悄悄、冷清清的，一个果子也见不着。桃、梨、枣都留不了多久，唯独橘子，没那么矫情。空荡荡的橘园里一无所获，回到外婆家，我便径直朝木楼爬去。我们知道，外婆总会给我们留一些的，那个躲在角落里黑乎乎的瓦瓮便是放橘子的地方。掀开瓦瓮，黄澄澄的橘子如一坛珠宝，在屋顶亮瓦透过的阳光下，金光闪闪。站在瓦瓮旁，我们早就垂涎三尺了。

也总有吃不上的时候。弟弟比我有心，他专门从外婆家挖了几株橘树苗，小心翼翼地用塑料袋包裹着带回来。我和弟弟一起，把它种在家里最好的那块菜地里。每天放学，弟弟总要跑过去看看橘树，给它们浇水、施肥、拔草、捉虫，等它们开花结果，挂满一树树红彤彤的橘子来。只是，这些橘树最终没有一棵能活下来，或许是"受命不迁"吧？眼睁睁地看着这几棵橘树，在外婆家葳蕤葱茏，到我家却形容枯槁，一天天枯萎而死。瘦弱矮小、皮肤黝黑、一脸倔强的弟弟，赖在那几棵枯死的橘树前。寒冷的山风里，滚烫的眼泪豆粒一样，一颗颗往下掉。

上初中时，总有些同学胆子大，趁着夜色翻墙而出，去学校几里外的橘园里偷摘橘子。偶尔，他们也会给我带一两个回来。那些偷摘回来的橘子，大都还没完全成熟，皮依然青青的、厚厚的，捏在手里，硬邦邦的，那一瓣瓣的橘肉，紧紧地簇拥在白色的橘衣之内，费力地掰开一瓣，丢进嘴里，酸得眼睛都快眯成了一条缝。

学校的晨会上，几个熟悉的面孔被拎上台，他们一个个都低着头，耷拉着脑袋。老师在高高的水泥台上，扯着嗓子给我们训话。老师说，偷东西是犯法的。那时我们还不懂什么叫犯法。

有时，我还会见到台上的同学低着头偷笑，而且笑得那么可爱，在清晨的阳光里，是那么的充满朝气。不过，若是碰上那个狠心的主任，他们的腿上、后背上，一定会留下一道道竹条抽打过后的血痕来。那高举又落下的竹条，在寒冷的风中忽上忽下，忽左忽右，带着一阵阵嘶叫，着实把当年的我们给吓着了。我现在想，我这一生的老实，大概是这样的竹条给吓成的。

大概偷橘子的人实在太多，那片橘园里的橘子还没完全熟，便被劫掠了一大半。橘园的主人不得不想法子保护那一点点仅剩不多的果实。青青的橘园旁立了块牌子，上面用毛笔歪歪扭扭地写着：后果自负。写得那么可怕。可这些，又怎能拦得住那帮胆大嘴馋的同学呢？

听说，有天晚上，他们把橘园里暗埋的"机关"全部给拆除掉了。正当他们洋洋得意、忘乎所以地摘着橘子的时候，路旁突然蹿出几个高大的身影来。夜幕下，月光并不太清亮，他们高举着手中的锄头，一边追，一边喊。

眼见锄头就要落下，一个同学急中生智，往地上一跪，大喊一声："亲牙啊，不要打，是我啊！""亲牙"在我们的方言里，是"干爹"的意思。这一声喊出去，举在半空的锄头，忽地停了下来，一动不动。就这样，一声"干爹"救了一条小命。

说起橘子，总免不了要想起一段往事来。那年我生病住院，住在层流室里时，我给妻子列出了一大串我想吃的东西，其中便包括橘子。

可能很多人不明白层流室是怎样的一个地方。但想必很多人一定见过"非典"时期的隔离病房吧？层流室大抵就这样，是一个几乎与世隔绝的病房，里面的空气都是需要消毒的。除了医生和护士穿着隔离服进去打针换药之外，其他所有的人都不允许进入。那时，住在层流室里的，大多是像我这样进行了骨髓移植手术的病人，身体几乎无任何的抵抗病菌和细菌的能力。大多数的病人，躺在层流室的时候，虚弱得只剩下鼻孔里的那点微弱的气息。

我也不例外，最瘦的时候，体重大概只有八十斤，可以摸到自己嶙峋的骨头，屁股上也没几两肉。躺在被窝里，除了仅剩的那口气息外，与一具死尸并无两样。

在层流室里的时候，我有时趴在床上写诗，有时爬起来拖着输液管原地慢跑和做广播体操，有时则躺在白色的床褥里想着我想吃的东西。想吃的东西这事，大概做得最多。我想，这些想吃的食物，应该也是支撑我度过那段艰难时光其中一个不可或缺的因素吧？层流室里，所有送进来给我吃的东西，不能有油，不能有骨头，更不能有刺。这些食物，在送进来前，必须在微波炉里转了又转。那些食物的色香味，被微波炉转得一点都不剩下，那样子，看起来和猪食没什么两样，更不要说味道了。那时，由于大量使用药物，我没有一点胃口，食道、肠胃极其脆弱，稍不注意便会出血不止，造成感染，甚至还会有生命危险。

我跟来层流室探视的妻子说，我想要吃老家的黑猪肉、老家的西瓜子、老家的橘子，我说了一大串想吃的东西。我记得我说到橘子的时候，我那干涩枯竭的喉咙里，居然渗出一点点唾液来。母亲听说后，把那些想吃的东西，一件件从老家拿了过来。跟那些东西一起过来的，还有我不满一周岁的女儿。

苏州，十梓街尽头，那间陈旧的出租房里，母亲、弟弟、妻子、女儿和我，一起围坐在桌前。那年的冬天，异常寒冷。透过玻璃窗，街上五彩斑斓的烟花次第绽放，如一树树银花，迸射出璀璨夺目的光彩来。噼里啪啦的鞭炮，零星地在窗外炸响，有的远，有的近，它们都在尽情地营造着大年夜欢乐祥和的喜庆氛围。

朴素而简单的年夜饭桌上，摆着一盘黄澄澄的橘子。连这盘橘子一起，母亲共准备了六个菜碗。这大概是我记忆里，最寒碜的一次年夜饭。狭小逼仄的饭桌上，母亲抽出七双筷子。我知道，那其中的两双，是给留在老家的父亲和小弟弟摆的。我那时还不知道，我们吃年夜饭的时候，他们俩正在给我借救命钱的路上。

昏暗的灯光下，那黄澄澄的橘子，似乎散发着温暖而又明亮的光芒。我突然想起冰心的《小桔灯》来：

> 炉火的微光，渐渐地暗了下去，外面变黑了。我站起来要走，她拉住我，一面极其敏捷地拿过穿着麻线的大针，把那小桔碗四周相对地穿起来，像一个小筐似的，用一根小竹棍挑着，又从窗台上拿了一段短短的洋蜡头，放在里面点起来，递给我说："天黑了，路滑，这盏小桔灯照你上山吧！"
>
> 我赞赏地接过，谢了她，她送我出到门外，我不知道说什么好，她又像安慰我似的说："不久，我爸爸一定会回来的。那时我妈妈就会好了！"她用小手在面前画一个圆圈，最后按到我的手上："我们大家也都好了！"显然地，这"大家"也包括我在内。

我也算是这"大家"中的一个吧？几个月过去，父亲把几间老房子都变卖了，而我的病情并不见好转。我整天躺在病床上，吃药、打针、挂水，门口的药水瓶堆积起来，如一堵高高的墙垛。在这亮晃晃的玻璃墙垛里，一些残留的药液晃动，在冬日的阳光下闪烁，折射出耀眼的光芒，瞬间，又虚无起来。我突然感到一阵眩晕。我知道，我有可能撑不到胜利的那一天——我家中那时，早已弹尽粮绝，山穷水尽。

我举起手中的白开水，对着哭瞎了一只眼睛的母亲说，对我那咿咿呀呀还不会说话的女儿说，我一定会好起来的……

如《小桔灯》的开头那样："这是十几年以前的事了。"是啊，这是十几年以前的事了。我现在依旧记得那么清晰。十几年后的今天，在一只蜜橘前，写下这些与橘子有关的往事，我的眼眶不禁热了起来。

吃橘子的人

　　他右手拿着一个橘子。橘子不大不小，一只手刚刚握着，仿佛这只橘子就是为了他的手掌而生。他习惯左手拿橘子，右手剥皮。不过，他今天用的是右手拿橘子，自然而然，剥皮的任务便落到了左手。他用左手大拇指的指甲朝橘子的底部掐去。他习惯大拇指和小拇指留指甲，他觉得这四个手指头留一些指甲，可以解决很多事情，比如这会儿工夫他要拿它们来剥橘子皮，比如有时候他还会拿它在饭后剔剔牙齿缝里的韭菜，或者偶尔吃一次肉而被塞在牙缝里的残渣。他其实很喜欢打篮球，这决定了他不能留手指甲。但为了生活上的方便，他不得不忍痛割爱，做出了一些平衡，将其他的指甲统统给铰掉了，直铰到露出手指头的肉为止。

　　橘子皮很薄，只需稍稍用力，这指甲便具有了刀的威力与锋芒。薄薄的这一层橘皮，是橘肉保持新鲜的守护神，只要它还在，这橘肉便可以新鲜着，保持充足的水分。当然，在这年头，金玉其外、败絮其中的水果到处都是，许多商家为了让水果有个好的卖相，都会在水果的表皮上喷一层蜡。但他手里头的橘子不一样，这些橘子，是他从临海涌泉一个熟人那里买来的，据说曾经是贡橘。

　　他剥橘子的手法如此熟练，看得出他是经常吃橘子的人。凡事都是这样，熟能生巧，剥橘子也不例外。不着急时，他细腻的手法，可以将一只橘子的皮完整地剥开。新鲜的橘子剥开后，娇嫩的橘肉，黄里透红，像年轻女子凝脂般的肌肤。

等橘肉吃完，再将这橘皮用针线穿上，便可以做小时候那篇课文里的"小桔灯"了。只不过，近来他早就没有这份雅兴和耐心。桌上已经堆满了一大堆橘子皮，这些橘子皮，大一块小一块，黄白相间，凌乱地堆放在桌子上，有些已经长出绿色的霉斑来。他并没有打算将它们扔进垃圾桶里。不知道为什么，他喜欢将吃完的橘子皮一直留着，或许是他想做点陈皮留着当中药吧，但这么多年来，并没有见过他真的用留下来的这些"陈皮"泡过茶水。

他将左手大拇指的指甲插进橘子底部。这动作是那么的熟练，指甲插进去的一刹那，他仿佛听到了"噗"的一声脆响，也许橘子皮真的发出了这样的声音，也许这只是他的一种幻觉而已。橘子的底部，迅即豁出一道小小的口子来。这道小小的口子，是一个橘子成为他腹中之物的第一步，也是最重要的一步。接着，只见他拽起橘皮的一角，朝外一拎，"吱"的一声，橘皮便被撕开了。对了，这"吱"的声音可能是真的，也可能仍是他耳朵里的幻觉。

这样的剥法，其实挺斯文的。对待一只橘子如此斯文的人，一定有一颗温柔的心。只不过，这样的斯文并不多见。这段时间，他的做法往往比较粗鲁，有开门见山、单刀直入的意思，最粗鲁的做法是，拿起一个橘子，直接将它掰成两半，一分为二。

他一边吃着橘子，一边看着窗外。此时的窗外，天气阴沉、湿冷，没有一丝风。不远处，灰暗的群山，隐没在淡淡的雾霭里。近处，几株高大的水杉挺立，一动不动，树梢上，残留着些稀稀疏疏的红叶。如果他是一名画手，应该只需几笔便可以描摹出一幅深冬萧瑟的山水画卷来。说起画卷，他想起了那幅闻名于世的山水画《富春山居图》。他此刻所处的位置，便离富春江不远，离杭州市区，坐最快的一趟公交车，需要一个小时的样子。但他并没有见到过真的《富春山居图》，他对画素来没有太大的兴趣。他之所以对这个地方产生浓厚的兴趣，是因为一篇题为《与朱元思书》的短文，他至今还能背出一小段来：风烟俱净，天山共色。从流飘荡，任意东西。自富阳至桐庐一百许里，奇山异水，天下独绝。水皆缥碧，千丈见底。游鱼细石，直视无碍。急湍甚箭，猛浪若奔。

不过，等他真的来到这里后，他发现这些景物，或许永远只是存在于诗词歌赋里。扳着指头一数，来这里已经三个月了，他几乎天天加班，有时候要到晚上十点才能结束一天琐碎的工作，他根本就抽不出时间去现实中的富春江边走一走、逛一逛。

隔着一条窄窄的马路，对面是一处居民区。十几幢两层或三层的铺着青色琉璃瓦的小洋房，以大致朝南的方向，错落在那些水杉和那几株枝叶茂盛的樟树间。他的宿舍在四楼，窗户正对着这个居民小区。不能叫小区吧，或许就是一个村落。在如今的城市里，哪里还会有如此随性的建筑呢？除了群山、房屋、水杉，和不落叶的樟树，映入他眼帘的，便是几根黑色的电缆了。这几根电缆横穿窗前，像极了音乐书上的五线谱，只不过电缆有六根而已（六线谱也有，比如吉他谱）。有时候，在这线谱之上，会有几只麻雀之类的鸟儿停了过来，在上面充当音符。四分音符、八分音符、切分音、附点音符等等。他曾吹过小号和萨克斯，识得那些在别人眼里蝌蚪一般的五线谱。就在今天早上，他还收到几条微信，微信是他过去的一个学生发来的，学生给他发了一段视频，视频里是一段《赛马》的小号独奏曲，莽莽的草原上，一群骑手扬着马鞭，正在飞快地奔驰着。学生在微信里说，老师，看到这个视频，让我忆起您是有号之人。是的，他曾经有过一把小号，星海牌的，是他当年花了三个月的工资从市里面买回来的。他曾在不同的场合将这把小号吹得雄壮有力、千回百转，或者缠绵婉转、如泣如诉。

重生

　　可现在，他早就没吹小号了，连前些年他重新学过的萨克斯也不吹了。哪里抽得出时间来呢？这一天天忙得像一条狗似的，浑身都散了架一般，感觉这一身骨头都快要不属于他自己了。这个冬天，他刚从温州来到这里。这两座城市，虽说距离并不遥远，最快的动车只需两个小时便可以到达，但是，两地的气候却迥然不同。来这里之前，他在温州生活了整整十年，他早就习惯了温州的气候与饮食。温州在更南一些的地方，靠海，属海洋性气候，昼夜温差并不大，冬天也不太冷。这里的地理位置靠北一些，一到冬天就潮湿阴冷，出门寒风呼呼叫，回到屋里仿佛掉入冰窖。为了御寒，他已经将几乎所有能穿的衣服都套在了身上，比如保暖内衣、毛衣、羽绒服等等。尽管这样，他仍然常常觉得冻得不行。这一身用来保暖的衣物，在给了他温暖的同时，也给了他沉重的压力，让他有些不堪重负。

　　他剥了一瓣橘子丢进嘴里。橘子很甜，仿佛可以暂时缓解一些胃中的不舒服。看着窗外，他突然想起，那天他走在一条小径上，走着，走着，突然觉得他快要承受不了这一身的衣物。肉身沉重，让他又想起另一件事情来。在很早前，他曾买过一款衣架，很细很软的那种，除了晾晒极薄的内衣或袜子外，它几乎不能承受更重一些的衣物了。有一次，他用这副衣架来晾晒一件刚洗过的外套。他抱着一丝侥幸心理，希望它能被委以重任，哪怕它可能会因此而发生一些形变。他想，待衣服晾干之后，只要他施以其妙手回春之术，拉拉扯扯，扭扭捏捏，修复一下，衣架仍可以恢复从前的青春容颜。他正是怀着这样的想法，用它来晾晒这件刚洗过的外套的。当然，他有这样的想法，还因为那会儿他可能实在没找出比其更粗壮、更有力、更值得信赖和托付的衣架罢了。当他从塑料桶里取出那件湿漉漉的，甚至还滴滴答答挂着水珠的外套，将这副衣架套进去，然后拎起来挂上晾衣竿时，他还对它投以无比信任的眼神——它定不会辜负他的嘱托。不就是一件外套吗？

　　可就当他拎着它，将它挂上晾衣竿的一刹那，这副衣架终究还是令他大失所望。刚洗好的衣服从衣架里迅速脱落，"啪"的一声，掉落在地上，沾染了一身的灰尘。那副瘦弱的衣架，在重力的作用下，早已彻底扭曲、变形，完全变了模样，只见它在晾衣竿上转了几圈，做了几个体操里的"单臂大回环"动作之后，"叮咚"一声，跌落到刚掉在地面的外套上。这情景看上去，仿佛有影视剧里殉情的人双双坠入深涧或者悬崖的悲壮。

他想，或许，他这身体现在便是那副衣架了。在很早以前，他曾经对他的身体充满期待，充满信任，这些年来，尽管经历了一场大病，但他仍对他的身体有着兄弟般的信赖，并始终对它委以"重任"，漂泊，打拼，在不同的城市游走，全靠着这一副身子。不过近来，他越来越觉得，身体的老化，正以他不敢想象的速度在加速。一身衣服的重压之下，他仿佛能听到骨骼在吱吱作响。

他又剥了一瓣橘子。这一瓣橘子，像一枚上弦月。对了，再过几天，月亮又会再圆一次。想到月圆，他几乎有些不忍将这枚上弦月塞进嘴里。在同事的指点下，他找到了一个中医诊所。诊所里只有一名退休的女中医，女中医是山东人，那口音他非常熟悉。这几年他常去山东出差，他能听得出这声音里有齐鲁大地的辽阔气势。女中医给人把脉、针灸、拔罐、开方子。在没有加班的一天晚上，他趁着夜色，穿过川流不息的马路，找到了这家诊所。在那张用来拔火罐的床上，他脱光了上衣，光着上身，将头对着那个圆孔，趴在那里一动不动，像一头已经被放了血的猪一样。背上被摆满了大大小小的罐子，取暖灯对着他的背部，他感觉浑身有一股暖流。约莫二十分钟的样子，这名女中医将他背上的罐子取了下来，跟他说，你看，这里都发黑了，这说明啊，你身体内的寒气太重。接着，这名女中医又给他扎了几针。那细细的银针从他的脖子上、肩膀上"吱"的一声（这或许是幻觉），扎了进去，短暂的酸胀之后，他的身体变得轻盈了一些。

远没有想象中那样的神奇。他这副身体，从外形上看，身材保持良好，没有肚腩，没有多余的赘肉，也没有任何的畸形。但如果掀开他一层层的衣服，你便能看到浑身的伤痕。腹股沟部，有一块硕大的伤疤。这块伤疤，或许是他这一生命运多舛的开始。现在，除了这块别人难以看到的伤疤之外，他的背部又添了许多新的疤痕。那天，女中医在给他拔罐时，着实被他背部的伤疤惊着了。她用山东口音大声地问道，你这背上的伤疤是怎么回事啊？他经常会将医生吓得一惊一乍，吓出一身冷汗来。比如上回体检，他的舒张压高得吓了那位医生一跳，让那名医生怀疑他手中的血压计是不是出了问题，量了一遍，又量了一遍，然后严肃地跟他说，你得赶快住院。接着，做腹部彩超的医生又为他的肚子惊慌失措、大汗淋漓。医生拿着那只探头，在他瘦弱的肚子上到处游走，那凉丝丝的B超液体在他肚子上涂得到处都是，可医生终究还是没能找到他那该死的脾脏。他那该死的脾脏，当年可是多么的嚣张疯狂啊。他现在依旧记得，他的脾脏当年在肚子里肿得像一只充满气的皮球。可如今，却不知为何突然不见了踪影，不知道它到何处归隐了——他是一个没有脾脏的人。中医说，脾与胃同受水谷，输布精微，为生命动力之源，故称为后天之本、气血生化之源。这些年来，他的身体越来越瘦弱，免疫力越来越差，极有可能便是因为这消失的脾脏。

那块烧饼在胃里一直折腾着。昨夜，他并没有睡好。今天是个周末，本来他被领导安排去加班，但他并不想去。他的那位女领导一大早又给他发来了微信，但此刻他不想理她，便权作没有看见。不过，其实躺在床上，他也并不能睡着，这该死的生物钟早已定时将他闹醒。

一连几天以来，他早上穿好衣服，起床，干的第一件事情，都是拉开窗帘。这一块窗帘，刚好将郊区零星的灯光遮挡在外边，让他在黑夜里有一块可以属于自己的小小天地。只有将窗帘拉上的时候，他才会觉得有一点点家的感觉。房子与窗户的隔音效果很差，马路上叮叮当当破路机的声音，深夜大货车的轰隆声，村庄里的狗吠声，清晨一两声孤独的鸡鸣，都能穿墙而过，进入他的耳朵。除了这些声音，他的耳朵里，现在还常年住着一只"蟋蟀"，也可能是两只、三只。这些该死的蟋蟀，将他的耳朵当成了它们的乐园，当成了它们的游戏场所，它们在他的耳朵里歌唱、诵读、弹奏。他常常想用一支棉签将这些蟋蟀掏出来，但并不管用，蟋蟀们避而不见——只闻其声，不见其身。

他又剥了一瓣橘子，他的嘴中开始有了橘子的甘甜与芳香。他拿起这瓣橘子，然后在眼前看了一眼，再放进嘴里，这一套小小的动作，仿佛让他看见了那许久不见的阳光。这些天，天一直阴沉着，他总希望每天早上拉开窗帘时，能够看到温暖而明亮的阳光扑面而来。他太需要阳光了。在这个寒冷的冬天，在这样一座远离中心的小城，他特别渴望这样的温暖与光亮。房间里有空调，但是他极少使用，或者说根本没用过，这主要是因为电费太贵，需要一块多一度，一个月，他仅仅开一只电灯，给手机充电，外加烧些热水洗澡，便要花去三百多元的电费，一个月三百，一年便是三千六百块。另外，使用空调取暖，还会让空气变得干燥起来。他的鼻孔近来常会因干燥而出血。还有，他的右眼因为多年前那场疾病而干涩，因为放疗而堵塞了泪腺。那名女中医跟他说，她曾经也有一只眼睛睁不开，她说，这是上天让她不要老打抱不平，让她对看不惯的事情睁一眼闭一眼。他想想，这其实多么像在说他啊。

但这几天，每次拉开窗帘时，他总是失望。几乎每个清晨，这天空都像有人欠它什么似的，乌青着一张脸。那几根从窗户前横穿而过的电缆上，挂着一串串泪滴，可能是寒露凝结而成的，也或许是昨夜淅沥的雨水吧。他竟有些为这样的水珠担心起来。在半空之中，除了这根电缆，它们便再无依托，它们随时都可能会掉落，或者被风吹干，然后消失得无影无踪。那种掉落的疼，或者被风干的疼，有多少人能够体会得到呢？不知道为何，他变得越来越脆弱起来，有时为一只鸟儿，有时为一只秋虫，或者有时为一个正在遭受疾病或者灾难的陌生人。

不过，他也有不脆弱的时候，就在昨天，他为这一串露珠写过这样的几行诗句：

> 黑夜里，是谁
> 偷偷给电缆戴上一串珍珠
> ——可谁稀罕呢？
> 她说，若是真爱她
> 那请再冰冷一些吧
> 0度，或以下
> 她需要的是一串钻石

生活不就是如此实际和冰冷吗？他想了想，又将一瓣橘子放入嘴中。就在他写下这几行诗句后，有两只鸟儿，黑色的，以极快的速度在窗前一晃而过，这样的飞翔，像闪电。他看不清楚那到底是什么鸟。就在前几天，他从窗户里看到，某个屋顶上，有一对灰色的斑鸠正在那里嬉戏，也可能它们正在热恋之中吧。在这样一个寒冷的冬天，在这样一个没有阳光的冬天，两只鸟儿的相爱、拥抱、亲吻，显得多么有必要啊。

他曾认识不少的鸟儿。他第一次看到斑鸠，还是很早以前。那时，他还住在山里面。在大山里面，麻雀、燕子、老鹰、乌鸦、喜鹊，还有斑鸠，都是最常见的鸟儿。这些鸟里面，他最喜欢燕子，双双栖飞，在屋檐下的木梁上筑巢，日出而作，日落而息，生儿育女，是那么恩爱；他也喜欢喜鹊，大人们都说，喜鹊叫，喜事到，谁不稀罕喜事呢？他最不喜欢的鸟便是乌鸦了，只要乌鸦在村头的树上叫几声，过不了几天，村里必定会有人死去。他记得有一年，那只该死的乌鸦老是在村头叫唤，吓得大人们连大气都不敢出。还有，他也不喜欢老鹰。老鹰的到来，往往都会预示着一顿毒打的到来。在那狭窄的天空之上，老鹰盘旋，趁人们不注意，突然像利箭一般射了下来，然后，便只听得一群刚才还在聊着东家长西家短的鸡们咯咯咯大喊大叫，惊慌失措，四处逃窜。等到夜幕降临，他数着鸡进窠时，这才发现少了一只，而且是家里最能下蛋的那只。母亲在油灯下叹起气来。哎，这发瘟的鹞鹰。母亲将老鹰称作鹞鹰。父亲则抄起一个木棍，照着他的屁股便抡了过来。

大半天过去了，挂在这些黑色电缆上的露水一滴没多，也一滴没少。也许多了几滴，或者少了几滴吧，或许只是他没看清楚而已。他这双眼睛，早些年读书时，还一直保持着1.5的良好视力，当年老鹰在天空盘旋时他都能看得清清楚楚，只不过他那时太贪玩罢了。并且，一只会下蛋的鸡，对于他的母亲，对于这样一个农村的家庭意味着什么，他似乎并不太清楚。他那时眼睛如此之好，或许与他上学时并没有读多少书有很大的关系。这些年，他的工作是对着一台电脑，要写很多的报告，写很多的管理文件与资料，他靠这些琐碎而无新意的工作换得一份收入，借此养家糊口。除此之外，这些年他爱上了写作，也爱上了读书。他知道，这些事情并不能给他的生活带来实质性的改变，但读书和写字这样的事情，却常常让他废寝忘食，不畏严寒与酷暑。比如这会儿工夫，他的手脚早已冰凉，他正"噼噼啪啪"敲打着键盘。这个声音是真实的。他想要写一篇文字来。他其实并不太清楚，他能写出怎样的作品来，他将来能不能成为一名作家，但每当他坐在电脑前，双手敲击这快要敲烂了的键盘时，他的内心便会觉得无比地充盈——这大概是他最觉得有存在意义的时候了。

就在前不久，写作这件事算是回报了他，给了他许多的温暖与信心。他之前待过的温州，给了他当地文学领域里的一个最高奖项——"温州散文家奖"。协会除了给他颁发证书和水晶奖杯之外，还给了他一万元的奖金。他很久没有获得过这样的认可了，更是很久没有拿过这么多的奖金了。这笔奖金，在某种程度上可以稍微缓解一下他目前经济上的窘困。比如那天，他终于舍得在菜市场上花二十块钱买了一块牛肉，花二十块钱买了一筐鸡蛋。

今天中午，他决定这一顿用没吃完的牛肉做一碗面条。面条是他常备的食物，他做面条的手艺非常不错。在面条里面，除了放几块牛肉，打上一个鸡蛋，他还会放些香菇、西红柿、山药、青菜、大蒜、葱、姜、芫荽之类。一碗热气腾腾的面条，常常吃得他满头大汗，甚至热泪盈眶起来。有时候，他觉得人生太孤单了，一个人吃饭，一个人睡觉，一个人去西湖边静坐发呆。他的妻子仿佛从来不能理解他的孤单。每次他打电话回去，他的妻子从来不会与他嘘寒问暖，他偶尔回家，他的妻子也从来不会给他做一顿好吃的补补身子。随着年龄的增长，他的身体已经大不如从前了。他知道，这与他多年前的那场疾病有关，也与他这些年疏于照顾自己的身体有关。他的母亲给他打电话，总会在电话那头跟他说，你要晓得自己照顾自己啊——自己照顾自己，还是他的母亲懂他。也不知道为什么，在小时候，他舍不得吃东西，现在仍旧舍不得吃。他默念着母亲的这句话，他想，在这一碗面条里，放上几块牛肉，打上一个荷包蛋，便是母亲说的照顾自己吧。

寒冷让他打了个喷嚏。他去衣橱里再取了一件外套来，披在了肩上。这一件外套，再一次增加了身上衣服的重量，但也让他的身子渐渐暖和了起来。他的脚有些发麻，他使劲地在地板上蹬了几下。对了，就在桌子底下，有一个纸箱子，纸箱里便是他快要吃完的橘子。他曾经为这橘子写过一篇几千字的文章，发表在一本杂志上。的确，这是他吃过的最好吃的橘子了。这也的确是他最喜欢吃的水果了。他并不是不吃其他的水果，比如苹果、桃、梨，他都吃，但是他却常常嫌削皮太麻烦。他甚至为了吃这类需要削皮的水果，专门去买了一把刀，买了一个削皮器，但这些东西，到最后常常变成了一个摆设而已。

在这一点上，他觉得自己与一同获奖的那位写小说的兄弟是多么的类似。那位写小说的兄弟也是只喜欢吃可以直接剥皮的水果，比如橘子、香蕉。只不过，他和他比起来，将范围再缩小了一些，他仅仅喜欢吃橘子而已，他甚至从未买过香蕉。不知道为什么，他对这种弯弯的，可以直接剥皮的水果一点兴趣也没有。

现在，要跟你说一下，他吃的这种橘子。这橘子产自临海涌泉，因此它被称作"涌泉蜜橘"。之所以叫"蜜橘"，是因为这橘子确实甜得几乎像蜜一样，不过，它的甜味并不像蜜那样浓稠，更多的是一种水果的自然甘甜。生活太苦了，有时真需要这样的甘甜来滋润一下，来安抚一下，来慰藉一下。昨天晚上，他加班到九点，前天晚上他也加班到了九点，他已经记不清楚有多久没能正常下班了。其实，这样习惯性的加班，并不完全是因为他的工作任务真有这般繁忙。

昨天加班后，食堂早就关门了，附近也找不出一家小吃店来。一名同事买了一袋烧饼回来。见到那袋烧饼的时候，他才发现自己已经饿得有些发晕。他抓起烧饼往嘴里面塞，囫囵吞饼。没几分钟，一只鞋底般大小的烧饼便进了他的肚子。但是，那只硬邦邦的烧饼，仿佛仍停留在他的胃里面。或许只有这只"鞋底"知道，这也极有可能是他周六的早餐，于是，它便一直停在胃囊里，迟迟不愿进入到小肠与大肠里去。今天一早起来，它还在胸口处，在胃囊里，他感觉有些硌得慌。这时候，多么希望有一个甘甜的橘子能够润滑一下这可怜的胃囊啊。

他弯腰，从纸箱里取出一个橘子来。橘子不大不小，刚好一只手握着。黄色的橘皮，已经渐渐失去了刚买回来时的那种光泽，但看上去，依旧温润无比。这样的温润，对于这个吃橘子的人，在这个阴冷灰暗的冬天里，仿佛有着一种别样的温暖与光芒。

橘子哲学

1

我在微信里跟冯娟说：如有机会，我一定要去涌泉看看橘园。

其实，我并不知道她叫冯娟。冯娟是我在快递单上看到的寄件人的名字。我到底该用"她"还是"他"来指代冯娟，我也并不太确定。当然，从这个名字来推断，冯娟应该是一名女生了。不过，这世间的事，哪有那么绝对的呢？就比如我的名字"敏"，被人误以为我是个"美女"不知道该有多少回了。

加上冯娟的微信，应该有六七年的样子。六七年前，我还在温州一家单位里谋份差事。经朋友介绍，我第一次从她那里买了蜜橘。这种未见其人，却能够进行交易的，除了因为网络发达提供了便捷之外，更重要的是人与人之间的信任。

信任这个东西很奇怪，无需任何华丽的辞藻和语言，而在乎真真切切的实际行动。也正是因为有了这份信任，在连冯娟是"他"或是"她"都不能确认的情况下，每年蜜橘上市时，我都会找她买些，或者自己吃，或者赠送友人。尽管买了她这么多年的蜜橘，可在我的微信通讯录里，她并不叫冯娟。我一直给她备注的是"涌泉蜜橘"。

我用的是"橘",而不是"桔"。我莫名地就喜欢上"橘"这个汉字来。实话说,"橘"无论是写起来,还是看起来,都要多些韵味与意境。《说文解字》载,橘,果出江南,树碧而冬生。而桔为桔梗,是一种中药材。很明显,"橘"并非"桔",而"桔"则更不是"橘"了。这样的不同,在《康熙字典》里也能找到一些依据。在《康熙字典》里,"橘"为"居聿切",而"桔"为"古屑切"。其音,其义,两个字可谓泾渭分明。

可在《陶庵梦忆》里,这"橘"仍写作"桔"。《陶庵梦忆》是明末清初散文家张岱的散文集。张岱所在的年代,算起来应该早于《康熙字典》的出版时间了。张岱在《陶庵梦忆》卷四《方物》里这样写道:"越中清馋,无过余者,喜啖方物……福建则福桔、福桔饼……塘栖蜜桔……",又在《陶庵梦忆》卷五《樊江陈氏桔》里再次写到"树谢桔百株……",仅这"桔"字,就先后出现了四次之多。《陶庵梦忆》成书于1644年之后,直至乾隆四十年,即公元1775年才正式出版。《康熙字典》成书于康熙五十五年(1716年)。

啰里啰唆地说了半天"橘"和"桔",算是题外话。自打吃了涌泉蜜橘之后,我已经为她写过两篇文章了。我习惯用"她"这样的代词来指代涌泉的蜜橘、我总觉得,这蜜橘如有前世,她一定是个倾国倾城的美人。这两篇橘文,写得洋洋洒洒、淋漓尽致,各有六七千字的样子,给我换了不少买橘钱。《橘事》发表在《黄河文学》上,《吃橘子的人》发表在《天津文学》上。这两份刊物厚爱我,将不少的版面留给我,留给我絮絮叨叨地说一种水果,留给我说与这种水果的几段奇闻逸事。若加上今天要写的,算是"橘子三部曲"了。

我不禁暗自笑了出来。对于一个并没有多大创作梦想的人,竟然要为一种水果写"三部曲",这的确是一件有些搞笑而又有些挑战的事情。想到这里,我又有些小小的激动。

虽历史的车轮滚滚向前,时代的脚步永不停歇,可社会的发展并不一定就是一直在进步。而冯娟是她，还是他，并不重要。我们为人处世，许多时候，就像这卖橘子这件事，信任远比黄金重要。

2

我不知道这算不算是一种矫情，抑或这是不是有点俗气？因为吃了涌泉的蜜橘，除了要写"橘子三部曲"之外，竟然有了要去涌泉看橘园的想法。想起前些年流行的伤感文学，大概都是这样子的。比如，你哪天突然想去某座城市，实际上并不是这座城市真的让你想念，只是因为这座城市里的某个人，因为在人群里多看了一眼，就让你念念不忘，就让你朝思暮想而已。

许多年前的一个夏天，单位里搞团建，我曾带着同事们一起去过临海，登临过临海的古长城。始建于晋朝的古长城东起揽胜门，沿北固山山脊逶迤至烟霞阁，于山岩陡峭间直抵灵江东岸，延伸至巾山西麓，依山就势，俯视大江，矫若巨龙，壮观不已。走在这一块块印记历史的青砖之上，耳边仿佛传来当年抗击倭寇的旌旗猎猎与鼓角齐鸣。人们因八达岭长城在建造时参考了临海古长城的技术，故又称其为"江南八达岭"，只是这江南八达岭与雄浑苍凉的八达岭比起来，秀气不少，柔情许多。

椒江出口就是台州湾。台州湾外，除了星罗棋布的岛屿，就是广袤无边的东海了。椒江据说是因形似辣椒而得名。可在我看来，椒江并不像辣椒，倒如同一只巨大的喇叭。这喇叭弯弯绕绕，九曲回肠，口径由小变大，年复一年日复一日地，在临海大地上或汩汩，或咆哮，对着那片蔚蓝的大海，吹奏出一曲曲临海人改天换地、扬帆远航的壮丽动人的歌谣来。

溯椒江而上约三十公里，是为灵江。许多江河，在不同的位置，往往会被赋予不同的名称，比如钱塘江，它的上游是新安江，中游为富春江，到了杭州才被叫作钱塘江。椒江也不例外，其上游为永安溪、始丰溪，中游是灵江。灵江流经蜜橘产地涌泉镇。冯娟的家就在涌泉镇一个叫作"前路"的村庄里。那次去临海游玩仓促，我没能来得及去到涌泉。后来也有事从临海经过，但终究还是没能停车下来，橘园自然是没能看成。

冯娟的朋友圈是我极少数没有屏蔽的做微商的朋友圈之一。她也许算不得真正的微商，自家种的东西，自己在微信上卖，这无可厚非，喜欢就关注下单，觉得打扰到自己屏蔽或删除掉也行。不像那些满天飞的视频直播带货，管他网络达人也好，明星大咖也罢，常常推送给你，这总让我觉得讨厌得很。我平时因为工作忙，买东西基本靠网购，但说实话，我几乎从不通过直播带货买东西，就连红极一时的"东方甄选"也不例外。

在冯娟的朋友圈里，我看到过她家的橘园。橘园在崇山峻岭之间，若是清晨，烟波浩渺，雾气氤氲，如同仙境一般。天接云涛连晓雾，星河欲转千帆舞。我严重怀疑李清照在江浙一带时，特别喜欢登山，否则，怎能写下如此精彩的诗句呢？一排排橘树，在梯田般的山坡上，层层叠叠，葳蕤葱绿，整齐而又不失错落，兼具工艺和自然之美。

沿海一带的山，因靠近海，常年被海风吹拂侵蚀，风化往往较为严重，水土流失得厉害。我所见过的，比如温州的大龙山、乐清的雁荡山，这些山多半以裸露的石头为主，其间丛生点缀的绿植，多半生存艰辛不易。为了活着，它们必须将根须牢牢地扎进那些极其稀薄的土壤里，甚至直接裸露在岩石之上，它们竭尽全力汲取养分，努力向上生长。

涌泉的蜜橘树便生长在这样贫瘠的山坡上，可想而知要结出一树橘红的灯笼般的果实来，橘树的根、枝干，该如何专注，又做了多大的牺牲和努力。这世间，唯有心无旁骛，唯有誓不罢休，才能做好一件事情。每年到了立冬季节，橘树结满枝头的橘子，犹如一只只橘红色的小灯笼，挂在碧绿的橘树上，像是给橘树缠绕上了一串串霓虹闪烁的灯泡，让冬日略显萧瑟的山间多了一份温暖与诗意来。

涌泉离台州湾很近，橘园算是近水楼台。虽山上的泥土并不丰饶，但因水汽雾气足，橘树的根系与枝叶皆可汲取其精华，一点点地积攒，终于酝酿出蜜橘甜蜜的汁水来。层叠的橘园就在这些向阳的山坡上静静地生长着，一株株橘树素心若雪，观潮听海，迎来一轮轮朝阳与落日，送走一年年冬夏与春秋。

我想，涌泉蜜橘之所以肉质脆嫩，汁多化渣，大概有两个原因，一是她独特的地理位置、光照和气候条件，也就是所谓的环境。人都是环境的产物，何况一种水果呢？另外，这橘子不经风霜雨雪的拷打，绝不轻易上市，其味道如此甜美，想必该是理所当然的了。

3

文人墨客中，喜欢橘子的实在太多了。除了前文说的张岱，苏轼也是。他在《浣溪沙·咏橘》里写道："香雾噀人惊半破，清泉流齿怯初尝。"剥开橘皮，芳香的油腺如雾般喷溅；初尝新橘，汁水在齿舌间如泉般流淌。橘子的色香味，跃然纸上。可这还不够，最妙的是"吴姬三日手犹香"这句。除了苏轼，白居易、孟浩然、陆龟蒙、柳宗元等，都曾为橘子写下过精妙绝伦的诗句。在重庆奉节，杜甫还当过一段时间的"橘官"。杜甫弃官入川后，于公元766年，来到了西南重镇夔州，见"此邦千树橘"，心血来潮，置地四十亩作橘园。这阔绰的手笔，一看就是个干大事的人啊。"春日清江岸，千甘二顷园"说的就是他种橘子的事情。"茅斋依橘柚，清切露华新"说的还是他瀼西草堂周边的柑橘林。橘官是杜甫为数不多的官职里最接地气的官职，更是杜甫的另一种荣耀。只是他老人家的橘官没当多久，便"每依北斗望京华"，那忧国忧民的老毛病又犯了。

"后皇嘉树，橘徕服兮。受命不迁，生南国兮。"写橘，对橘的赞美，并以橘自喻，还应该是屈夫子。屈夫子认为橘树是天地间最美好的树，橘不仅"精色内白""文章烂兮"，而且它还"深固难徙，廓其无求""苏世独立，横而不流",其坚贞、忠诚与操守,让他认为"可师长兮",并"置以为像兮"。

俞平伯、朱自清都写过橘子。俞平伯在《打橘子》里提到过塘栖蜜橘,写的是黄岩蜜橘。黄岩和涌泉,背山而靠,隔江相望,距离二十公里左右,橘种并不一样,早些年黄岩蜜橘名气大,现如今日渐式微,早已没落成极其普通的橘子了,在浙江满大街都是,开着小货车的橘贩子,用一只录音喇叭反复地叫喊:黄岩蜜橘,十块钱三斤,不好吃不要钱。《背影》中出现的橘子,是朱自清的父亲在南京浦口火车站临时买的,是何种品种作者也未曾交代,但想必肯定不是涌泉蜜橘了。

这么多的文人墨客都为橘子写过诗句,为何没有人给涌泉蜜橘写点什么呢?据《临海水土异物志》载:"鸡橘子,大如指,永宁界中有之。"这记载足能说明临海的柑橘栽培历史,可以溯及一千七百多年前。又有林昉《柑子记》载:"高宗宅钱塘,始贡台柑。"也就是说,在唐宋时,临海已经有进献贡橘的任务了。灿若星辰的大文豪们难道都没品尝过涌泉的蜜橘吗?这是他们的遗憾,还是涌泉蜜橘的遗憾呢?

噫,莫非天将降大任于我也?要将写涌泉蜜橘的任务交给我?我喋喋不休地张罗着给涌泉蜜橘写文字,真的难道是天意?只是可惜了,我这无名鼠辈,放在如今的文学界里,简直微不足道。人微言轻啊,就算真给橘子写了点什么,有谁能看得见、看得上呢?

前些日子,同在写作的朋友说,她涌泉朋友家的橘子丰收,但销路不好,正愁得慌。作家朋友知道我写过橘子,也许她读过我写的橘子,于是在微信里给我留言,让我再写写橘子。前几月,我刚来一家新单位,这家单位管理基础差,底子薄,为理顺各种关系,我不得不为此脱了一身皮,不说别的,每天步数至少两万五,实在没空闲,也没心思坐下来敲键盘。只好回复友人说:等我闲下来,一定再写一篇。我当时也许是随口一说而已。这随口一说，似乎成了我无法逃脱的一个魔咒。这几日，脑子里时常想着橘子的事情，有点闲工夫，就开始琢磨怎样写橘子。可写作不是一件说干就立马能动手干的事，没点冲动，没点创作欲望，没点所谓的灵感，实在不好动笔。酝酿了很久，我今天终于动笔了，也终于写下了这些文字。不知道，这些文字能否给友人一个回应与交代？

不过，我在想，我纵使写再多，绞尽脑汁写再好，估计也帮不上橘农什么真正的忙。这年头，会有人因看过一篇文章而下单吗？我不得而知，但大概率是文章并没几个人读。那样的话，我写橘子的意义何在？仅为对友人的承诺，或是自己所谓的"三部曲"计划？其实，写作本身便是一件无意义的事情罢了。对于涌泉种橘的人来说，除了冯娟知道这世间有一个她未曾谋面的作家，先后为涌泉蜜橘写了三篇文章，其他的涌泉人呢，他们会有机会知道吗？他们能读到我写下的这些文字吗？

我除了自己买些橘子吃和送人外，也给冯娟介绍一些生意。每年收到冯娟寄来的蜜橘，我都要拿来跟同事们一起分享。总有些同事，在尝了蜜橘后，味蕾里的那条馋虫被勾起，忍不住找我帮他下单。这不，今年一同事，吃了蜜橘后，硬是一口气下了二十箱订单。这二十箱蜜橘，分别被发往广东、山东、江苏、江西、天津、山西、安徽、宁夏等地。

可蜜橘蛰居山中，如桃花源中的古人，问今是何世，乃不知有汉，无论魏晋。如今虽是网络时代，可你看到的也许都只是大数据想让你看到的。物资丰裕，各种品牌争先恐后，抢着市场份额，琳琅满目之间，美酒再香也怕那条巷子幽深了。据了解，涌泉镇政府每年都会搞蜜橘文化节，不过，都是小打小闹而已，其影响力与辐射面实在有限。我觉得，涌泉蜜橘配得上更大手笔的宣传与推广。如果要让更多的天下人知道涌泉蜜橘，她该有一个好故事——一个温暖的故事，一个有着文化内涵的故事。

文化内涵对于一种产品（或城市、建筑、食物等）的重要性，就像修养和气质对于一个人的重要性一样。没有文化修养的积累与沉淀，气质顶多只能流于表面，或者昙花一现。对于涌泉蜜橘来说，她不仅要好看的皮囊、甜美的味道，还要有万里挑一的有趣的灵魂。

4

熟透的蜜橘娇嫩得很，稍不注意，就会碰破皮。物流运输过程中，对蜜橘的保护是个不小的难题。早些年，蜜橘用的都是那种纸箱装。简单的包装盒里，蜜橘压着蜜橘，垒叠在一起。从涌泉到全国各地，舟车劳顿，总有些蜜橘承受不了这一路的颠簸，更难以忍受物流分拣时的粗暴。为解决蜜橘在运输途中出现破损的问题，必须对包装做一定的改良。冯娟家专门定制了一种水果泡沫板，白色泡沫板冲有一个个窝状的凹陷处。蜜橘不大不小，刚好放在窝状凹陷处里，这样再也不用担心一路的颠簸与挤压，自然也就不会再有破皮损坏的现象了。这算是技术给蜜橘带来的福音吧。可是，这白色泡沫板却是一种难以降解的材料，我们在品尝甜美的蜜橘的同时，又造成了一些不必要的生态与环境污染。

十根手指有长短，蜜橘也并非生来就个头同样大小。冯娟家的蜜橘也一样。从橘园里摘下来后，经过运输带送到山下，按大、中、小三种规格分拣。如果再精致些，可以用特定的工具来度量果子的直径。直径大些的果子，价格自然要高些。将果子分规格出售，多少可以提高点橘农们的收入。

在如今，橘子虽然是一种很普通的水果，但我们小时候却很难吃上一次橘子，就更别提蜜橘了。毕竟外婆家的橘园也就那么大，等着吃橘子的人又那么多，真是僧多粥少。等到有橘子吃时，我们人人都抢着要去挑个头大的，大橘子一个可以顶俩嘛。后来读过一篇短文，写的是生病的母亲给孩子们分橘子的事情。作者像我一样，也想得到那个最大的橘子。几年后，作者的姐姐师范毕业参加工作，领到第一个月的工资后，买了好多橘子回家，一家人围坐在一起吃橘子时，回忆起小时候妈妈分橘子的往事来。姐姐意味深长地说：

"如果拿橘子来比喻人生，一种橘子大而酸，一种橘子小而甜。有的人拿到大的就抱怨酸，拿到甜的就抱怨小。还记得几年前我们吃橘子的情景吗？当我拿到小橘子时，就庆幸它是甜的；当我拿到酸橘子时，就感谢它是大的。"

果真是一个有智慧的姐姐。我也想起许多年前跟刚上小学的女儿有过一段对话——

"爸爸，为什么橘子要剥皮才能吃呢？"

"丫头，那是橘子在告诉你，你想要得到的东西，不是伸手就能得到，而是要付出相应的劳动。"我说。

"爸爸，那为什么橘子的果肉是分成一小瓣一小瓣，而不是一个完整的呢？"

"丫头，那是橘子在告诉你，橘子的美味与甘甜，不是用来挥霍的，而是用来慢慢享用的，好东西就得慢慢地品尝。我们要懂得珍惜生活的甘甜和幸福啊。"

"爸爸，我知道了。"

"丫头，橘肉长成一小瓣一小瓣的，还有另一层用意呢，你知道吗？"

"爸爸，还有什么用意啊？"

"丫头，那是告诉你，好东西不能独自占有，不能独自享用，而要懂得与人分享。"

5

是啊，如果你有一个蜜橘，那你可以将橘子分成很多份，一小瓣一小瓣的，与人分享；如果你有一箱蜜橘，那你也可以将橘子分成很多份，一个一个的，与人分享。

无法见面的你，我无法分享涌泉蜜橘给你。只好给你奉上这啰唆的文字罢了。它如今可能无法像在古人的诗词中那般承载高洁、坚贞之寓意，但它的确是好吃极了。

闯入者

　　我不太确定房间里是否有新的闯入者，也不太确定这新的闯入者是否就是一只老鼠。

　　门一直开着，窗户也一直开着。前些日子，有一两只"鸟"飞进来过，黑色的，像幽灵，扑闪着翅膀，在房顶环绕飞行，几圈之后，又从房门飞出去。我不敢确认这是什么鸟，感觉中，它像是蝙蝠。尽管我很早就知道，蝙蝠其实是一种哺乳类动物，它不属于真正的鸟。但对于一只飞行的动物，有什么理由不称它为"鸟"呢？《唐本草》里说蝙蝠：伏翼，以其昼伏有翼尔。飞进我房间的那一两只"鸟"，那黑色，那翅膀，那飞行的样子，和我小时候见过的蝙蝠是那么的相似。

　　在深山某处，总会有一个石窟，石窟的入口也总是比较隐蔽，这样的隐蔽，多为天然而成。但假如有机会进去一探究竟，你会发现，这里面也总是别有洞天。蝙蝠大多就住在这里，它们在这里栖息、穴居，它们将爪子倒钩在岩石的缝隙里，或者是突出的岩石棱角上，密密麻麻，黑压压的一大片。据说，它们是悬挂着睡觉的。但我并未真正见过它们悬挂着睡觉的样子。我在进入这些洞穴之前，学会了投石问路，这是一个乡村少年想要征服山林、征服洞穴所必需的一种最基本的技能。我从石子滚落的回声里，可以探究洞穴的深浅、潮湿的程度，以及是否有水，等等；我还可以借助手中的石子驱走盘在隐蔽之处的蛇，躲在角落里的老鼠之类。当然，也顺带惊吓到了这挂满洞壁的蝙蝠。

在某些时候，或者说在大多数时候，人总与动物为敌，对蝙蝠也是如此。位于西太平洋北马里亚纳群岛最南端的关岛，人们就喜欢捕食蝙蝠，将它当作盘中美味。我实在想象不出，假如一只蝙蝠摆放在我的餐桌上，我该如何拿起筷子，如何张开嘴巴，即使张开嘴巴，又该如何将它吞咽下去。有网友以蝙蝠的口吻编段子说，我已经努力将自己长成不是食物的样子，但是你们还是要吃我。看着图片上的"福寿汤"，我实在忍不住想吐。尽管我是恐于食用蝙蝠的，但我入侵了它们的领地，闯进了它们的地盘，并不知道将要带给它们怎样的威胁，在它们的眼中，我这样一个外来的闯入者，与其天敌——蛇，蜥蜴，或者一只猛禽，或许并没有多少区别。（作为闯入者，我将如何被它们报复呢？这一场威胁全球的病毒，是不是大自然对人类贪婪自私的报复呢？）

我现在依旧记得，成百上千只蝙蝠，在那一瞬间，如临大敌，呼啦啦齐飞出来，在狭窄的洞穴内盘旋，密密麻麻，相互碰撞，发出呼救一般的声音，匆忙地寻洞口而出。我那时胆子大，并没有被这样的阵势吓着，竟然敢仰着头，睁大着眼睛，盯着这一群惊慌失措的，如旋涡般逃窜、慌张、失神的"鸟"。我不知道我为什么会有这样的胆量和嗜好，对于一些弱小的动物，我总能在它们身上获取一些意想不到的快感和乐趣，在它们面前，我觉得自己如一名打了胜仗的勇士，它们便是我手下的残兵败将。当然，我付出的代价是，在我并不干净的脸上，会多出几泡"鸟"屎来，热乎乎的，明显还有尿液夹杂其中，有一股腺臭味。

所以，我可以确定房间中留下的痕迹并不是蝙蝠拉的"鸟"屎。鸟屎有鸟屎的样子，我见过很多鸟屎，比如燕子屎、麻雀屎、喜鹊屎、乌鸦屎等等。鸟拉屎的时候，总在空中，或者在屋檐上、树枝上，从空中落下来的鸟屎，总会砸出不一样的痕迹来，由于重力的缘故，它们会被放大，还有的会呈放射状。因此，当我们提到鸟屎的时候，量词总用"坨"。但，我刚才在米袋子里看到的，那黑色的、接近米粒般的、近乎圆柱形的东西，可以确定它是不能用"坨"这样的量词的。白色的米粒里，这样的东西有几"粒"，灯光下，特别显眼。请允许我用"粒"这样的量词。我不知道用什么量词会更准确一些。在我的印象中，用"粒"来作量词的东西，似乎没有呈圆柱形状的，比如一粒米、一粒谷、一粒豆子、一粒种子，有什么东西可以用"粒"来量化而呈圆柱形状呢？

不过，我就姑且用"粒"吧。那一粒黑色的东西，那几粒黑色的东西，也一定不是另一只塑料袋子里的黑米。尽管我眼睛的近视度数越来越高，但我至少还是能辨认出黑米的。

这到底是什么呢？另外的闯入者留下的痕迹？

——老鼠？！这粒黑色的东西，这几粒黑色的东西，它不就是老鼠屎吗？我再仔细看去，纸箱的边沿上也有几粒。它们的颜色、大小，几乎一致，闻上去，并没有什么明显的气味，或许是它的气味早就散了罢。"一粒老鼠屎坏了一锅粥"，这样的话我曾经常讲。那时年轻，我在一个乡村中学做老师，对那些不愿意读书的孩子，我总恨铁不成钢，急起来，就骂他们。骂他们的时候，我就唾沫横飞地说过"一粒老鼠屎坏了一锅粥"这样的话。

一粒老鼠屎真的就能完全祸害一锅粥吗？也许只是心理作怪罢了。儿时读书，发黄的米饭里，是否就有一粒甚至几粒老鼠屎呢？而现在，吃外卖、吃快餐、吃食堂，又怎能保证一定没吃过含有老鼠屎的米粒呢？那些曾被我说成是"老鼠屎"的学生，现而今混得风生水起的也大有人在。以前去南京，曾看到过一种名为"老鼠屎"的风味零食小吃，包装袋上写着"恋爱的味道"，竟有不少人购买，津津有味地嚼起来，仿佛回味悠长。莫非，恋爱的味道就是"老鼠屎"的味道？

我又仔细地去看这只纸箱子。这只纸箱子是我搬家的时候一并带过来的。我这人，几乎很少丢东西，哪怕是一些并不值钱的东西，除非真的用不上，不然我每搬一次家都会带着它们。比如这只纸箱子，我一直用它来装一些从超市里购买回来的熬粥的食材。在我看来，某一个物件用久了，上面就有了自己的指纹、自己的体温、自己的情感，于是乎，它也便成了自己生活中不可或缺的一部分。若是丢了它，在某一段时间里，你定会觉得不顺手，像是缺了点什么。我的这只纸箱子里，装有大米、小米、黑米、糯米、红豆、薏仁、花生米等。对了，当我细数这些食材的时候，我又想起来，其中的有些，早已经没有了，比如红枣、芝麻、莲子、百合之类。

我偶尔会用这些食材来熬粥。我想，这大概属于我没有去注册专利的一项"发明"吧。有时，克服了自己那份惰性，一连几天，我都会动手熬一锅香喷喷的"十宝粥"来，我的"十宝粥"比从超市里购买的带有防腐剂的八宝粥，不仅食材更多，而且味道更纯正，刚出锅的粥，热气腾腾，香气四溢，暖胃暖肠，它可以果腹、解馋。一个人的周末，这锅粥就是一顿美好的食物。有时，我还得靠这下点小酒。我曾写过一篇《以粥下酒》的短文，对于一名饮者，有花生米，便可以下酒；没有花生米，这粥也可以下酒。当然，懒惰的劲头上来，我也会一连几天都不熬它。像这几天，我的懒劲儿正犯着。

那一粒老鼠屎的形象，以及它的破坏与威力，甚至毒性，此刻一直在我脑海里盘旋，就像前些天的那一两只蝙蝠，在我的房间里不停地盘旋一样。蝙蝠飞进我的房间，莫非是不祥之兆？还是我房间里的潮气、湿气，或是阴气太重，它们错把它当成那山间的洞穴？我有时会这样担心。我在床的周围、柜子里、抽屉里，以及但凡可以搁置小物件的地方，都放上了一袋袋活性炭。那黄色包装的活性炭，被我整齐地摆在床沿、柜子上和抽屉里，尽管我知道，我完全是出于一种自我安慰的本能。是的，这房间里有毒，但现在，有了活性炭，这毒便很快就没有了。我一遍遍这样暗示自己，暗示自己的鼻腔，暗示自己的肺，暗示自己可以安然入睡并好梦一场。

有时候，下班回到宿舍，看到自己的床边整齐地摆满那黄色的袋子，我会突然想到那铺满鲜花的灵柩。我不知道我为何会有这样奇怪而令人毛骨悚然的想法。我这样想，就像是诅咒自己一样。我尽量克制自己不朝这方面去想，可这样不祥的念头，却总是不由自主地冒出来，想制止也制止不了。为此，我曾恶狠狠地抽了自己的嘴巴子，一下、两下，但似乎并不管用。

元稹《长庆集》卷十五《景申秋》诗："帘断萤火入，窗明蝙蝠飞。"帘落下，萤火虫便提着小灯笼闪现；窗口微光亮起，蝙蝠飞散而去。蝙蝠何尝不是预示着福气呢？小时候见过，那些婚嫁时的缎面、服饰，那些妇女头上戴的绒花，不都有蝙蝠的造型吗？我也曾这样宽慰着自己。

这粒黑色的东西，这几粒黑色的东西，如果确定是老鼠屎，那这老鼠与先前的闯入者蝙蝠之间又有什么关联呢？它们是怎样谋划结伴而行，成为我卧室的闯入者呢？传说里，蝙蝠是老鼠偷盐吃而变成的。李氏《本草》载，蝙蝠即天鼠也。我不知道这样的说法是否准确，是否有一定的科学依据，但是，这两种仿佛有着某种关联的动物，在短短的时间内，竟同时出现在我的房间里，让我有些不解与心神不定起来。

这样的闯入者，想必也曾出现在辛弃疾的生活里。《清平乐·独宿博山王氏庵》里就有"绕床饥鼠，蝙蝠翻灯舞"这样的描述。饥饿的老鼠，绕着床蹿来蹿去，黑色的蝙蝠，围着灯上下翻舞。宋孝宗淳熙八年（1181年），也就是辛弃疾四十一岁那年，他被诬罢官为民，闲居于带湖（今江西省上饶市城外）。无事时，他常到信州附近的鹅湖、博山散心。"平生塞北江南，归来华发苍颜"，辛弃疾这一生，为国事奔驰于塞北江南，现如今失意归来，头发花白、容颜苍老。可想他那一刻的悲凉。就在这样一个清秋的夜晚，他来到博山脚下一户人家投宿，主人姓王，也就是标题里的王氏庵。这王氏庵可不像今日的那些民宿，有着诗意的装修，有着温馨而舒适的环境，那只是几间破旧的草屋而已。草屋后，是一片萧萧的竹林，荒凉、冷落、破败。夜深人静，又恰逢秋雨，怎能不百感交集呢？可纵使如此，却依旧"眼前万里江山"。这老骥伏枥之慨、不坠壮志从何而来呢？

我的房子不是草庵，它是由铁皮、玻璃、集装箱改制而成。我房子的周边也不是竹林，是一望无际的滩涂，是几百亩有水的湿地，湿地里，有些地方长满了杂草，有些地方被种上了据说是试验用的耐盐碱水稻和药材。在靠近我的房子周边的湿地里，最近又放养了一两百只鸭子。每天清晨，我总会听到这些鸭子哗哗划水的声音，嘎嘎叫的声音，它们成群结队，在水草里游弋、嬉戏、捉虫子、寻觅可食的水草。说到这鸭子，记得那天晚上，我们一帮人围着一只电火锅喝酒，大伙你一句我一句，就说到了鸭子。趁着点酒性，大伙说，等哪天，我们去弄一只来。这"弄"的意思，想必不说你也应该知道。而那只咕噜噜响的、红油翻滚的火锅里，那些从超市里买回来的鸡肉和鸭肉，其实我一块也没动。

在这样的湿地里，是否会有老鼠呢？天气渐渐变凉，白云闲适，天愈来愈澄澈，湿里的稻子也越来越黄了。秋天将尽，想必老鼠也在积极储粮，忙于奔波找食吧。它们将洞穴安在何处？它们又是如何找到我这只纸箱子的？是凭着它们敏锐的嗅觉吗？谁向它们告密？或者是我在什么时候泄露了这样的天机呢？它们又是怎样进入我房间的？我的房子在二楼，它们是从楼梯上来的，还是从某根柱子爬上来的？是从敞开着的房门大摇大摆进来的，还是潜窗而入？它们怎样判断我哪些时间在房间里，哪些时间不在房间里呢？假如它们在我的纸箱子里，正津津有味地品尝着美食，大快朵颐的时候，我刚好出现在它们的面前，它们又将怎样落荒而逃呢？它们是否在进来的时候就想好了去时的退路？我曾见过一些老鼠惊慌失措、满地找洞、仓皇而逃的场景，它们那黑溜溜的眼神里，似乎充满了绝望与恐惧。但是，谁会放过一只人人喊打的老鼠呢？铁夹子、老鼠笼、粘鼠纸、老鼠药，还有猫和管闲事的狗，谁会放过它们呢？

我又一次端详和研究这黑色的圆柱形的东西。对于一个无事的人，这也是一件可以消磨时光的事情。现在，我基本可以断定，这是老鼠闯入我房间后胡作非为留下的证据。可是，假如真有田鼠，它为何不大胆地去品尝那满地的即将成熟的试验用稻子，那可是还在枝头的、新鲜的、不用担心会有人突然出现的食物啊？难道那些仍在努力灌浆的稻子不对它们的胃口？而我这并不丰盛的熬粥的食材，究竟为何会让它们敢冒着生死、带着恐惧前来呢？

作为被闯入的卧室的主人，我必须认真对待闯入者留下的这些痕迹与罪证。从这样的蛛丝马迹中，我将要决定我接下来该注意些什么，该做些什么。想想，人生也是如此，在这一段奇妙的旅程里，生活总不会一成不变，在我们出生，成长，老去的时光里，或是你被别人闯入，或者你闯入别人的生活和世界。在很多时候，人与人之间就是一个闯入和被闯入的关系。（经历这场前所未有的疫情，我们能不能放缓我们的脚步？我们能不能静下心来认真地思考？或者，我们如何去平衡这样的一种闯入与被闯入的关系？我们如何与我们赖以生存的环境，与森林里的动物，与地球表面的植被，彼此之间保持一种和谐友好的关系呢？）

生活也好，命运也罢，总有种力量如旋涡、如黑洞，有着超强的磁场与引力，在不经意间，向你伸出一只无形的手来，将你带到一个未知的世界。你看似是闯入了这个世界，但在这个未知的世界里，你丧失所有的主动权，挣扎、反抗，使尽浑身的力气，用尽全部的可能，你都无法改变这里的一切，都无法躲避这个世界带给你的一切，你所做的一切都将是徒劳、是虚空。在这个世界里，你只能去顺从、去接受、去认命。否则，你就是一个冥顽不化的罪犯，面临被驱逐、被判以极刑的命运。

人的一生，就在闯入与被闯入中度过。当然，有些人在其一生之中，闯入会多一些，被闯入会少一些，他们或是掌握了命运的钥匙，或是拥有了掌握闯入别人世界的权力与地位；而更多的人，要去学会适应，学会接受被闯入的遭遇和命运。但也总有不甘心做同谋，不愿丢失自己语言和思想的人，他们或者痛哭，或者疾呼，或者奔走，他们在许多被闯入者的眼中像是异类；而在闯入者眼中则是眼中钉、肉中刺。这样的人，尽管越来越少，尽管他们活得不尽如人意，甚至大多比较惨烈，但他们总能让我仰望，让我肃然起敬。

或许，这一两只蝙蝠，这一两只老鼠，在不经意间，构成了生活的某一部分。这一个个部分，连起来，便是我们生活的全部，便是我们命运的全部。在这一生中，或许很多事情不会让你铭心刻骨；或许很多人只是擦肩而过。他们或它们，也许并不值得你去记录、揣摩、提及或回忆；但他们或它们，的的确确和实实在在曾经来过，曾经出现过。这便是我们的烟火生活。

我一边想着这些，一边将袋子里黑色物清理了出来。此时，我已经不愿意用"屎"这个字眼了。我按照一贯的配比，将这些食材分别抓了一些，放进电饭锅里。我数了数，有大米、小米、黑米、糯米、红豆、薏仁、花生米，加上水，那也刚好八种了。我认真地淘洗了两次——这是我明天的早餐，也可能是中餐或者晚餐。

小镇笔记

　　来小镇大概不到三周的时间。我无法确定我能在这里待多久。这是一个没有答案的问题。对于我来讲，异乡的每一座城市，在我的生命里，注定只是一个匆匆的驿站，就像我是这些城市匆匆的过客一样。我们很多时候只是打个照面，即使在这里停留，也不过三年两载。在这些远离故乡的城市里，我靠出售身体里仅存的那一点力量，或者贩卖我脑袋里所谓的经验主张度日和谋生，然后顺便给我年迈的父母寄一点买柴米油盐的小钱。在这些操着不同口音、有着不同饮食习惯的地方，除了单位的同事和房东之外，我没有一个真正的熟人。

　　小镇很小，没有熟人的小镇更小。尽管我已不太擅长真正的行走，但是，从小镇的东头到西头，或者从南边到北边，花个二三十分钟，便可轻松抵达你想要到达的任何角落。我将近四百度的近视眼，能清楚地望见小镇西边的那座小山上，整齐划一地竖起了一块块墓碑。我知道，那底下是一条条曾经鲜活的生命，在这个小镇上，他们或者耕田插秧，或者出海捕鱼；或者和平相处，也或者为某件小事而大动干戈。但如今，他们一个个正悄然安睡，头枕青山，俯听从小镇前滚滚而逝的滔滔江水。这些水声浩荡里，或许夹杂着战鼓雷雷，号角声声；也许会有一段悠扬悦耳的渔歌和灯影里的桨声。对了，也可能有失足的落水声，不过，它早就淹没和消失在这袅袅的余音中。日月已和他们无关，光阴已和他们无关，唯有香火和纸钱才属于他们。

此刻，我正坐在一间小小的出租房里。我出租房里的一盏日光灯正嗡嗡作响，以一种特别刺耳的频率在头顶的天花板上低鸣。我有些想不明白，这样一个本该仅仅只需要发光的东西，为何要以这样的一种方式显示它的存在。何况它与我比较起来，至少不那么形单影只。就在离它不到两米左右的地方，另外一盏和它长得一模一样的日光灯，也在那里亮着，相比之下，它显得如此安静乖巧。

尽管这低鸣让我有一种莫名的烦躁，但是，它的存在却是那样的必不可少。因为，即使在白天，假使有那么一点点闲暇时光，当我留在出租房里发呆、偶尔翻翻床头发黄的书籍，或者查看微信刷刷朋友圈的时候，我都必须打开它们——在这间房子里，如果不开灯，而且不同时打开两盏日光灯，它是如此的阴暗。所谓的两扇窗户，想必只是一种心理上的安慰而已。不说阳光，就连空气也几乎不能流淌进来。从某种意义上讲，这盏日光灯给我的不仅有光明，更重要的是，它用这样的响声提醒我，我苟且而又庆幸地活在这个人世间，是那么真实，又那么虚幻。这响声，与那些袅袅的余音不同，它似乎与我有着某种偶然而又必然的联系。

在找到这家出租房之前，我走街串巷，找了很多地方，但小镇可供出租的房源并不多。路边的电线杆上，零星地贴着一些租房启事，有些已经被阳光和雨水模糊，呈现出无力的惨白来。我费力地从上面仔细辨认，然后拿出手机，在键盘上输入那些歪歪斜斜的数字。电话那头，有时是一个妇人，有时是一个男人，有时候也可能是嘟嘟嘟的忙音。

这些出租房的租金并不便宜，甚至贵得有些离谱。在我能接受范围之内的，或许也会有，但往往早就被人租去，他们和我一样，也需要一个相对独立的空间去烧菜做饭，去安放那副疲惫的肉身。那些宽敞明亮、阳光通透的房子，住着的大多是本地人，比如我的房东。他除了有几间出租房之外，还有沿街两幢五层的洋楼。洋楼里面，经常有人进进出出，或男或女，或老或少，里面经常传来喝酒猜拳或是嘻嘻哈哈的声音。那些声音，有时候从傍晚持续到深夜。这些声音既有些刺耳，却又让我有一种别样的快感，每每听到这些声音的时候，我总觉得，它在证明一件极难证明的事情，那就是我还活着，真实而卑微地活着。而活着，总是一件无比美好的事情。

出租房与房东的豪华居所仅隔一个不到三米宽的小院子，院子上面搭着一个半透明的雨棚。我的出租房便瑟瑟地缩在这雨棚下面。我无法猜想房东当初搭建这样一个雨棚的目的。在这雨棚下面，我的出租屋像是一个犯了错的孩子，在高大魁梧的老师面前低着那颗永远抬不起的脑袋；也像是一个身材矮小的奴仆，不断地对着它满嘴横肉的主人卑躬屈膝。我偶尔也会跑到出租房的房顶透透气。在楼顶的时候，我除了透气，还能见到久违的阳光，更重要的是，我还能看看那些高大的建筑，比如，房东的洋楼。

房东的洋楼之高，高出我的出租屋屋顶，高出站在出租屋屋顶的我的头颅。我必须要用一种被称为"仰视"的方式，才能看清它们的高大与富丽堂皇，才能表达我对这些高大建筑的钦慕与向往。我当初曾用类似的方式驱车几十里去见过一群文人墨客，那种见着真人的喜悦、兴奋与激动，无法用语言形容。而当我昂首"仰视"房东的洋楼时，我那该死的颈椎总会咯咯作响。那咯吱咯吱的响声，是小镇里另一种声音，它隐隐的，源自我的骨骼，也可能是我的内心深处，旁人无法知晓。这种类似委屈、类似屈辱、类似妒忌、类似愤怒的声音，唯有我独自去面对承受，没有人可以和我一起聆听。不过，对于那些真正崇拜的人，能写出一手好字的人，我内心总是充满敬意，他们或许生活在低处，但其灵魂的高度总是让人望尘莫及。

楼下住着另一个租客。她说，房东是一个不错的房东。我想，我的颈椎在听到这样的表述后，是不应该发出"咯吱咯吱"的响声的。这样的声音，多少贬低了我的胸怀，降低了我的人格。我对我的颈椎发出这种近乎不满的声音表示鄙夷和愤慨，我越来越不满意我那层薄薄脂肪下面的那几块骨骼，尤其是我的颈椎。这一块接一块的骨头，为何要彼此争斗，为何要相互戕害。我不断提醒自己，我要尊重我的房东，他毕竟给了我一方居所。

租房那天，我客气而小心翼翼地问租金是不是可以再便宜一点，是否还有更好一点的房子可以出租时，房东头也不抬眼也不眨，以他洋楼一般高的姿势俯视我，硬邦邦地说"前面楼上有，但，你租不起"。他故意拖长了"但"字，他说那句话时，脸上有一丝轻视、一丝不屑，也有一丝洋洋得意。就在那一瞬间，我那虚伪而灌满血浆的心脏，像是被重重地刺了一剑，鲜血险些喷涌而出，但我很快便冷静了下来。我知道，他的话便是我眼下的真实写照，我口袋里掏不出那么多的票子。而票子在很多时候，尤其在这个时代，作用总是巨大的，对于我来说，它能换来从窗户里透过来的阳光和风。我还知道，当我拿不出这些票子的时候，阳光和空气绝不会主动拐个弯抹个角，来我的出租房里作一刻停留，更不用说歌声里的那只蝴蝶了。这点常识我还是有的，很早的时候，我当过一段时间不称职的物理老师，尽管脑子越来越不好使，但是我还记得，那时，我站在讲台上，一本正经地跟我的学生们说过，光在同一种均匀介质里是沿直线传播的。

除了房东找我讨要房租之外，我和他一家人便这样一前一后不相往来地前后居住着。我和房东以及那些到房东家做客喝酒聊天的人，都是从同一个铁栅门里进来。为此，我内心觉得庆幸，至少在进出大门的时候，我与他们还是平等的。只是从铁栅门进来后，他们朝前走，我是向后走，我们分别通过一截不一样的楼梯，走进高低不一样、明暗不一样的房子里。而不一样的房子里，无论从面积、装修、家居陈设以及阳光日晒等任何一个角度比较，都是天壤之别，迥然两个世界。如果用修辞里的夸张手法，那就是，一边天堂，一边地狱。

有时候，我也会从"地狱"里走出去转转。尽管小镇比较偏僻，但该有

重生

的也都一应俱全，诸如银行、超市、餐馆、理发店之类，只是看起来生意普遍惨淡。出门，向左拐，便有一家卖新疆烤肉串的排档，偶尔会从那里传来诱人的孜然或者麻辣羊肉的香味，那香味里，还夹杂着炭火的味道、汗水的味道、冰镇啤酒的味道，那味道和小镇里的声音浑然交杂，别有一番风味。不过，我今夜路过时，并没看见顾客光顾。两个皮肤黝黑的新疆人，坐在油腻的摊位前，无聊地玩着手机，其中一个的手机还插着电源线。电源线是从排档的棚顶上接下来的，手机好像吊在半空之中，这样子有点像《中国好声音》里华少拿着的那个麦克风。他正看得起劲，好像完全不在乎今夜是否有生意可做。那样的简单，我似乎好多年都没有过。

烤肉店的对面有一家药店。前些天，我在那里买了一袋菊花和一袋枸杞，品质一般，但价格不菲。平日里，药店比较冷清。在我看来，药店冷清是一件好事，每次去医院，看到那人声鼎沸的场面，我总是莫名地担忧和不安。今夜路过时，只见药店前摆着几张桌子，桌子上摆满了一大堆补肾、降压之类的药物。几个白大褂坐在那里，他们的样子，俨然是德高望重的"天使"。其中的一个白大褂手持麦克风，在那里不断地喊着，"免费体检，买一送一"。那单调的声音，经过无线话筒，从一只劣质音箱里传出来，夹杂着咝咝的杂音。这杂音大概是这小镇里又一种声音吧？尽管这声音有些刺耳，但多少还是让这寂静的巷子有了那么一点点生机。

几个头发花白的老太婆虔诚地坐在那里，争先恐后地撸起袖子，把她们一只只肌肉松弛的手臂交给白大褂们，任凭他们摆布和拿捏。我们身边，有很多的人，总不屑于听医生的，更不愿看医生画在病历本上的天书，或许在他们眼里，这世上早已没有几个真正的好医生；而这些免费体检的，才是真正救苦救难的观世音菩萨，是他们的再世华佗，唯有他们才具有妙手回春、手到病除的本领。看那阵势，我猜想，过不了多久，肯定会有人迫不及待地掏出腰包，心甘情愿地掏出一张张皱巴巴的票子，然后，从这些白大褂的手里，满怀喜悦地拎着一大袋根本不起任何作用的保健食品回去。我在想，他们为何如此抵触，为何如此迷恋？这些白大褂又为何如此吃香？这是一个值得思考的问题，对于我来讲，也是一件悲哀而又无力的事情。

我继续向十字路口的方向走去。对，小镇也有十字路口的。十字路口是小镇最为繁华的地方。不过，到了傍晚的时候，已经冷清了许多。那些并不怎么明亮的路灯下，只剩下零星的几辆三轮摩托和稀疏的几个行人了。开摩托的师傅们，有的嗑着瓜子，有的听着随身喇叭里的凤凰传奇的歌，有的凑在一起抽烟聊着什么，他们的话我一句也听不懂。这些人，有可能是以此为生的，也有可能是兼职赚点生活费的。只是，摩的这玩意儿，坐个短途可以，若是稍远一点，实在不安全。

前几天，我要去一趟市里，等了半天没车子。正当我焦急万分时，一个摩的师傅突突突地将冒着黑烟的三轮开了过来，然后紧跟着我，用他的三寸不烂之舌和花言巧语不断地引诱我。我算是一个立场太不坚定的人，几颗糖衣炮弹便能让我缴械投降，我一屁股坐了上去。一路上，快六十岁的摩的师傅把油门轰得比拖拉机还响。轰隆的发动机的声音，大概是小镇里又一种声音吧，它夹杂着浓重的汽油味、灰尘味，以及我翻江倒海一样的胃酸味。这种声音，穿过闹市，穿过石桥，穿过田野，也穿过那一排排的楼房。这可能是小镇才独有的声音，我那遥远的山村听不到，繁华的都市也听不到。它嘈杂、喧嚣，却又充满力量，是那么的真实，又是那么的惊险和刺激。三只轮子的摩的几乎是一蹦一跳地在崎岖的路上飞奔着，跨坐其上的摩的师傅在驾驶的位置上，一路颠簸着，他花白稀疏的头发在风中凌乱飞舞，像是一根根风筝线，而他那颗长着一张三寸不烂之舌的头颅，则像是丝线下悬挂着的那只风筝，正朝下方坠落，可一时半会儿又落不下来，在风中不断沉浮起伏。我紧抓着满是铁锈的扶手，扯开嗓子大声地冲他喊道，师傅，慢点，慢点。可这老家伙并不因为我的叫唤而放慢速度。他大概是急着赶下一趟吧，今天的工夫钱还差不少吧。这个春天里，不到三公里的路程，我瘦弱的身上冒出了最多的一次臭汗。

十字路口有一家叫"十足"的小超市。我推门走了进去，一个个子不高的女服务员正在柜台里摆放着货物。我并没有急着要买的东西，转了一圈后，还是没有发现非买不可的东西。那些零食或者饮料，它们早就不属于我这个年龄了，包括水果也一样。有时候，兴冲冲地买回一袋水果，可一个星期后，它还是原封不动地放在那里，等想起来的时候，新鲜的水果早就一脸皱巴巴的样子，难看极了。但是，转念一想，我总不能站在这里光看不买，让人觉着我是那些传说中踩点的人吧？再怎样，我也是一个靠出卖力量、贩卖经验生活的人啊。为了证明我的高洁和清白，我想我总该有一点实际行动——我得买点什么。就当我这样想着的时候，忽然看见门口靠墙的地方，摆着某品牌的低温奶，废弃的纸箱上歪歪扭扭地写着：满二十元，送陶瓷杯一个。

陶瓷杯还真是我想要的东西，我一直想要一个这样的杯子。前些天，我专门去附近的商店超市里找过，但并没有看到我想要的那种。一个人，总会有忘记吃早饭、午饭或者晚饭的时候，等到肚子咕咕叫时，才想起我不应该辜负身体里那个至今还不凸起的肚子。那凸起的样子，在我看来，是一种富足安定的象征。只有漂泊的人，只有流浪的人，他们的肚子一直会空空如也，才会扁平凹陷。而肚子反抗的时候，我正好可以用这样的陶瓷杯冲泡点麦片、奶粉之类，解决一下温饱问题，混过一顿，度过一日。

我看了一下价格标签，用我快要生锈的脑袋算了一下，二十元至少要买三瓶牛奶。凭我这样一张笨拙的嘴和我那扁平的肚子，一个晚上无论如何是喝不完的。而这样，问题便来了，喝不完的牛奶放在哪个地方呢？我的出租房里没有冰箱。这天气，说冷不冷，说热不热，而低温奶是一种很奇葩的奶，不放在冰箱里它很快便会变质，对它来讲，2—6摄氏度是最适宜的环境。环境的重要性不言而喻。就如人一样，性相近，习相远，很多时候性格因环境的改变而改变。比方说，一个娘肚子里出来的兄弟姐妹，婴儿时，并无多大不同，但随着不断长大，尤其结了婚嫁了人之后，性格则有很大的不同，有的温顺，有的暴躁，有的孝顺，有的与父母如仇人一般。那一刻，我像是中了邪一样，突然间便相中了那个印着卡通人物的陶瓷杯。我相中那个杯子的样子，像是相中了一个如意的妙龄女郎，也像我的父母们相中一头猪崽一样，两眼放着光芒。

那个个子矮小的女服务员，此刻正站在玻璃柜台后面，继续摆放着她手中的货物。玻璃柜台里，摆满了花花绿绿的香烟，一旁的架子上摆着口香糖、木糖醇之类的东西。而在整个柜台最显眼的地方，则是清一色的杜蕾斯、冈本。我一直不太明白，在所有的超市里，这些隐私的东西为何要放在那么显眼的位置。这些东西的招摇，总让我有些抬不起头来，如我的出租屋一般。听人讲过，说日本品牌的安全套是最好的安全套。他们说这话时，脸上的横肉一连折出几个皱褶来。我不知道他们说的最好指的是最安全还是最舒服，或者是其他的最什么。我心里好像有一条馋虫，总想跃跃欲试。那些套子似乎此刻已经不是套子，而是一块不断变换着南北极的磁铁，它有时是北极对着我，有时又是南极对着我，我站在它面前，被它吸引着、排斥着。在它的面前，我感到了作为一个男人不可言说的自卑，以及无尽的胡思乱想。

我害怕服务员看见我险些发烫的脸，连忙将眼睛从那摆满一盒盒杜蕾斯和冈本的地方抽了回来。是的，我要用"抽"这个词。我觉得在杜蕾斯和冈本面前，我的眼睛便是一只小偷的手，我便是那个胆小却贼心不死的小偷。我花了将近十秒钟的样子，才平静了自己扑通扑通的心跳。这心跳的声音，如我那之前骨骼的咯吱咯吱声一样，只有我一人能够听见。我深吸了一口气，然后假装镇定的样子，对她说，我想要那个杯子，但我一个晚上喝不了那么多的牛奶，我没有地方可以存放这些喝不完的牛奶，你这里可不可以帮我寄存？我一口气说出了一大串的话，像是战争片里的机关枪一般，朝她扫射过去，我甚至感到她被我的机关枪打得直发抖。而当我说出这些话的时候，我感到我的喉咙干得快要冒烟，我似乎又一次感到我这瘦弱的身体上再次冒出这个春天里的第二身臭汗来。那个个子矮小的服务员，用一双滴溜溜的眼睛紧紧盯着我，像是碰见了一个嫌疑人，顷刻间，将预警提高到了黄色以上的级别。

我算是使出了浑身的解数。这其中包括向她出示可以表明我身份的证件和我手机里那些获奖的照片。好说歹说，这个个子矮小的姑娘才同意了。现在想想，要我写一篇几千字的文章，打一篇啰唆繁杂的报告，或者让我去讲一堂关于人生关于理想的讲座，也不至于如此费力。她终于同意我寄存两瓶牛奶在她的店里。不过，尽管她勉强答应，我却依然能够从她的眼里看到一丝的怀疑与不安。哎，这世上，要相信一个人，为何变得如此艰难。我突然又想起小时候学的一篇课文来，叫《同志的信任》。

一个偏僻冷清的小镇，一间"十足"小店里，一个个子矮小的服务员，一个结结巴巴的大老爷们，这样的场景和画面，这样的人物与时间，如果让一个编剧或者那些写手创作，可以编出多少段子和剧情来。而这个结结巴巴的大老爷们磨蹭半天，仅仅只是为了一只可以泡点麦片、奶粉的陶瓷杯，为了两瓶不能一次喝完的牛奶找个寄存的场所，这个故事又该是多么无聊，让人吐槽呢？我猜想，这姑娘定在那里嘀咕，这半老头子，绝对是想以两瓶牛奶为幌子，找机会每天晚上去骚扰她吧——天哪，我的样子真的那么龌龊吗？

哎，我得回我的出租房去照照镜子……

蝴蝶

稠密的树叶，层层叠叠，密不透风。尽管已是深秋，但在南方，能被风刮落的树叶，仍只是其中的极少数。大多数的树叶，依然在今夜的枝头上安然入睡，做着深秋的美梦。此时，那些零星凋落的叶子，可能是因为被某只秋虫蛀过吧，或许原本就营养不良，也有可能它一直便有着做一只蝴蝶的梦想。

深夜。油亮的柏油马路两旁，停满了不同型号的私家车，或黑、或白、或红，一辆接一辆，排成两条长龙，让马路显得更加局促、杂乱和拥挤不堪起来。其中有一些落叶，便刚好落在汽车的顶棚和车窗玻璃上。落在车上的叶子，趴在那里，一动不动，这大概是它们离开枝头后的第一场睡眠吧，也或许它们正在梦里回忆着那些在枝头的日子。被枝叶掩映的路灯，一副欲抱琵琶半遮面的样子，一副欲说还休的样子，从稠密的树叶缝隙里，正吃力地发出一圈圈略带凉意的乳白色的光晕来。除了这些路灯，在这座城市的不同角落里，还有众多的招牌与霓虹灯仍在闪烁着。城市的月色在这样的灯火中迷失、消亡。

但，在街道的尽头，我依然能够仰望这座城市的夜空。城市的夜空寂寥、混沌、虚无、缥缈，有些令人不安。我将视线收回来。地面的光影斑驳、怪异、忽隐忽现，又让我有些恍惚和走神。马路两旁，高楼林立、比邻接踵，简直让人喘不过气来。高楼里的灯光或白、或黄，亮一处、暗一处，如游戏里的俄罗斯方块，它们随时都可能消失，但也随时可以再次出现。侧耳，有叫不出名字的秋虫窃窃私语，还有高楼里此起彼伏的呼噜、梦呓。

我在这条油亮的柏油马路上慢跑。与这条马路相隔不远的地方，便是哲贵笔下的信河街。不久前，我在一个与文化相关的展览会上见过哲贵。哲贵人高马大，说话却轻声细语。我跟他说，我曾多次去过那条信河街，但我并未遇见小说里的朱麦克、魏松、唐小河们。哲贵跟我一笑。不过，就在那条车水马龙的街上，我倒是曾遇到过一名年轻的女子，她身材高挑，面容姣好，她的笑声清脆爽朗，咯咯咯的，有如天仙一般，让我曾在那一段时间里魂不守舍，夜不能寐。可没多久，她突然间便消失了，音讯全无，一点消息也没有给我留下。我甚至不知道她是生，还是死。每当看着她灰暗的头像时，我总是惆怅与痛苦不已。

今夜，此刻，这条与信河街毗邻的陌生马路，只属于我一个人，我不知道它叫什么名字。但我想，今夜，我可以给这条马路取一个仅属于我的名字，比如，燕飞路。是的，燕飞路，那名女子的名字里，便有一个"燕"字，莺歌燕舞的燕，劳燕分飞的燕。可不知道为什么，我觉得她更像是一只蝴蝶。那时，我喊她蝴蝶。我说，蝴蝶，我想你了。我说，蝴蝶，又梦见你了。美丽的，翩翩起舞的蝴蝶，快乐无邪的蝴蝶。那干脆，这条路就叫蝴蝶路吧——她像一只蝴蝶，飞进我的窗口，然后又消失不见。

不知道为何，我今晚会突然想起这个曾经被我称作蝴蝶的女人。我已经好久没有想起过这个女人了。我甚至连"蝴蝶"这样的称谓也已经忘却了。可今夜，"蝴蝶"如潮水一般涌来。但"蝴蝶"早就不见了踪影。

在这条仅属于我的蝴蝶路上，我从东头跑到西头，再从西头跑到东头。老表坐在马路边的一棵树底下抽烟、玩手机。密密麻麻的车子，将他掩埋在昏暗的夜色里。如果不是因为香烟的味道，你根本看不出，此时的蝴蝶路上还有另外一个人。这个人，便是我的老表。我闻得出，那袅袅的香烟味是"黄鹤楼"的味道。我曾在某段时间迷恋过那种细细的"黄鹤楼"，我觉得将它夹在手指间，有摩挲一只纤纤玉手的感觉。也或许，我迷恋的是"故人西辞黄鹤楼，烟花三月下扬州"那样的诗句和那样的场景吧。

今天是老表的生日。老表比我大六岁，再过三年，便知天命了。我不得不用一句被说烂了的话了——真是光阴似箭啊。三十多年前，当我还是一个小屁孩的时候，曾去老表家做客。老表那时大概刚刚发育吧，喉结凸起，嘴边长出了茸草一般的胡须。那天，我们一帮人扒着窗户，想要偷看老表洗澡。结果，他硬是不脱内裤，在澡盆里胡乱地洗了个澡。想起这事，就像昨天发生的一样。这么多年过去，我一直还记得当时老表又怒又笑的样子。老表笑起来的样子很慈祥，像弥勒佛一样。

光阴可能会改变很多东西，但或许有些东西也是不能被改变的吧，比如老表的笑容。直到现在，老表笑起来还那样，憨憨厚厚的，如弥勒佛一样，只不过，这弥勒佛老了一些罢了。今夜的席间，老表便是带着这样的笑容频频举杯，喝了不少的酒。这要在往常，我定会与他们一起，觥筹交错，划拳猜令，频频仰脖子，直喝到舌头捋不直为止。可今晚，我仅喝了半杯红酒不到。我每喝一口，都觉得像在服黄连一般，难以下咽。

失业已经整整一周了。工作的事情，仍没有着落。这些日子以来，我在网上投递了不低于四千份简历。在老表家那间黑暗的客厅里，我用手机和电脑在不同的招聘网站上，将自己的简历一家家投过去。上海、深圳、杭州、合肥，大致是我期望的工作地点。上海、深圳、杭州属一二线城市，这个自不必说，之所以选合肥，考虑的是离家稍微近点儿。这些年，我一直在温州打工，离家七百多公里，对于我来说，家其实就是一个稍微熟悉些的驿站而已。对于妻子和女儿，我也仿佛只是一名过客。偶有"猎头"问我，是否还愿意考虑温州的工作机会？我总是回答得十分干脆——不考虑。我的态度是那么坚定，语气是那样不容商量。不过，当我做出这样的回答后，立马又会后悔起来。

对于温州，我想我可能已经有了一种别样的深厚感情了，说这里是我的第二故乡，也许都不为过。甚至，在某些时候，它胜过我的故乡。在这里，我待了十年有余；在这里，我获得过数不清的荣誉和奖项。除了市区，瑞安、乐清、永嘉，我熟悉这些地方的每一条街道、每一家工厂。在这里，我除了拥有过几份不同的工作，还认识了许多的同事和朋友。我常常觉得，与这些同事和朋友相遇、相识、相交，可能是前世修来的缘分，这缘分让我们今生在一个叫"温州"的地方相聚。我们在同一个屋檐下工作、流汗、争吵、吃饭、喝酒。我们为了同一件事情针锋相对、唇枪舌剑，或绑作一团，并肩作战。在某一天，缘分突然终了，我们便相互道别，互道保重，然后各奔天涯，从此消失在彼此的生活里和生命中。

老表在这座城市的家，是租来的一个老套房。房子陈旧，墙壁发黑，光线不好，玻璃布满油烟和灰尘。窄小的客厅里，摆放着一张破旧的沙发，沙发布已经布满油腻，可以用手刮出一层油脂来。一张黄色的、脱了漆、鼓了包的餐桌，是老表的舅哥家弃用的，表嫂将它搬了过来。一台老式冰箱成天嗡嗡作响，里面塞满了从老家带来的咸菜、腐乳，当然偶尔也会有水果和蔬菜之类新鲜一点的食物。靠墙的两排货架上，堆满了杂物。这些杂物，是老表平时在工地上使用的物资，有电缆、接头、开关、线槽、螺丝和各种工具。

最显眼的，还是那道从天花板上垂下的黑色的布帘，它仿佛以光线为食，让本就不太明亮的客厅变得更暗。布帘背后，是一张铁质的双人床。双人床的下铺铺有被褥，上铺堆满纸箱子和杂物。在很早以前，我来老表家玩时，曾跟老表说过，让他把这帘子换了。我说，屋里挂这个东西太压抑、太难看。我差点还跟老表说了，你难道不知道，在老家每当死了人时，都会挂起这样的布帘吗？只不过布帘是白色的而已。但老表终究还是没有将它换掉。黑色的布帘子，顽强而又坚韧，挂在那里，一动不动，像一堵墙。

在平时，这布帘里面，住的是老彭。老彭是老表请来的师傅，六十来岁，头发几乎全都掉光了，仅剩的几根头发，在光秃秃的头顶顽强地竖立着，它们大概是要为老彭证明，他也曾经有过一头浓密乌黑的发。不过，秃顶也并不完全是坏事，至少能让这黑暗的客厅里亮堂一些吧。但这样的亮堂还是太弱，也许根本不值得一提，你仔细瞧，老彭两只发黑的眼眶，它早就将这光亮全都抵消掉了。老彭每顿只喝啤酒不吃饭，每天和老表一起到工地上干活，晚上便住在这帘子里面。等我来后，老彭便将这里腾了出来，去这座城市的另一个地方——他儿子租的房子里睡觉。

就这样，布帘子后面的那张双人床，便是我的临时住所了。那天，老彭将床让给我时，对我说，没关系啦，咱们都是出门在外的人，能照应就照应一下。老彭一边收拾被单、枕头、电扇，一边冲我微笑。我突然眼眶一热，差点有泪要掉下来。在老彭的帮助下，我将行李放在了双人床的上铺上。失去工作后，不仅仅只有我突然没了一处栖身之地，就连这些跟了我数年的锅瓢碗铲、衣物鞋袜之类的东西，也突然间变成了一堆无处安放的流浪物了。

在老表家里，我除了吃饭、上洗手间，除了在布帘后面少得可怜的睡眠，其余大部分的时间里，我便一直守着电脑和手机。它们不仅是我与外界联系的方式，更是我重新寻找一份工作机会的方式。从清晨，到夜晚，我一直在等待电话铃声响起，哪怕是"叮咚"一声短信的提示音。也许，声音也可以是黑暗里的光，是温暖和希望吧。但凡有一个陌生的电话进来，我便会猛地一跃而起，迅即正襟危坐，然后马上"哼哧哼哧"清理一下嗓子。我不断去打开电脑刷新邮箱，期待有新的邮件进来，期待我打开它时，是一封面试邀请的信函，上面写着：苏敏，你好，你的简历已经通过初审，现邀请你于某月某日到某处参加面试。谢谢！

在这张小小的双人床的下铺，我一遍又一遍地计算着一道极其简单又极其复杂的数学题。我想，在我投出的四千份简历里，假如有一半能被招聘者看到，被看到的又有一半让招聘者觉得比较匹配，接着，再有一半认为我可能就是他们想要找的那个人，假如按照这样的比例，我至少将有五百个工作机会。再不然，在此基础上打个五折，我仍有二百五十个工作机会。可是，这一周以来，不说二百五十个，就连五个也没有。这样的结果，让我懊恼、失望透顶，甚至开始怀疑人生。而偶尔有一两个电话打进来的，都是诸如保险、金融之类的行业。那并不是我想要的工作。

就在刚才的席间，男男女女，宾朋满座，笑语盈盈。红木圆桌轻轻转动，上面摆满了各色美味佳肴，有牛肉、羊排、虾、鱼、螃蟹，有蔬菜、水果，与红酒、白酒、饮料一起，在柔和的灯光下，它们像T台上的模特，妖娆妩媚，尽显魅力，让你垂涎三尺，让你频频举筷，这大概是美味佳肴的使命和理想。但那一刻，如此丰盛的美酒美食，竟对我一点诱惑力都没有。肉身在席间，神游却在云外，我满脑子都是投简历的事情，是某家负责招聘的人看到我的简历后拍案而起兴奋不已的样子——这就是我要找的人。

在大家的"胁迫"下，我跟他们举杯，仰脖子。可不知道为什么，每举一次杯，我都觉得像是在拿起一份简历。我每夹起一口菜，也像是在拿着一份简历。金黄的螃蟹，膏肥蟹美，整齐地码在洁白的瓷盘里，壳上的花纹与蟹脚上的绒毛，清晰可见。切得薄如纸片的牛肉，花纹匀称，摆放得整整齐齐，层层叠叠。可恍惚间，它们却变成了上海、深圳、杭州、合肥；变成了房产、网络、教育培训、生产制造、新能源、低压电器、服装、制药；变成了副总裁、总裁助理、人力资源总监、行政总监、经理、主任、高级文秘……

我有些接受不了这样的事实：作为一个在职场混迹多年，在不同的单位都干得风生水起的人，一连几日，我投出去的简历竟然石沉大海、无人问津。或者，即使得到回复，也是诸如"非常抱歉，你的简历与我们的要求不符，希望你能尽快找到满意的工作"之类的回复。我深深地怀疑对方是否真正看过我洋洋洒洒的简历，更怀疑那个收到我简历的人是否真正看懂了我的简历。我甚至与其中某些回复我的人争论起来，你凭什么认为我不适合？我跟他们说，我有丰富的职场履历，我有扎实的专业理论与实操经验，我有极强的沟通协调与统筹能力，我有良好的职业操守……可对方，像一尊菩萨，一堵墙壁，在那头一言不发，哑巴一般，死了一般。我如此执着，也不知道，他是否认为他面对的，是一个有精神分裂的求职者呢。

并没有风。头顶，又有两片树叶落下来，像一对蝴蝶起舞。是秋风无情，还是树枝在抛弃？在一个寂静的夜晚，这些零落的树叶，命运戛然而止。像我突然失去一份工作，在那人群中销声匿迹。

我继续慢跑，身上已经开始有汗散发出来。也许，唯有出汗才能缓解一些心头的焦虑吧。昏暗的路灯下，老表趁着酒兴，依旧将他的手机抱得牢牢的，似乎比抱一个女人还要起劲些。此刻，他完全沉浸在手机游戏的厮杀里。老表的命比我好。无论是小时候，还是后来成家，关于生活，关于家庭，他似乎从不用操半点心，费半点神。我的姨夫（老表的父亲）是个老会计，他家中的经济条件远比我家要好。后来，老表娶了表嫂。表嫂聪明能干，贤惠持家，大事小事都替老表一一张罗。老表回家，饿了有碗热饭吃，困了有张舒适的床睡。连过生日，他舅哥也都早早地将宴席安排得妥妥帖帖，老表只需带一张嘴去就好了。

和命比我好的老表在一起时，我常常会生出一些感叹。是啊，许多事情都是命中注定吧。今夜，和老表一起，除了感叹，我还要在这里等一个席间喝高的友人。这友人是河南人，当过兵，人高马大，性格豪爽，与人们常说的河南人全然两样。当然，他的酒量，以及他的酒风，也和他的身高与体重一般，但凡来者皆不拒，一一接招，然后再一一给回敬过去，兴头来时，要一连喝上好几杯才肯放手。酒足饭饱，我和老表离席时，这个河南人已经将自己灌得不省人事了，趴在饭桌上，一动不动，旁若无人地鼾声四起。有人试图将他弄醒，但尝试过几次，皆是徒劳。在桌上，他正在做着他的春秋大梦呢。到这个点，已经过去两个多小时了，想必他该酒醒了吧。

他还没有回来。我只有继续慢跑。我不知道有多久没在这样的街道上跑步了。这夜深人静、灯光昏暗的街道，对我来讲，已经有些陌生了。这些年，我工作与生活的地方，几乎都在这座城市的远郊，在偏僻的经济开发园区里。工厂密集的地方，生活常常不便，环境大多不好，特别是噪音和空气污染往往比较严重。每到晚上，园区内便人单影只，几乎能寻得鬼影出来。大多时候，我都是待在宿舍里，看些无用的书，写些无用的字，或者刷着微信，看看球赛，借此打发这寂寥而漫长的夜晚。当然，我有时也会邀上几个同事，打个车去几公里外的市区喝一场酒，然后再打个车回来蒙着被子大睡一场。我弟弟曾不止一次跟我说，你不能为了赚几个钱而降低生活质量。生活质量？我第一次听到这个词时，有一种眩晕的感觉。生活竟然还可以有质量吗？这十几年来，假如按弟弟的说法，我除了工作，基本上没有过真正的生活，更不说那些闲情雅致和洒脱自在了。很多时候，我甚至没有正常的一日三餐。

我不知道，接下来我将要面对的，是否仍是这样的一份工作，或者是不是我可能连这样的一份工作机会都没有。翻看各家公司的招聘信息，几乎每一家注明的任职条件都是：统招本科，要求985、211背景，英语六级，口语熟练，有互联网公司工作经验，会开车，年龄35周岁以下……而所有的这一切，逐条对过去，我几乎没有一样符合。时光如潮水，将我拍死在沙滩上。

我早年毕业于师范，毕业后直接分配到我们镇上，当了一名乡村教师。刚教书那会儿，我踌躇满怀，豪情壮志，我以为在将来的某一天，我一定会桃李满天下，我一定会成为一名德高望重的教师，或者当一名令人爱戴受人敬重的乡村中学校长。我曾经十分认真地规划过我要走的这条道路。可是，命运不济，一场大病，险些要了我的性命。这场疾病，彻底改变了我的命运，彻底改变了我的生活轨迹。为了生计，为了偿还治病欠下的债务，十几年前，我背起行囊，远赴温州，开始了务工的流浪生涯。在这期间，我从一家公司到另一家公司，频繁跳槽。跳槽的原因很多，但主要是为了增加工资收入，为了通过增加工资收入来尽快偿还那些如大山一般压得我喘不过气来的债务。

现在，突然间，我成了一个无业游民。失去工作的懊恼，让我的心态有些失衡。一连几天没获得面试邀请，又让我有些心灰意冷。在黑色的布帘子里，在窄窄的双人床下铺，我一遍又一遍地问自己，我是否到了传说中最容易失业的那个年龄？假如真是这样，从此突然赋闲，终日无所事事，不正好成了老东家坐在那张太师椅上哈哈大笑的笑柄吗？我仿佛能看见他抚摸着他那头光滑得连苍蝇也站不稳脚跟的银发，一脸得意。

柏油路上，灯影婆娑，仿佛有一万只蝴蝶在地面上扑腾着翅膀。地面，也可以是蝴蝶的天堂？在这条蝴蝶路上，我已来回跑了不止三十分钟了。那个彪形醉汉还没有被送回来，我们等着要将他架回这高楼的某一层某一间里。老表并不着急，依旧坐在马路边玩他的手机。灯影让我又想起了"蝴蝶"，那些蝴蝶纷飞一般的美好记忆，今夜突然如潮水一般，在我的脑海里掀起巨浪。恍惚之间，那些零落的树叶，全都成了一只只"蝴蝶"。

命好的老表并不能感受到我的失落。他或许并不能体会一个被迫失去工作的人的懊恼和颓丧。他一边玩他的游戏，一边抽他的纸烟。老表指间的香烟袅袅，在街道上缥缈，弥漫，扩散，整条街上，都能闻到"黄鹤楼"的味道。我一次次从老表面前经过，我略显沉重的脚步，在油亮的柏油路上起落，在空荡的街上回响和荡漾，但老表充耳不闻，他连头也不抬一下。仿佛此刻，我只是一个陌生的路人，也许连一个陌生的路人都不是。我在想，如果老表能给我一句鼓励或者一句安慰的话，那该多好啊。可是，一整个晚上都没有，哪怕是一个眼神。

但我还是要感谢老表。如果没有老表，如果没有老表家那间光线并不好的客厅，如果没有客厅里那张黑色布帘后的双人床，我这几天便无栖身之处了。那天，我跟老表打电话说，老表，今晚我要住你家了。老表先是一愣，然后极其不能理解地说，就是要让你走，在公司宿舍待几天有什么关系呢？你老板怎么这么绝情？老表哪里知道，在老板的眼里，怎会有"情"这个字呢？

在很长一段时间里，我都不能接受被扫地出门的事实。这是令我最难堪、最抬不起头来的一次遭遇，有一种人生跌入低谷和绝境的绝望感。这十几年来，我也曾遇到过几个真正的伯乐，他们尊重我，认真听取我的意见，将我当成他们的知己和朋友。但这一位，我花了三年时间，才总算认清他的"庐山真面目"。我曾一度以为，他将是我生命中的又一个贵人。可是，直到他卸磨杀驴的那一刻，我才猛然醒悟，一旦我的汁水被榨干，一旦觉得我不再有太多的利用价值时，他贪婪险恶的面目便暴露无遗。

他的绝情，让我异常悲愤与难受。我在痛失工作的同时，更深深地为自己这三年来的弱智、愚蠢、单纯和用情之深感到懊恼和可笑。那天离开公司时，我心中五味杂陈，一句话也说不出来，愤怒、痛苦，而又极其无力。脑海里，如电影画面般，一帧帧回放着和他这三年来的点点滴滴。这些清晰而又模糊的画面一一滑过时，突然在某个地方定格了下来——那是三年前的一个深夜，我帮他一起处理他的老板交给他的任务，他接到他的老板打来的电话，在电话这头，他点头哈腰，唯唯诺诺，不断赔着笑脸和不是。当然，他也撒着谎。他明明还在家中，却跟他的老板说，他正在开车，马上就能赶到。我现在想起来，那不正是人们常说的"一副十足的奴才相"吗？

街上，突然传来一两声清脆的梆子声。这声音浑厚，极具穿透力，它猛然将我的思绪打断。循着梆子声望去，只见一个老人正蹬着一辆三轮车，朝我驶来。老人离我越来越近。定睛看去，一张布满油污的黄色的纸板上，用毛笔歪歪扭扭地写着"饺子，混沌（馄饨）"几个黑色的大字。三轮车的后座上，搭着一只小木棚，木棚里面，一只黑色的煤炉正在燃烧着，一朵朵微弱的蓝色火苗在炉子的上方扑腾着。这火苗，又让我想起了蝴蝶。火苗吐着蓝色的舌头，轻舔着那只底部已经发黑的铝锅。我仿佛能听到，锅里传来吱吱的响声，铝锅上，正热气腾腾。

街道的尽头，是一个丁字路口，转弯过后，三轮车需要爬一段斜坡。老师傅从坐凳上站了起来，他将自己全身的重量都聚在两只脚踏上，然后一左、一右，再一左、一右，交替踩下脚踏，但车子仍爬得有些吃力，几乎快要爬不动了。我跟了上去，在三轮车的后面，用力推了一把。车身顷刻间变得轻盈起来。乳白色的灯光下，老师傅回头看了我一眼。他大概是想要对我说句感谢之类的话吧。可是，他终究还是没有说出来。渐渐地，他消失在夜深人静的街头。那悠扬的梆子声也越来越远，越来越弱。

站在原地，我迟迟不愿离去。白色的路灯，零星的落叶，袅袅的纸烟味，煤炉上那些淡蓝色火苗，以及煤炉里散发出来的那股硫黄味儿，仿佛有一种魔力，在深秋夜晚的街头，久久不能散去。

我又想起了"蝴蝶"来——你像一只蝴蝶，飞进我的窗口。

辑三

重生与隐匿

寡言

1

突然间进入一种沉默寡言的状态，没有表达的冲动，懒得发朋友圈，甚至不想说话，即使说话，也感觉都是在应付，说出来的也常常词不达意。脑子里时常处于一种混沌的状态，不知道自己是清醒，还是糊涂，抑或是在梦中，摇晃起来，如装了一团糨糊，完全没有了之前那般天马行空的幻想，仿佛丢失了语言的舌头，被割了聆听万种风情的耳朵。

不想动，也没有想要去的地方。坐着，如躺着；躺着，如站着；站着，又如同坐着。空气像一潭死水，我正沉没在这潭死水中。胸腔被紧紧地压迫着，肺部像是渗入了水，不能畅快地扩张与收缩，仿佛有人捏着我的鼻孔。缺氧，我迫切需要张开嘴巴，张开鼻孔，大口大口地呼吸。

眼前混浊的、不成形的、无法捉摸的、不可描述的，可能是光，也可能是尘埃，或者是一片黑暗。

谈不上烦躁，不觉得乏味，也谈不上苦闷，当然更不会有激情与兴奋。仿佛能量耗尽，但又未完全尽，如同一罐液化气烧了一段时间之后，那蓝色的火力没有之前那么生猛。那蓝色的火焰，或许便是那只液化气罐的舌头。这或许是一个不太恰当的比喻，但此时的状况有点类似，燃烧没了激情。

重生

住在二十二层的高楼里，一点都不接地气，但房间里，照常有蚊子、飞虫。地板上，某些角落里，照旧生出暗绿色的霉菌来。我确定它不是青苔，是霉菌。虽许多东西仅凭肉眼无法看见，但我知道，在这空荡荡的房子里，除了我，有飞虫、有蚊子，还有我叫不出名字的各种霉菌与细菌。飞虫一类的会发出声响，霉菌则不会。这个世上，无声无息的，常常会更为强大。

一直是雨。这一切可能与雨有关。淫雨霏霏，连月不开，也可以说是我这里的此时、此刻。除了衣物、食物长毛之外，我的心里也仿佛长满了霉菌。

丧失表达的欲望，我竟然感觉不到遗憾、难过，或者疼，反而有一点习以为常的感觉。

——这不是病，但似病。

2

睡了一个午觉，然后醒来，脑袋里一团糨糊的状态并没有好转。来到阳台上，透过玻璃窗向外看。窗外，远处是奔涌的江河，近处是喧嚣的大地。大地之上，是或高或矮的楼宇，是凌乱堆放的杂物，是被修剪得整齐划一的小区绿化。往上，便是并不高的天，是水墨样的云层。云层比昨日淡了一些，薄了一些，仿佛有些地方已经被阳光穿透。

闷热。汗从肚皮、从后背、从额头，渗出来，一点点地往外渗。这些汗珠，正拼尽全力地要挣脱肉体对它们的囚禁。不过，我却突然想起某一个令人愉悦的场景来。那是一个清晨，还是一个午后，我已经不太确定。是的，人生许多的过往，不常常如同一场幻境吗？

那该是一个天高云淡、草木葱绿的7月，我乘车穿行在一条环山的柏油马路上，我要去赴一场文学的约会。车窗外，一座座山兀立绵延，与天际相连。公路一旁是一条清澈的溪流，另一旁则是刀砍斧削的绝壁。风吹日晒，霜寒雨雪，石壁已发黑、发亮。石壁不少处，长满了苔藓。暗绿的苔藓点缀在这发黑发亮的岩石之上，让我想起了大先生那双冷峻的眼睛和那撮扎人的胡须。细看，苔藓之中，有泉水汩汩潺潺，却又含而不露。那绝壁之上，仿佛有生命的鼓舞与跳跃。

清泉的甘凉，汗水的腥臭，怎么可以同日而语呢？此刻，汗水的腥臭，会让我想到"腐烂"和"死亡"这样的字眼。

这样的天气压抑得让人难以喘气。它随时可能会下起一阵不讲道理的雨来，也随时可能拨开乌云迎来一缕阳光。

街面上的积水很深，发浑、发黑，来往的车辆仿佛嬉水的顽童，其行经之处，总要溅起一溜的白色水花，并发出吱吱吱的声响来。许多的水花并不能逃脱重新变作浑浊污水的命运，它们被扬起之后还会再落回去，又重新成为污水中的一部分，它们只能继续等待下一辆车的到来，那滚滚的车轮可能是它们改变命运的最好的机遇。那些幸运的，借助车轮的力量，飞身一跃，落到人行道上，落到路过的行人的鞋子和裤脚上，落到人行道旁的草坪上，不再成为污浊的一分子。路过的人躲闪不及，望着一行溅起又扬长而去的水花，嘴里随口而出一句骂。溅入草坪的，则无比抖擞、无比精神，它们将会成为养料，长成一株小草的眼睛或翅膀。

这些都是我这些天亲身经历的场景，但并不是此刻的我，那只是另一个我罢了，是昨天的我，也可能是明天的我。到底有多少个我呢？我是谁，昨天的我与今天的我有什么不同？今天的我又与明天的我呢？

此刻的我，正坐在这间容纳我这副皮囊的房间里。房间里尽管有窗，可以看到外边的江河与大地，但更多的还是厚厚的四壁。此刻，它突然如同枷锁，如同牢笼。我掂量了一下自己，肉身沉重，我看了看我的左右臂，没有翅膀。

一个脑子里一团糨糊的我，一个没有翅膀的我，一个没有白色马匹的我，能去到何方呢？不，我是否真正想过去挣脱这样的牢笼与枷锁呢？

手中没有硬币，即使有，我是否会将继续蜗居或立马逃脱这样的选择分别交给硬币的两面呢？取出一枚硬币，放于大拇指盖，用食指顶住，用力向上一弹，硬币像一枚火箭，嗖嗖嗖往上蹿，直至比我头顶还要高的地方，然后迅速下落，加速度。这短暂的一瞬间，硬币挥动翅膀，翻转、腾挪，在空中画出美丽的弧线，发出闪闪的银光，展示自由落体的美感。我伸出双手接住。正面，还是反面？

你看啊，人生的许多时候不就是一种选择吗？人生的许多时候不就是一场游戏吗？

3

脑袋迷糊的状态仍在延续。我开始有些怀疑自己是否提前进入了老年状态，更严重一点，我是否患上了老年痴呆症。站着、坐着稍好一些，也只是好一点点，只要一躺下，这种感觉便尤为明显。我仿佛能听到血从我的大腿，从腹腔、胸腔、手臂，呼啦啦涌上来，像涨潮那般。

我曾在某个海边待过很长时间。那时，我一个人，常常去到海边散步，看涨潮。银色的月光之下，那一排排的海浪，如千军万马，从遥远的天际而来，怒不可遏，势不可当。潮湿腥咸的气味，从我的鼻孔、毛孔而入，我的体内仿佛灌满了海水。我张开双臂，静静地站在那条水泥浇筑的大坝之上，那些一路咆哮的海潮，如同一头头公牛，发出巨大的声响，朝坚硬如铁的大坝猛扑而来，有视死如归的气势，有"不破楼兰终不还"的气概。

是的，那是涨潮，但它总会有落去的那一刻。潮落之时，如英雄退幕，如一场硝烟平息。宁静、肃穆、凄美，令人感慨。

但此刻，往我脑袋涌上来的那些血啊，却迟迟不愿退去。此时已是深夜，我并无睡意，可也并不清醒，继续昏昏沉沉。

我怀疑这样的状态是血压升高而导致的。连续两天清晨，我醒来做的第一件事便是从床头拿出电子血压计，平躺，将自己的胳膊伸进袖带里，手掌朝上，使其高于心脏，然后平静一下呼吸，按下启动键。在电子血压计呜呜的鸣叫声里，我的手臂感到一阵阵压力袭来，有一种难以言状的肿胀的感觉。等电子血压计"噗"的一声响后，我静候那块四方屏幕上显示的那串不再变动的数字。为了准确起见，我还会将这样的动作在另一只手臂上再做一次。但接连几天，血压都在正常范围之内。不得不赞叹药物的神奇，自从服了一种叫"代文"的降压药后，我的血压再也没高出过指标。

这种浑噩的状态，让我不太能理解，也不太能接受。要在以往，躺在床上进入梦乡之前，我常会有一些稀奇古怪的念头，会有一些天马行空的想法，这样的念头和想法常让我躺不住，非得一骨碌爬起来，迫不及待地打开电脑，把这些脑海里的电波变成一行行汉字，一个个标点符号。许多年前，我常在半夜爬起来写字，我曾经从天黑写到天亮，我曾经写到腰椎间盘突出。那时，我仿佛着了魔一般，乐此不疲。

突然间，这样的感觉没有了，消失得无影无踪。面对一池春水，一株高大的树，一对翻飞的蝴蝶，一朵闲逸的云，一匹耷拉着脑袋的马，我竟然像身边的人们一样，若无其事，熟视无睹。我不知道我为何变成了今天这样的状态。是之前的我不正常，还是今天的我不正常？是由于年龄的增长吗？担心自己的这条老命被写没了？还是觉得自己写得够多了？或者是自己十分清楚肚子里的墨水，写再多也不会有任何出息与作为？

——我为什么突然间丢失了那曾经按捺不住的表达欲望与冲动了呢？

我想，可能从现在开始，如果不痛彻心扉，不痛快淋漓，或者不新颖独特，不非说不可，我极有可能不会轻易表达了。假如人一生该吃多少饭、该喝多少酒是一个定数，那么说多少话写多少字会不会也是这样的呢？

我曾经是一个如此"多嘴"的人啊。每当看见不公、不正、不平之事的时候，我都会忍不住发表自己的观点，有时甚至还会举起拳头，大声呐喊，或者奋笔疾书，现在呢？我还会这样吗？

我突然怀念起那个时候的自己来。那个热血沸腾的我，那个朝气蓬勃的我，那个头角峥嵘的我。那个我呢？他还在吗？在哪里？

不过，想必那时的我也是痛苦的吧？有谁愿意与那个我交流，愿意成为那个我的朋友呢？冷嘲和热讽，不屑与批评，当年我面对最多的不就是这些吗？

我也曾担心我不合群，想尽办法想要加入他们，成为其中的一员。为此，我专门给自己取了一个笔名，叫"沙寞"。我取这个名字的用意，大概就是让自己少说话，能多去享受一些寂寞。不过，没多久，我接连遭遇厄运，甚至险些丢掉了自己的性命。于是，在某一天，我决定改掉了这个不太吉利的名字。我在"沙寞"后面加了"之舟"二字，希望这艘小船能载我突围命运的滔天恶浪。由此，我的笔名成了"沙寞之舟"。

不知是哪天，被我弃用的"沙寞"这个笔名被我的二叔拿去了。也许二叔并不知道我曾用过这个笔名吧。可为何会有这样蹊跷的事情发生呢？二叔竟然用了我曾经用过的一个名。二叔用这个名字作为他的微信名。我并没有关注这件事情，只是偶然一次听到弟弟不经意间提起过。我曾想找个机会问二叔为何要用我曾用过的笔名，但不知为何我终究还是没有去问他。也许是由于忘却，也许是由于疏忽，也许有可能是由于我羞于开口吧。

只是，我现在再也没有机会问我的二叔了。前些日子回老家，我在二叔的坟前给他点了三支烟，给他倒了三巡酒。

站在坟前，我还是没能开口问他。

4

葡萄牙作家萨拉马戈说：写作是一种工作。他认为写作与激情和灵感无关，就是一种平常的工作，跟上班、下班一样。

我上班、下班是为了赚钱，为了养家糊口。我是一个活得如此世俗的人。我渴望不再流浪，不再贫穷，不再需要看别人的眼色。我这样的世俗大概决定了我的写作注定不能成为一种工作。这段时间以来，我字写得越来越少，甚至觉得快忘记如何写字了。

但内心似乎总有声音告诉我，不可人云亦云，尤其在写字上。

对于我来讲，成为一名作家，那是一个多么圣洁的梦想啊。我知道，写字需要耐得住寂寞，能够忍受得了孤独，可我近来越来越浮躁，心始终无法安静下来。手机上的视频软件，它们一度让我沉迷。我卸载过它们，但又重新装了回来。装、卸，我这样反复过几次，如同我戒烟、戒酒，反反复复。不过，我还是决定再次卸载，我怀疑它们有可能是令我脑袋糊涂的重要因素之一。

不记得在哪里读到过：读书与写作，可以磨砺心智，开阔视野，实现智力（想象力、逻辑思维能力）的提升和精神层面的更新。我不祈求有这样的效果，我多半是用它们来打发时间，打发这人间的孤独与寂寞。

当然，这并不表示我内心没有原则与操守。这一点还是很清晰的，我写下的字，应对我的表达欲望与内心负责。我一贯认为，那些自我陶醉、附庸风雅、虚假的赞美，华丽的谎言，不仅浪费笔墨和纸张，更有损文字的高贵与尊严。每一个文字都应该是有血肉、有骨头的，其精神内核决定了它不容被拿来街头卖艺，不可以用来随波逐流。

真正的文字应是独立思考的结果，是痛彻心扉的领悟，是一段刻骨的心路历程或悲壮的血泪史。或者，是一种全新的视角，有不同的高度、深度、宽度，以及厚度。现在，有许多的文字，占据了大量刊物、报纸版面，或者自媒体的头条，我知道其实不一定是因为它真好，而只是写它的人有了名气。这样的文字，我需要与其保持一定的距离。

人家写过的，尽量不去写。如果写，必须不落俗套。我的文字需要有我的气息与味道，是我的山川河流，是我的春夏秋冬。如果哪天我不想写了，那可能是我丢失了语言的舌头。

一天比一天热起来。这些混沌的日子里，我继续寻找我丢失的那些关于语言的舌头、色彩，以及梦想。如陈应松所说，写作是在迷茫和混沌中，在虚拟的冰凉的世界中捕捉真实生活和人间暖气的一场黑夜马拉松。我可能还在这场马拉松的途中，至于什么时候可以到达终点，或者我能否到达终点，也许并不太重要。

此刻，万家灯火，灿若星辰。楼宇之下、草丛之中、河道之内，青蛙、蛐蛐，以及我叫不出名字的昆虫们，正以它们短暂的生命之激情热烈而欢快地鸣叫着：这世界，我来过。我仿佛听到：螽斯羽，诜诜兮。螽斯羽，薨薨兮。螽斯羽，揖揖兮。喓喓草虫，趯趯阜螽。菀彼柳斯，鸣蜩嘒嘒。这些来自《诗经》的虫鸣啊，跨过千年的风雨，翻越无数个夜晚，经久不息，热烈而奔腾。

我所丢失的、所遗忘的，那些语言的舌头，以及舌头的声响、色彩、梦想，是不是正变成了这些黑夜里悦耳动听的嘶鸣？

游走于天地之间，我何尝不是一只卑微的夏虫呢？我能否像一只这样高歌的夏虫呢？

生命之短暂，沉默啊，又生命之热烈与灿烂啊。

5

通讯录里，至少有三千人，真正拨通过电话或通过微信私聊的，可能不会超过十个。失眠了、发烧了，跟谁说呢？一个人孤独地生活，已经十几个年头了。所有的事情，一个人面对。饿了，一个人买菜，一个人做饭，一个人吃，然后一个人洗碗；生病了，一个人去医院，一个人吃药，一个人慢慢恢复。那些隐忍、痛哭、崩溃，生理的需要与渴求，精神的孤独与寂寞，谁会听你诉说呢？

人间的幸福都是千篇一律的，唯有苦难与悲伤不尽相同。也许，这世界上，不可能有真正的感同身受。在这漫长的人生征途中，我们终究要一个人去熬过岁月的冷暖、寂寥、孤独、苦闷。

曲高和寡，知音难觅。一生之中，遇到什么都不觉得稀罕，这世间，唯有懂你的人难寻。

高级动物

几场急促的暴风雨之后，夏天便真正地来临了。别说在烈日下，人坐在屋子里，都有坐在蒸笼里的感觉，没一会儿工夫，身上便会汗涔涔。

客厅里，房东去年答应安装的空调到现在还没有踪影。装修时预埋的空调管，被缠绕上白色的胶带后，像一条又粗又大的白蛇，死而不僵，伸着头，吐着蛇信子，盘旋在客厅的墙角里。仔细看去，管子上已经落满了厚厚的一层灰尘。就在前几日，我还在微信上给房东留言。我说，你答应装的空调还要多久啊。不过迄今为止，依旧杳无音信。

从纸箱子里取出电风扇。这台电风扇是去年买的，我在去年深秋的某个凉爽的午后，将它拆装，洗净，晾干，又重新装进了纸箱子里。季节变换，现在又该到它上场的时候了。现在的电风扇组装起来倒是很方便，底盘，支架、叶片、风罩，几分钟可大功告成。插上电源，按下开关，便有习习凉风送来。风扇，不同于电灯、电视机、电饭煲、洗衣机之类，它大概属于"候"家电，也有冬眠的习惯吧。

尽管还只是初夏，但户外的阳光，已经炽热而毒辣了。前些日子还绿得发亮的嫩树叶，没几天便如步入了中年似的，那带有生命感的绿已经变得浓稠了起来，有一股不讨人喜欢的油腻。相比较初生的嫩绿，我并不喜欢这盛夏的浓荫，它容易让人想到拍马而至的枯黄、零落、死亡和腐朽。没有一丝风，落满灰尘的树叶一动不动，打蔫儿了一般，全都在枝头蜷缩着，它们似乎也经不住这太阳的炙烤。知了声此起彼伏，救命一般呼号。水泥地面，柏油路面，像是一只巨大的烤箱，腾腾热浪从地面升起，一阵阵地往上涌。人走在这样的路面上，只需一会儿工夫，便会浑身是汗。但这样的汗水，不同于运动之后的，它黏糊糊的，粘着衣服，让迈腿、抬胳膊都变得费劲，行动变得艰难起来，令人无比难受。

我忽然想起"祥子"来，那个被人叫"骆驼"的祥子，那个在烈日和暴雨下拉着人力车的祥子。"低着头，拉着车，慢腾腾地往前走，没有主意，没有目的，昏昏沉沉的，身上挂着一层黏汗，发着馊臭的味儿。"

夏天的汗水，应该如泉水般汩汩冒出才叫爽快。比如，在球场上，和几个打篮球的兄弟们一起，你追我赶，你进攻我防守，不到几个回合，身上就大汗淋漓，你身上的每一个毛孔都是一口泉眼。只是随着年龄的增长，也因自己近来的惰性，我对篮球这项运动早就少了前些年那般的热爱。现如今，三天打鱼，两天晒网，常常是打一次，不打一次，几乎没有了规律。

缺乏运动导致的结果便是身上的赘肉开始多了起来，比如松弛的胸脯，凸起的肚腩。坚持一件事情不容易，而放弃一件事情太过于简单。但想想，为了让自己不那么早进入老年状态，我还是要努力克服自己的惰性，多去去球场，哪怕一周一次也好。这周我去了吗？

不过，此时去球场肯定不是最好的选择。一个人的周末，孤零零的，没什么地方可去。坐在电脑前半天了，也没有什么想写的。这样的感觉实在不好。突然怀念起四五年前的那种状态来。那时的我，常常觉得有一种神秘的力量，强迫着自己要将心中的那些话一股脑地倾泻出来，绝不能憋着，否则便有随时决堤的危险。

那时，每到周末，甚至是半夜，我的脑子里常常会突然冒出一些稀奇古怪的东西来，有时候是一个诡异的画面，有时候是两三句话，有时候是一场梦，它们就像是夏天天边的云层，风卷云涌，堆积、聚拢，然后越来越厚，越来越浓，从天际直压下来，直压得你喘不过气来，就在这时，突然间一道闪电，紧接着一声响彻天地的惊雷，然后便是瓢泼的大雨哗哗地倾盆而下。你看，河道里涨满了洪水，摧枯拉朽，势不可当。

我想，那种状态大概就叫作文思泉涌吧。那种酣畅淋漓的感觉实在是一种说不出的痛快。那些时候，我常常为这样的感觉一坐就是一上午、一下午，或者一晚上，有时甚至忘了吃饭和睡觉。不过现在，我越来越觉得这种感觉正在枯竭、干涸，思想与语言的土壤之上，仿佛正裂出一道道狭长而宽大的裂缝来，那个泉眼里，再也没有泉水汩汩。我似乎能听到一阵阵土块崩裂之声，这样的崩裂，既有撕扯的钝痛，也有刀切的快感。我不知道别的写作者是否会有像我这样的时候，是否会有这样的疼痛。

我担心我今天这样的混沌与迟钝感会一直继续下去。如果，不能以写字的方式来抒发我的喜怒哀乐，我不知道我将以怎样的方式继续苟活于这样的人间。到现在，我已经摆脱了曾经因为治病而导致的贫穷和窘迫，我不再需要为了钱而像之前那样奔波与劳碌，我甚至可以隔三岔五弄点小酒喝喝，想要买什么也不需要犹豫再三了，我算是过上了一种较为惬意的、没有压力的生活。如果从这样的惬意来讲，这大概是我四十多年来最舒适的日子。可是，这样的惬意和舒适在给我带来满足的愉悦的同时，也隐隐约约让我感到了一些不安。我不知道，如果继续这样舒适和愉悦下去，我是否也会变得像周边的许多人那样，比如，对悲伤逐渐麻木，对弱者失去了怜悯，对不公平、不公正之事习以为常。或者，我是不是正在变成人们眼中的那种油腻大叔？那种冷眼的旁观者，大先生笔下的看客？

那种曾经拥有的愤怒、怜悯、同情、真诚是否还继续存在于我的体内？那些奔涌在体内的热血呢，它何时被驯服成一只温顺的绵羊？如果这样，是不是像窦唯所唱的那样——幸福在哪里？

喜欢窦唯的《高级动物》。喜欢他曾经的帅气，曾经的才气。几年前，窦唯邋遢的形象曾出现在互联网上，他头发稀疏，身体发胖，捧一个保温杯，坐在地铁里，这与在香港红磡体育馆的舞台上那个穿着黑西服、手持铃铛的窦唯比起来，简直判若两人，天壤之别。是的，岁月从来没有饶过谁。昨天，在某个群里看到舒婷的照片，那个曾写下《致橡树》的舒婷，那个曾写下《祖国啊，我亲爱的祖国》的舒婷，也俨然已是一位老大妈了。唉，我心中的那个女神啊。

与窦唯比起来，我小他一些。但我想，我应该属于那个年代的人。那是个觉醒的年代，那也是个桀骜不驯的年代，那更是一个黄金年代。那是一个烟火与诗情迸发的年代，是一个开放包容、充满情怀的年代，那还是一个自由奔放、百花齐放的年代。人们从十年浩劫中苏醒，从混沌迷茫中回归人性。人们纷纷挣脱枷锁，各行各业百废待兴，对外张开怀抱，主动拥抱世界，留给了人们无限美好的记忆和永远的怀念。那个年代也给我的心底埋下了摇滚的种子。这种子应该还在，只是随着外部的环境改变得太多，随着年龄的增长，我担心总有一天会失去它们，或者它们不可能再在这片土地上生长下去，离我们渐行渐远。

枯燥的日子里，音乐是调味剂。一个人，打开QQ音乐，播放器里，乐曲声有一段，没一段，不是摇滚，是吉他曲，倒似乎也很适合这样的夏日的午后，可我不知道它是缓解还是平添了一些我的烦闷和忧愁。

此刻，熟悉的旋律是《绿袖子》，这首曲子写的是亨利八世的爱情。"唉，我的爱，你心何忍？将我无情地抛去。而我一直在深爱你，在你身边我心欢喜。绿袖子就是我的欢乐，绿袖子就是我的欣喜，绿袖子就是我金子的心，我的绿袖女郎孰能比？"瞬间，还是永恒？多少人会这样，终其一生，却无法得到呢？

我又突然想起上午给我送大米和食用油的移动公司的小伙子来。昨天，他在电话里跟我说，我的号码还可以继续参加充话费送粮油的活动。其实，就在他打电话给我之前不久，我刚充了几百元的话费。于是我告诉他，你去年送我的大米和油还没拆封呢，我不需要。

但我终究还是没能拒绝他。我不知道该怎样去拒绝一个这样的年轻人。他跟我说，大哥，你好像会玩音乐吧？我不知道他在哪里看过我玩音乐的视频或者照片之类。也许是为了和我套近乎，他继续跟我说，他之前是学音乐的，通过艺考上了一个二本，但后来为了赚钱，毕业之后跟自己的父亲在工地上干了一年，太累，然后便去移动公司干起了销售。

大概这就属于物以类聚、人以群分吧。提起音乐，或者提起文字，我总会有一种知音相逢的感觉。我一下子觉得和这个小伙子之间有了某种情感上的相通和联结。所有的人，归根结底还是群居动物，不过，每个人大概都只喜欢与志同道合的人一起。比如，我有一个叫"大风车"的群，里面都是一群写写字的且有着共同喜好的人。

我不仅喜欢聊音乐，我还与他讲到音乐高考的许多故事。许多年前，我曾在老家办过高考音乐强化培训班。那几年里，从酷热的夏天，到冰冷的寒冬，我和那些怀揣梦想的孩子一起，在租来的那栋简陋的培训楼里，起早摸黑，弹钢琴，吊嗓子，练习视唱练耳，讨论和学习枯燥的乐理知识，一遍又一遍地反复打磨，每一个音，每一个节奏，每一个动作和表情。通过几个月的强化培训之后，这些孩子都能如愿地拿到一张艺术合格证，然后可以凭借稍低一些的分数进入院校，去实现他们的大学梦想。

我有时候想：他们可曾有过对音乐的真正的热爱？

上次"五一"放假回家，在街上的早餐店里，我遇到一个曾经跟我学音乐的学生。他热情地跟我打招呼：苏老师，抽烟不？他看起来，与我当初教他时似乎并没有多大变化，连喊我时的声音和表情都像从前那样，只不过他也没有继续从事与音乐相关的事情了。他跟我说，他在街上开了一家手机店，卖手机、修手机。

我并不是觉得学音乐的人就非得走音乐这条路、吃音乐这碗饭。现如今，学了某个专业并非一定非得要靠这个专业才能养活自己，只要你愿意吃苦，只要你愿意努力，总有一碗饭吃。而从另外一个角度来说，不管以何种方式生存，都只是我们的一种谋生手段而已。人在这个世上，总会有适合他干的某件事情，有些人靠脑子养活自己，有些人靠体力养活自己，用我母亲的话说，每一株小草都有滋养它的露珠。

可不知为何，我突然间有一点失落起来。我的失落是不是一种遗憾，或者是不是一种可惜呢？前些日子，刷到一条短视频，在视频里看到一个披着长发、赤裸着上身的男子在清晨的雨中卖鱼，他每天清早去江里捕鱼，然后到集市贩卖，每天大概有百来块收入。但几乎没人知道，他曾经是一支摇滚乐队的吉他手和主唱，而今乐队早已解散，只有他还在坚持着那份最初的梦想。

人总是这样，在许多时候，常常不得不为了生活而放弃心中的理想，或者为了心中的理想而放弃现实的生活。这似乎总是一个两难的境界，人生的天平两端，总不能保持平衡。现实生活中，月亮与便士，总不会出现在同一个维度，它们一个在天上，一个在地上，这世间，两者兼得的人能有几个呢？

我又想到了我自己。我曾经是一名教师啊。我至今偶有机会站上讲台，依旧会激情昂扬、抑扬顿挫。前不久，单位里组织一场培训，我担任讲师，两个小时下来，我竟一点疲倦感都没有。可是，我这一生，还有机会重上讲台，重新拿起粉笔吗？

我和给我送粮油的小伙子说，你还是不要将自己的专业完全丢了，这是你用青春和汗水换来的，它将会使你终身受益。我不知道我说这样的话对于一个整天为了生活而打拼的年轻的小伙子会有什么意义。不过，在我眼里，能弹一手钢琴，能让蝌蚪一般的音符在键盘上鲜活跳跃起来，那绝对是人间最神奇最美妙的事情之一。音乐的作用，远不止于给你一碗饭吃。人在这漫长的一生之中，该有多少像我今天这样的无聊时刻，或者多少比无聊更难以让人接受的东西，比如，阴险、狡诈、争夺、尔虞我诈，以及许多时候的空虚与寂寞呢？这些时候，音乐多么像一缕清凉的风、一口甘甜的泉啊。

说实话，我真不知道那么多的粮油该怎么处理。我每天仅晚上下班后做一顿吃的。为了图省事和方便，我做的一般都是面条，甚至有时候懒劲出来，连面条也不做，饿一顿的情况也是有的。看着如小山般的粮油，我一时半会儿竟不知所措起来。

思考、工具、语言，拥有了这些，人应该是一种高级动物吧。在这些要素中间，工具、语言，大多数人都有，但真正的思考有多少人真正拥有呢？当然，我还需要给"高级动物"再加上一些，比如文明。那什么是文明呢？敬畏、怜悯、同理心、契约精神、自由……

有时候我喜欢胡思乱想。但此刻，我知道，我不应该继续这样懒惰下去，更不应该堕落下去，正如我的视频签名那样：拿起萨克斯，拿起篮球，我依旧还是从前的那个少年。那些曾经拥有而将失去的东西，我在多年后的某一天里突然发现它们竟如金子般珍贵，我现在要尽最大努力将它们留下来，继续给予我曾经的那种热情和动力。

都说一屋不扫何以扫天下，那我就从扫一屋开始吧。我开始拖地、洗衣服、洗鞋子。我将这些秋冬才穿的鞋子洗净之后，整齐地摆放在阳台上，让它们以一种谦卑的姿态去接受这个火热的夏天的阳光的洗礼。我现在一边写下这些，一边静静地等它们晒干。等它们晒干之后，我要将它们收拾起来，装进盒子里，放进柜子里。接下来，差不多需要半年的时间，它们才能重见天日。

亲爱的，我想，那时该是深秋了。

隐匿者

一大早去参加一位同事的葬礼。他英年早逝，丢下年轻的妻儿撒手人寰。他的去世，令我痛心不已。浩浩荡荡的送葬队伍，沿着小城转了一大圈，敲锣打鼓，号角齐鸣，好不热闹。送到墓地安葬后，我们往回赶时依旧悲伤难平。但因早晨起得太早，人已十分疲倦，坐在车里哈欠连天，实在困得不行。

回到办公室，我第一件事情便是打开折叠床，迫不及待地躺了上去，想要利用中午这短暂的休息时间眯一会儿。可就当我迷迷糊糊正要睡着时，耳机里突然传来"嘀嗒嘀嗒"一阵彩铃声。我的睡眠素来很浅，铃声让我顿时变得睡意全无起来。从口袋里掏出手机，打开一看，是一个叫"吴非"的加我微信——"苏老师，您好，我是姚岭村吴非。"

姚岭村是我的老家，这个叫吴非的是我二十年前教书时的学生。看到这条信息时，我的第一反应是，他可能有某件事情需要我帮忙。这些年，因为平时喜欢舞文弄墨，总有些或熟或不太熟的人找上门来托我办事。他们在加我微信之后，一般都是先从头到脚将我恭维一番，然后再找个机会把话题一转，让我给他写点什么。他要写的东西往往五花八门，起诉状、申请书、演讲稿、宣传稿、买卖合同、方案策划书，或是一篇散文等等。令人哭笑不得的是，竟然还有人找我帮他编写求领导办事的短信的。

　　老实说，我是一个不善于拒绝的人，我似乎从未拒绝过别人这样的请求。我甚至还会因为在帮助别人解决了某个问题之后得到一句不需要花钱的"谢谢"，或者"你真厉害"之类的话语，而扬扬得意、沾沾自喜过。某段时间里，我曾一度沉迷于这样"盛赞"的虚荣之中，有一些飘飘然起来，让我觉得我的存在的意义又多了一些。

　　我琢磨着，这吴非大概也是想要找我给他写点什么，或者咨询点什么吧。就在今天中午吃饭时，我还给另一个曾经的学生回复了一条短信。他在微信里说，上次让我给他们写的歌词修改了一个地方，想听听我的意见。我的这位学生，在老家的县城里算是个远近闻名的知名人士，他经营着一家网站，定期组织一帮人开展一些公益慈善活动，相当有人气。大概两个月前，他找人写了一首歌词，发来问我的意见。见是自己的学生，我也便毫不客气，直言不讳地指出了那首歌词存在的问题。微信里，我的话音刚落，学生立马便接过去说："老师，我也和您的想法一样，但我说不出来。我这些年带着一帮人从事公益事业，这回想好好地总结一下，然后就想着要写一首歌，您要不费点心思给学生写一首？"话说到这份儿上，我是想推辞也不能推辞了。只是跟他说，可以，但不要署我的名字就好。

　　不要署我的名字，不要让人家知道我，更别跟人家提这件事情……老家一带托我办事的，我一般都会加上这么一句。这些年，我一直在沿海的一座城市打拼，在这座异乡的城市里，我花了十来年的时间，从陌生到熟悉，从形单影只到开始有了一些朋友，从默默无闻到在当地获得不少的荣誉，变得小有名气，慢慢地与这座城市建立了密不可分的联系，我甚至隔段时间便会出现在当地的一些媒体上。可是，我还是担心现在的我被暴露出来。我想尽量不让老家那边的人知道我现在的状况。

　　或许，任何一个外出打拼的人，内心里都可能会有衣锦还乡、荣归故里的情结。刘邦在《大风歌》里唱道：大风起兮云飞扬，威加海内兮归故乡。

项羽见秦宫室皆已烧残破，又心怀思欲东归，曰："富贵不归故乡，如衣绣夜行，谁知之者！"我每次从外地赶回老家，总有不少朋友、同事电话微信相邀，或是一起喝茶，或是一起吃饭喝酒。别人托我办事我都不善于拒绝，请我吃饭喝酒，更是难以推辞了。觥筹交错、推杯换盏间，他们常常会提到老家的某某在哪里发了大财，某某在哪里当了大官。言谈举止间，他们既有无比的羡慕，也有自己这辈子平淡的遗憾与孤陋的牢骚。实话说，我在某些时候也想过，假如能够成为他们口中那些发了大财或是当了大官的人，或身价千万亿万，或谋得高官厚禄，我是不是会感到无比的自豪？

十几年前，突然的变故，打破了我平静的生活，更彻底地改变了我的命运轨迹。因生活所迫，我不得也不能再像往常那样循规蹈矩、按部就班，安安稳稳地待在老家某所乡村中学做一名可以有着双休、可以有着寒暑假的教师工作——我急需赚钱。

在还没有正式外出打工前，我已经在尝试寻找一些赚钱的途径了。我曾摆过地摊、送过牛奶、开过小店。那时，我还住在一个小镇上，每天天没亮便踩着一辆二八自行车，将两筐鲜牛奶挨家挨户给送上门去。等我将牛奶送到订奶户家时，他们往往都还没起床。我轻手轻脚地把牛奶放进他们家门口的牛奶箱里，再顺手将昨天的空瓶子收回来。小镇的街道只铺了一层石子，被过往的车辆压得坑坑洼洼、凹凸不平，屁股下的自行车踩得有些费劲。等到往回走时，后座筐里的牛奶全变成了空奶瓶子，车子变得轻巧了许多。随着车子的颠簸，筐子里的奶瓶像是刚被赎身回来，得到了解放，蹦蹦跳跳地碰撞，发出咣当咣当清脆的响声。我要告诉你的是，在那些晨曦的微光里，在那清脆的玻璃瓶撞击声中，我体会到了一种从未有过的艰辛与快乐。

这样的艰辛与快乐，在我重新回到学校开一家日杂百货小卖部时，得到了进一步的体现。那时，我大病初愈，也可以说尚未痊愈吧，我每天仍需吃药，隔三岔五还得挂水，身子依旧虚弱得很。但尽管这样，我每个周末都要赶到县城去进货。运输货物的车子到不了校园，我不得不用那辆送过牛奶的自行车将一箱箱货物从马路口搬回来。一箱货物，轻的十几斤，重的有几十斤。几趟下来，人几乎累得虚脱了。

每个周日的下午，是学生们返校的时间，也是他们身上零花钱最多的时候，自然也是我杂货店生意最好的黄金时间了。零食、饮料、毛巾、脸盆、牙膏、牙刷、护肤霜、卫生巾、笔记本等等，前来买东西的孩子们络绎不绝，我需要从下午一直忙到晚上，有时累得几乎伸不直腰来。等到晚上的熄灯铃响起，不再有孩子前来买东西，我再关起门来打扫整理，方才有一点喘息的空闲。可我并不急着睡觉，我坐在桌子前面，拉出柜台装钱的抽屉，一张张地清点当天接到的人民币，五块的、十块的、二十块的、五十块的，偶尔也有一百块的，当然更多的是一块的硬币。我喜欢将弄皱了的钱币整理得整整齐齐，分面额叠好。除此之外，我还用透明胶带将一块的钢镚儿绑在一起，五十个一扎，一个下午差不多能收到八九扎这样的硬币，有时甚至更多。将这些散落在抽屉里叮当作响的硬币扎成一捆捆整整齐齐的硬币，实在是一件神奇而快乐的事情。我将扎好的硬币放在手掌上，掂了又掂，那种沉重与质地，常让我乐得合不拢嘴。

我曾经是一名人民教师。教书育人，为人师表，站在讲台上声情并茂，在黑板上龙飞凤舞，或在孤灯下潜心编写教案、批改作业，这些都是我该去做的事情，是我的本职工作。在人们心目中，每一个最可爱最值得尊敬的老师，想必应该都是这样的光辉而清贫的形象。可是，那时的我一头扎进了这条满是铜臭味的道路，完全忘记了自己还有人民教师这一光荣的身份。我并不知道别人怎么评价我，是嫉妒我赚钱的人多一些，还是瞧不起我的人更多一些呢？对于我自己来说，哪个才是真实的自我，而非那个隐匿着的人呢？

后来，小店无法继续经营下去。当然，即使能够继续经营下去，我也无法利用它带来的收入去还清那笔治病欠下的债务。我不得不选择了外出。我的不少同乡、亲戚、朋友，常年出门在外，创业、务工，他们在春节期间差不多都以"达官显贵"的身份从四面八方回到故乡。在县城的大街小巷里，他们开着小车，穿着洋气，嘴里叼着中华烟，尽显富贵之态，尽是成功者之风采。我的表弟春节时便开回来了一辆奥迪，他出手大方，给我母亲发了一个大红包，还邀请我们几个老表在县城的酒店里大撮了一顿。

教师、送奶工、小杂货店店主，与周边的人比起来，我的身份显得有些复杂。身兼多职，我其实也不能准确地扮演好每一种身份与角色，特别是在这些角色转换时，我压根做不到那么自然流畅，不露痕迹，不留破绽。在我享受踩着自行车听到空牛奶瓶悦耳的脆响，关起门来将一枚枚硬币卷成一扎扎金箍棒的喜悦与兴奋的同时，我其实很害怕听到别人的闲言碎语与冷嘲热讽："一个当老师的，竟然送牛奶，竟然卖杂货，竟然满脑子都是铜臭味！"他们的不屑、鄙夷，甚至是嘲讽，曾深深地伤害过我。可有什么办法呢？生活逼得你走投无路时，还有什么尊严可说？在县城里，我摆了一桌，席间，我拼命给校长敬酒，恳求他能容许我将小店开下去，喝得面红耳赤的校长终于松了口。那天晚上，我将自己喝得在卫生间里吐了一地。

——谁又不是呢？在那些沉重的生活压力面前，我们活得常常不知道哪个才是真正的自己。

吴非继续在微信里写道：苏老师，县里在做一个在外成功人士的调查，有一张表想让您填一下。您这些年在外创作丰硕，声名鹊起，屡获各类奖项，又在企业里任职高管，我们也想一起分享您的成功与喜悦啊。

我不知道该如何回复吴非的短信。但我必须要坦诚交代，我不愿意自己在外的消息被老家人知晓，最初的原因其实是，我在老家某个单位里还保留着在职编制的身份。我现在的工作并不稳定，随时都面临着失业，而且随着年龄的增长，这种失业的可能正变得越来越大。因此，从某种意义上说，我其实是一个隐匿者，当初我是以一种见不得光的方式外出求职谋生的。前些年，各地清理在编不在岗的消息频频登上新闻热搜。每当看到那样的消息时，我就不寒而栗，心惊胆战，担心自己哪天就被上了头条，成为众矢之的，然后不得不像个犯人般，被遣送回去，一切重新回到过去。不需要眯上眼睛，我就能想到那种狼狈与难堪，那种无奈与遗憾。如果这样，我还将失去我现在所拥有的一切，当然最主要的是比老家更丰厚一些的工资收入。这世间，没有人是不爱钱的，我自然也不能免俗，尤其是对于我这样一个身上背着沉重负债的人。

不过，我越来越觉得我不需要在老家那边"扬名立万"了。何况我本身并不属于人们心目中那些所谓的成功人士。这些年来，我大概是一个拥有多重身份的人：职业经理人、散文与诗歌写作者、萨克斯流浪乐手。这三种不同却在我身上有着某种联系的身份，是我这些年最真实的状态与写照。职业经理人，说起来似乎有些高端大气上档次，但它其实就是我用来谋生，用来养家糊口，用来赚钱还债的身份而已，依靠三寸不烂之舌和那一点点所谓的管理经验，我先后在不同的企业里谋得一份差事，或替老板拎包，代写讲话稿，帮他讲不想讲的话，出现在他不想出现的场合，或狐假虎威替他们唱红脸，做挡箭牌，等等。

在履行这样的职责时，我常常保持一本正经与道貌岸然的样子，我借此来保证我在处理这些事或这些人时的合法性与权威性。我会拿出一沓沓规章制度、一张张数据分析报表，或者是长达几页的调查报告，像审讯一名犯人那样，正义凛然、气势凌人。除了没有动用酷刑之外，我几乎用尽了企业管理的所有惯用伎俩。解决之后，我会有一阵短暂的快感，这种快感竟来自精神与肉体两个层面——一是，我结束了一场旷日持久的雄辩；二是，你瞧我又干了一件老板想干的事情。但这样的快感并不能持续多长时间，我很快便有一种深深的负罪感，我无法像职场上的其他职业经理人那样引以为荣，将这些经历作为自己成功的经验去分享。我后来常常怀疑，那个口若悬河的人，那个伶牙俐齿的人，他不是我，而是另一个陌生的人。我知道，我使用过的这些招数、这些伎俩，总会在某一天连本带利地还回到我这里来，坐在我对面的就是那个我几乎不敢认识的另一个叫"苏敏"的人。

这些都不是真正的我。真正的我，应该是一个心有戚戚的人，热情而孤独，敏感又脆弱，常会对这世间的不公与黑暗愤愤不平，常会对底层的弱者怀有悲悯与同情。可活在这个尘世中，我口是心非过，我装聋作哑过，我狐假虎威过，我表里不一过，唯有在我的那些文字里，那些长短句里，或者在我呜咽的萨克斯乐曲里，才可能找到那个真正的我自己。只有当我提起笔，敲击键盘，噼噼啪啪敲下一串文字时；或在脖子上挂起那只金灿灿的萨克斯，用上牙轻咬哨笛，用下唇紧贴芦苇哨片，吹出丹田之气时，我才发现这个才是叫"苏敏"的人。

那个戴着虚假面具的人，那个没有自己思想的人，那个顺着别人的意志而出卖自己灵魂与内心的人，他有的只是一具行走的肉体而已，它在某天，某段时间里，盗走了我的肉身，伪装起我的外形和神态，它甚至盗走了我某些时候的精气与魂魄，让那具肉体逼真，并无限接近真实。但是，我总会在某些时候清醒过来，那不是我，那不是我！那只是一个隐匿者而已。

美国作家纳撒尼尔·霍桑的《红字》以人道主义的悲悯情怀，深入地探究了有关罪恶和人性的各种道德、哲理问题。在小说里，深得市民尊崇与爱戴的牧师迪梅斯戴尔，在他深深隐匿了七年之后，准备与他的赫斯特·普林偷偷地远走高飞。就在临行的前一天，小镇上举行了一场盛大的活动，欢呼的人群中，他突然看见赫斯特·普林带着他们的女儿站在镇中心的那个绞刑台上——一个通奸的女人，在这类公众活动中只配站在那种地方……突然，他向那个七年来为了他，为了他们的爱情，受尽了万般羞辱的女人走去，和她及他们的孩子站在了一起。他撕开自己神圣的衣襟，露出烙在他胸口上的那个红色的"A"字——那个表示通奸者的符号。他说：感谢引领我来到这儿的上帝。

在人类历史发展的进程中，因阶级统治、伦理与道德，或者因法律、乡规族约，总会在某些时候存在像迪梅斯戴尔这样不得不隐匿自己身份、隐藏某段过往的人，他们或东藏西躲，或隐姓埋名，以隐匿者的身份行走在这个世上。就每个人的成长来讲，总会因生活压力、人情面子、世俗偏见等因素，会将自己过往的某段经历、某段故事隐匿起来的情况存在。我们的生活中，究竟有多少这样的隐匿者呢？

在我生病后，父亲和母亲在乡人的劝导下，打电话让我信奉某种宗教，信奉这种宗教需要我每天"忏悔"自己的过错与罪行。强烈的求生欲望已经让我慌不择路，我虔诚地朝着房子的某个角落跪下，心中默念自己过去所犯下的"过错"与"罪行"——我在上初中时因吃不饱而偷吃过学校食堂的剩饭，回家的路上因饥饿难耐拔过人家的萝卜与红薯，师范读书时我也顺手牵羊过别人的饭票。是的，我清楚地记得这一切，我犯下的这些"过错"与"罪行"几乎都与肚子和嘴巴有很大的关系。

但在实际生活中，勇于承认与承担自己的罪恶或过错，不仅需要巨大的勇气，更需要付出巨大的代价。承认与承担，也许会拯救你的灵魂，但也许将让你接受世俗的惩戒，甚至毁灭……

回到前面讲的职场上来。听从老板或领导的意愿，按他的指示与吩咐办事，这本身没有错，在单位里这叫执行力。但明知说的不对，明知这样做违反了常识、伦理、道德或者法律法规，却依然按照意愿与指示去执行，这想必是一种盲目的执行罢了，势必也会给社会、给集体，或者给员工带来不良的影响或者不利的后果。可如果就你听不听老板的话这个层面来讲，这些似乎就变得一点都不重要了。你只要大言不惭地说"好"，说"坚决执行"，说"老板英明"，你就能平安无事，你就能捞上一点好处，甚至会被委以重任。因为，只有当你说"老板英明"之后，老板才会觉得你是他的人，是老板的人，他自然就不会亏待你，晋职、加薪这样的好事情，可能会在不久的将来随之到来。如果你斗胆有不同意见，哪怕你的意见再怎样正确，接下来等你的，便是舞不清的长袖、数不尽的冷箭、穿不尽的小鞋了。这或许就是职场上的潜规则。

刚刚死去的这位同事，是我难得的一个朋友，在工作上，我们互相照顾，相互帮衬，算是难得的好兄弟。他在世时，见我有时心猿意马，没了职场上的那种状态，不想再做那名隐匿者时，他便会好言相劝：苏敏，跟老板过不去能得到什么好处呢？我当然知道他的良苦用心。同事见我并不为所动，还兴致勃勃地给我讲了个商鞅进谏的故事。同事说：商鞅前后三次拜谒秦孝公，主要是谈论自己的治国理念。商鞅第一次谈的是帝道，说要通过君王个人的仁义道德来感化民众，商鞅侃侃而谈，秦孝公却听得很不耐烦。他第二次谈的是王道，说是要采用周王室治国的方法来理政，虽然这个方法让秦孝公感到有点意思，但这也不是他真正想要的。直到商鞅的第三次拜谒，才引起了秦孝公非常大的兴趣。当商鞅谈到"霸道"两个字时，秦孝公喜上眉梢，眼睛直发光，好几次移动坐垫，想要靠近商鞅。据说两人一连谈了三天三夜，丝毫不见疲倦。我依旧记得同事声情并茂、意味深长的样子，完了他继续说道：我们有才能的人要像卖百货的商贩，能根据顾客的需要卖给他们喜欢的产品。

单从工作与收入的稳定来讲，这一点真的没错。哄得老板开心，不说一定能捞到多少好处，但至少不会吃眼前亏的。有一则寓言故事，是讲老狐狸给小狐狸传授生存术的。故事大致是这样，老狐狸对小狐狸说，当你们遇见兔子、山羊等比你弱小的动物时，对他们不必客气，坑蒙拐骗，连欺带诈，样子凶一点；要是遇见老虎、狮子等比你强大的动物时，一定要对它们微笑，阿谀奉承，把肚子里的好话全说出来，马屁拍得响一点。如果碰着真不吃这一套的，那就只有第三招——跑。老狐狸说，只要把这三招练好，就没有后顾之忧了。其中有一只小狐狸天真地说：我们不能诚实一点吗？老狐狸摸着小狐狸的头说，我们的祖先早就试过了，练好这一招比练好前面三招难一万倍。

——为了生存，人们不断地编织各种谎言，成为那个虚伪的人。这样的情形，在如今的官场、职场，可谓比比皆是。你看到那些油头粉面的，那些光鲜亮丽的，其实往往都只是一副躯壳而已，他们当中有几个是真实的自己呢？我那位逝去的同事，他深谙这其中的道理，每逢公开场合，就大肆吹捧老板如何英明有方，如何运筹帷幄，如何高瞻远瞩。老板自然也常常是听得眉飞色舞，喜笑颜开。

许多友人在微信里转小说家北村的一条朋友圈，大意是这样的：我劝至少五十岁以上的人，要开始尽可能地说真话，把该得罪的人都得罪光，这样剩下的都是真朋友了。五十知天命，天命是什么？不逐利、寻真理、说真话——我也常在思索，人到中年后，我们该有一种什么样的状态？做那个真实的，可能仍保持着犀利，甚至带些刺的人，还是去做那只圆滑老练的狐狸呢？

想起刚刚逝去的同事，他匆匆地走完了他短暂的一生，他短暂的这一生里，多少是真实的，多少是隐匿着的呢？每个人都只是尘世的匆匆过客。从今天起，他与这个世界再也没有一丁点关系。如今，他正在高高的坟岗之上，厚厚的黄土之下，成了另一名真正的隐匿者。

想到这里，我拿起手机，在微信里给学生吴非留言道：谢谢，不用。打完字，我将手机搁在一边，继续戴上眼罩，遮住眼前的光亮。可一个中午都快要过去了，我怎么也无法入眠。

像乞丐一样转身而去

　　午后的阳光，有些耀眼。人来人往的马路上，一个蓬头垢面、衣衫褴褛的乞丐，正弯着腰，从一个苍蝇嗡嗡乱飞、散发着馊臭味的垃圾桶里翻找食物。他像是发现了宝藏一样，从里面取出一个被人丢弃的苹果和半块馒头。苹果已经被人啃得剩一个核了，仅剩的果肉已经发黑；馒头上，已经沾满了油渍和灰尘。他黑乎乎的手举着那个果核和半块馒头，像是举着一支火把。头顶的阳光已经无法给他温暖和光亮，唯有此刻手中的食物，才能给他光明和力量。

　　他暗淡无神的眼里，顷刻间发出一道亮光来，像是一道闪电。他那张污垢的脸，开始有了笑容，像一朵黑色的花，连皱褶都那么匀称。没有人去关注他，他也不在乎有没有人关注。此刻，他的世界就是眼前的这只垃圾桶，就是手中的那个果核和半块馒头，所有的人流、车流，都与他没有半点关系。站在不远处的我，也和他没有半点关系。他迫不及待地张开他那张黑乎乎的嘴，邋遢的胡须，大概几年都没剃过。乱蓬蓬的胡须间，夹杂着许多又黄又白的须发，上面布满了油渍和灰尘。他张开嘴，露出一排参差不齐的黄龅牙，血红的舌头像是蛇吐出的信子。他大口大口地吃着，口水不断往下流，发出吧嗒吧嗒的响声。

　　那响声，让我有些迷醉、有些羡慕、有些嫉妒。我的肚子也有些饿意，可是，马路边的小餐馆里，地板上到处是油腻，墙壁上到处是灰尘，一阵风吹来，塑料桌布、塑料杯子、装筷子的塑料袋子，便满地打转。一些等车的人坐在那里喝酒、抽烟；也有一些人嗑着瓜子，玩着扑克。我戴着口罩，站在屋檐下，不敢进去。我隐隐约约地听到，他们在指指点点，说我是谁，之前是做什么的，好像还有人在叹息。

我刚从医院检查回来。拿到检查报告的那一刹那，春强依旧是满脸怜悯与无奈的神情。春强是县医院检验科的医生，跟我小叔的关系非常好。我还记得，春强第一次给我抽血的场景。那是一个压抑沉闷的上午，似乎空气都是凝滞的。坐了两个小时的三轮车，灰尘扑满我一身，我一路颠颠簸簸来到县城，找到医院里的小叔。小叔见我面色苍白，走上前来，用手摸了摸我的额头，然后便直接将我带到春强那里。

多年后，春强成了我的好友。我们一起打球，一起喝酒。可是每当提起那次检查时，他说，他被吓坏了，他怀疑是仪器坏了。他还说，等我转身，他便想，这个小伙子可能要死在路上。

这一天的体检，春强的脸上，依旧没有笑容，依旧还是一脸的疑惑和惊慌。到这时，春强已经给我抽过好几次血，对我的病情也了如指掌，和我也算是比较熟悉了。我想，这个时候，他脸上的疑惑和惊慌，估计不再是怀疑仪器坏了，一定是在想，我是不是要死在回去的路上了吧？

我跟春强说，没事，我回来就是等死的。我说的时候倒是很轻松。可是，我除了佯装轻松，还能做什么呢？我除了回来等死，还能做什么呢？再也没有钱了，医院里还欠着一笔药费没给。我总不能客死他乡，做个死在外地的流浪鬼吧？可是，没人知道，那些日子里，我没有一天晚上能合上眼。即使睡着了，也一定是在噩梦当中度过。我总在想，我死去的时候，是什么样子？我是睁着眼死，还是闭着眼死？我死的时候，会不会像电视剧里那些人一样两脚一蹬脖子一歪？我的妻子在我死后会不会哭，她什么时候能再找一个人家，那个男人对她好不好？对我的女儿好不好？我的女儿，那时刚一岁多点，她将来知不知道有我这个父亲呢？她长大的时候，会不会去我的坟头烧点纸钱放挂鞭炮？我还会想我的父亲和母亲，我在想他们年纪一年比一年大，为了给我治病，欠下那么多的债务，他们拿什么来偿还？我死去的时候，母亲的眼睛会不会哭瞎？父亲那个从不哭的男人会不会掉眼泪呢？

那天下午，乞丐给了我强烈的刺激，像是给了我一支强心剂。我说不出我心中是什么滋味。我既妒忌他，又羡慕他。我还觉得，上天对我太不公平，甚至连给乞丐的东西都没给我。上天给了乞丐顽强的生命，却给我一副孱弱多病、不堪一击的身体。我就在屋檐下，远远地看着他，看着他一次又一次弯腰，在垃圾桶里找食物，看他大口大口地将垃圾桶里的食物吞咽下去。那个乞丐不知道，就在他身旁不远处，有一个戴着口罩，每天靠挂点滴，用药当点心度日求生的人。此时此刻，他内心有如此的波澜，如潮一样翻滚。我想，假如把我的心剖开，里面一定是一片汪洋，是一片沸腾的海，正恶浪滔天。

我心里想着，假如可以，我愿意去做他那样的乞丐。只要活着，没有衣服，没有食物，我都不在乎。我只想继续活着。苟且地活着，也是活着。我还有很多事情没有去做，我的孩子还不能清晰地喊我一声"爸爸"。不怕你笑话，那时，我从来没想过我有多么崇高，我有多么伟岸，我脑子里只想活着，活着，除此之外，我再找不出其他的词语来。我每天在心里默念一百遍、两百遍，像默念"救苦救难观世音菩萨"一样。我的脑袋里从来就不去想什么宏伟的理想，或是什么远大的目标。无论是学生时代，还是毕业后做老师时，他们跟我说的那些，在那个时候的我看来，全是骗我的。他们说，教师是园丁，是人类灵魂的工程师，是蜡烛，是春蚕。呸，呸，呸。谁愿意做春蚕把自己给缠绕起来最后被开水烫死？谁愿意做一支蜡烛将自己烧成灰然后什么也不留下？

重生

　　可惜那时，我已经没有那么多的力气一口气说出那么多的"呸"来，而且即使说出来，这些"呸"字也可能被我嘴巴上厚厚的口罩给遮盖住了。现在我病了，没人管了，那个新上任的领导，说我生病时不给他电话，不来看我，所有的老师都来了，包括跟我干过嘴仗的老师，包括我的学生，他们都来了，唯独他没来；教育局给了我两万块钱后便不闻不问，他们见着我也像见到瘟神一样。他们不知道，在我没生病前，我一个人带那么多的课，我带初三两个班的物理和化学，还带一个初二的语文，并且还做一个初二的班主任，除此之外，还有团支部、教务处的事情，我也得一起帮着做。我那时一天大概有五六节课，一天课上下来，嗓子里直冒烟，连晚饭也吃不下。老师们经常在下午下完课后打篮球，他们喊我也去打，我没有力气回答他们，我叹口气说，我这样子，会死在篮球场上的。

　　乞丐吃垃圾桶里的东西都能那样健康地活着，我为什么不可以？我每天的饭菜，都经过微波炉和紫外线消毒，我房间里的被头，我穿的衣服、鞋子、袜子，我喝水的杯子，我房间里的每一本书、每一张纸、每一支笔、每一条板凳，每天都要接受紫外线和臭氧机的严刑拷问，是不是有细菌？是不是有病毒？就连室内的空气也不放过。我整天关在屋子里，除了每天吃饭时通一下风，其余的时间便将门和窗户关得死死的。经过紫外线和臭氧机消毒灭菌后的空气，有一股奇怪的臭味，有些像臭鸡蛋的味道。

　　我不得不待在这样的屋子里面。就连这样的屋子，都是我的姑父给我临时住的。我家里的房子已经被父亲卖了，卖房子的钱已经变成了药，药已经被我吃下去了，吃下去的药已经和我体内的病菌经历了一场殊死搏斗。我不能随便出门，人越多的地方越不能去。如果去医院检查，比如说，到小叔的医院，到春强那里，那是万不得已，我要戴上一个十几层厚的棉布口罩。口罩将我的嘴巴和鼻子严严实实地捂着，将空气里可能传播过来的病毒和细菌挡在外边，这让我呼吸困难吃力，透不过气来。

那一两年的时间里，我就这样，一个人，待在屋里，每天吃药、打针、挂水。我自己给自己抽血，自己给自己插针。我的左手背插烂了，便插右手背，右手背插烂了，便插左手臂，左手臂插烂了，再插右手臂，到后来，从脚上插，左脚、右脚。我那时才知道，四肢除了行走，除了拿东西，除了做事情，它们还有这么重要的一个功能，它默默地连着我的心脏，埋藏着我的血管，将我全身串联成一个整体，让我的血液能从脚上到头上，也能从头上到脚下，我那时才真正体会到了什么叫作"情同手足"。我的血管，被针头一次次穿刺，现在抚摸上去，还有颗粒感，我知道，那些都是针头留下的痕迹和伤疤。

我的血管曾经多么富有弹性，多么富有活力，如山川间奔腾的河流，我那时几乎能听到我的血液在血管里面奔腾不息，在咆哮，在翻滚。后来，我的血管便一天天开始萎缩、僵硬，变小、变细，失去弹性，如老家干涸的河床。老家的河流里，水越来越小，河床上全是大大小小的石头，全是杂草和垃圾，早就没有了鱼，没有了虾，更没有了光着屁股戏水的放牛娃。我血管的命运，便像是我家乡那些河流的命运；或者说，我家乡那些河流的命运，便是我血管的命运。我没想到，我如此热爱我的故乡，爱到我的血液里去了。我也没有想到，我的故乡如此爱我，也爱到我的血液里去了。

百度说：血液指的是人或高等动物体内循环系统中的液体组织，暗赤或鲜红色，有腥气，由血浆、血细胞和血小板构成，对维持生命起重要作用。春强将我的血液抽出来的时候，我的血液已经发白。等我被120急救车拉到苏州第一人民医院的时候，我迷迷糊糊地躺着，任凭一台嗡嗡作响的仪器，将我体内的血液抽出，循环，分离，再输回去。我的血液里分离出两袋发白的血液来，是的，两袋，一千毫升。就是这东西，险些要了我的小命。后来听医生说，这是恶性白细胞，它们在我的体内复制、分裂、增生、疯长，一个变成两个，两个变成四个，四个变成八个……然后不断地杀死好细胞，不断侵蚀我的肌体和我的五脏六腑。进医院的时候，我的肚子肿得像一只皮球，只要轻轻一拍，我就能从床上弹起来。有的时候，我总感觉，自己轻飘飘的，好像要浮起来一样，飘在半空。后来，我才知道，那是人进入了一种临死的状态。

我吃了大抵是这个世界上最贵的药物，它是漂洋过海来的，两百多块钱一粒，那时我一天要吃六粒。我也用了大抵上是这个世界上最贵的针剂，它也是远涉重洋来的，一支差不多一万块。而眼前的乞丐，一个别人吃剩的果核，半块冷馒头，一分钱也不用花，他便能摆脱饥饿，抵御寒冷，便能比我还健康地活着。这是为什么？我反复不断地问，这是为什么？没有人能告诉我。我问天，天不语；我问地，地不答。

餐馆里，有人用筷子夹着一根骨头，大声冲乞丐喊，喂，骨头，骨头。乞丐回过头来，望了他一眼。我以为乞丐一定会像一只饿狗一样扑蹿上去，咬着骨头不放。我就在屋檐下，我能看到那块骨头上还带着肉，还滴着油，还冒着热气，我隔着口罩似乎能闻到骨头还散发着肉的香气。可是，出乎所有人的意料，乞丐什么也不说，什么表情也没有，把头又转了回去，继续弯着腰，趴在垃圾桶里。人群哄堂大笑。他们的笑，让我感到一阵阵眩晕。说实话，要是不生病，我一定会上前制止他们，我会呵斥他们。可是，我那时连自己也管不了。我在那样的哄笑声中，冷汗直冒，我险些摔倒。

《礼记·檀弓下》："齐大饥，黔敖为食于路，以待饿者而食之。有饿者蒙袂辑屦，贸贸然来。黔敖左奉食，右执饮，曰：'嗟！来食。'扬其目而视之，曰：'予唯不食嗟来之食，以至于斯也！'从而谢焉，终不食而死。"人活一口气，树活一张皮。人穷志不短。宁为玉碎，不为瓦全。说的就是这个意思。

《后汉书·列女传·乐羊子妻》："羊子尝行路，得遗金一饼，还以与妻。妻曰：'妾闻志士不饮盗泉之水，廉者不受嗟来之食，况拾遗求利，以污其行乎！'"在精神与肉体之间，在正义道德良心和一个饭碗之间，在人格尊严与卑躬屈膝之间，我认为，前者高于后者。两者若不能兼顾，我取前者。人之所以为人，并非行尸走肉，说的就是这个意思。可如今，奴颜媚骨的人太多，专横跋扈的人太多，他们彼此各取所需，互相满足，搬弄是否，颠倒黑白，以至于浊气横生，乌烟瘴气。

我不知道是不是乞丐激发了我活下去的勇气，或是他给了我某股神奇的力量，打通了我的任督二脉。我活下来了。这么多年来，他趴在垃圾桶里找食物的样子，他举着从垃圾桶里翻出来的食物眼睛发亮的样子，一直深深地印在我的脑海里，像电影一般，一幕幕、一帧帧，清晰无比。

上天赐给我们生命，赐给我们一具行走于苍茫大地之上的肉体，很多时候，是我们自己无法主宰的，冥冥之中，总会有一些定数。人一生中，或半生之中，吃什么饭，喝什么水，遇见什么人，有些什么悲喜，有些什么福祸，在你呱呱坠地时，便已安排妥当。像我，患这样的病，与死亡擦肩，与一个蓬头垢面的乞丐擦肩。

我在想，乞丐给我的，大概不仅仅是重生的信心、挣脱病魔的力量吧？纷繁复杂的世间，一不小心，我们便把自己给弄丢了，丢进一个深不见底的深渊和黑洞里。我又想起春强给我抽血，你看看，那些血，遇见一个针孔，或者一个口子便立马弃我而去，毫不停留。

每每这时，我总能想起，那天午后，那个乞丐，我想起他对肉骨头看都不看一眼的样子，他默不作声转身而去的样子。他的样子，像一道光，将我眼前的黑，照亮。

麻鸭叫唤与孤独哲学

1

鸭子凌乱地叫唤着。常常是一只领头，然后其余的几只开始附和起来。麻色的鸭子，重金属的嗓音，乍听起来，粗哑、笨拙，毫无乐感，就不谈什么磁性了。在一片鼎沸的鸭子叫唤声里，我终于明白"公鸭嗓"是一种怎样贴切的描述与比喻。

许多的动物，比如飞禽里的大雁、百灵，它们的声音似乎总有故事，或忧伤，或欢快；比如走兽中的狼、猿猴，它们的声音貌似总有情感，或悲凉，或喜乐。它们的声音，可以用尽众多拟声词、形容词。将它们写入诗中，描摹进文字里时，总能引人入胜；将它们摄入镜头，构成影视画面，总能令人浮想联翩。

这破锣一般的鸭子叫唤声，我实在想不出该用怎样的语言来描述它。但我此时突然想起，那些说话还奶声奶气的孩子，却最喜欢一边手舞足蹈，一边唱《数鸭子》——"门前大桥下，游过一群鸭，快来快来数一数，二四六七八。"我女儿不到两岁，便能手舞足蹈地哼出这首"名曲"来。而此刻，在这冷月之下，在这旷野之上，我仿佛穿越时光的隧道，回到那些和女儿在一起的时光。我竟不由自主地用脚打起节拍哼唱起这首童谣来。

这一整天，我的耳边充斥着这满塘麻鸭的灰色叫唤。此起彼伏，密不透风，一阵接一阵，大有排山倒海、铺天盖地的气势。当然，有时在半夜里，我也会被这样的叫唤吵醒。不过，夜间尚未睡去的鸭子叫唤，倒不像白天这样搞大合唱，演绎多声部，它们往往东边几声，西边几声，北边几声，南边几声。可对于一个睡眠浅的人，鸭子在深夜里的吟哦，并不比白天的舞台效果差啊。

隔一条窄小的马路，便是一处盐碱滩涂。滩涂上，建有一排排光伏太阳能发电站。放眼望去，滩涂上全是整齐划一的太阳能板。这些蓝色的太阳能板自从安装好后，就保持着一成不变的姿势，像是这滩涂上的忠诚卫兵，昂首挺胸，坚贞不渝。每当太阳升起时，阳光便照射在这些蓝色的太阳能板上，然后产生电流。

得科普一下，这个原理叫光生伏特效应。说简单点，就是太阳能板里装有半导体光电二极管，当太阳光照到光电二极管上时，光电二极管就会把太阳的光能变成电能。如果用专业术语讲，这是一种能量的转化。我们的生活里，能量转化几乎到处可见，动能、势能、内能转化等等，其相互转化为我们提供了便利的生活。比如利用燃油发动机驱动，用电饭煲做饭，以跺脚的方式取暖，等等。

我之所以能将能量转化的事情讲得这么清楚，是因为我在十几年前曾是一名中学的理化教师。不过，我教理化课的方式可能与别人有些不同。一来这和我的性格有关系，二来我并非科班出身。面对枯燥乏味的理科知识，我常常想着法子，让其变得生动有趣，能去吸引我的学生竖起耳朵，开动脑筋。我的课堂上，无论是肉眼无法看到的质子、中子、电子，还是极其普通的电、磁、光、热，它们都像我们一样，有故事，有生命，甚至有情感。我说，你们闭上眼睛，你看，你看，氧原子的原子核外，八个电子正分作两层，绕着原子核高速旋转，它们在演绎一场浩大的星球大战呢。底下的孩子们一个个傻乎乎地跟着我闭上了眼睛，参与到这场虚无缥缈的星球大战中。现在想起来，不禁觉得有些搞笑。我不知道，我这样教学生，是不是误人子弟？

经过光的照射生发的电流，通过一种叫逆变器的元件，并入现有的城市电网，然后沿着架在空中或者埋在地里的电缆流向无数个远方。电流是一种看不见且摸不得的东西。为了演示它的存在，我用小灯泡做实验。几节干电池，几根导线，一只开关，一粒小灯泡，有时我还会用上变阻器、电流表、电压表之类的仪器。我告诉学生，电流实质是电子的定向移动，就像水管里的水一样，在压力的作用下，从一处流向另一处。想到这些，我似乎又回到了曾经的课堂，下面坐着几十个稚嫩质朴的孩子。

你瞧，我宿舍几百米开外的地方，那些闪烁的霓虹、温暖的灯火，想必就是这太阳能发出的电流给点亮的吧。

2

流，这真是一个富有诗意的字啊。"碧水东流至此回。""登东皋以舒啸，临清流而赋诗。""流莺漂荡复参差，度陌临流不自持。"尘世间，还有哪个词语能如此潇洒，这般自由呢？在空中，为气流；在陆地，为河流；在大海，为洋流。在一根根电缆里，它便成了电流。顺着一根根或粗或细的电缆，电流便可以来一场说走就走的旅行啊。你瞧它，去乡野村居，去深山庙宇，去胡同巷陌，去繁华街市。灯光或微弱，或明亮，或五彩斑斓，那是电流的一双双透明闪亮的眼睛啊。

我却不能说走就走。我的眼睛因为高度近视而不能看到更远的地方。这一整天，我都待在一间由集装箱改装成的宿舍里，从清晨到午后，再从午后到黄昏。我住的地方距离这个城市的市区，有长长的一段路程，路上的渣土车如恶虎凶猛。没有车子，依靠一双腿，几乎很难走得出去，即使走得出去，也难以再步行回来。唉，这些年，我这双腿也越来越书生气了，几乎失去了远途跋涉的功能与本领。

我在想，小时候，那些十几里，甚至几十里的山路，是我这双腿曾经跋涉丈量过的吗？我想象着那样的姿势，两腿前后交替，双手自然摇摆，一步两步，再一步两步，有时还得背着挑着点什么，那一条条山路，便在我的脚下退去，延伸，起伏，翻山越岭，越过千重浪。我可从未害怕过走这样的山路啊！那时的我，到底有着怎样的力量？山路，弯弯扭扭，曲曲折折，崎岖坎坷，它一次次将我带向远方。而现在，偶尔在晚饭后散个步，还得看心情，看天气，看这看那的。唉，腿啊，我的双腿，你何时变得如此慵懒和娇贵？

不过，还有一个问题，假使有一天，这双腿勤快起来，我又该去到哪里呢？想想，在这城市混迹数年，究竟还是四处陌生啊。

多年来，每到周日，我几乎都是这样独守"闺房"，足不出户。我开始学会接受和适应这样孤独的周末，一个人，一扇门，一扇窗户，一张床，一间屋子，没有人与你说话，没有人嘘寒问暖。你不接受，不能适应，又能怎样呢？

可时间一久，我的舌头便变得不太利索起来。有时，一天也说不上一句话。跟谁说？白色的墙壁？麻色的鸭子？这真的有些为难我的那条舌头了。想当初，我也曾在舞台上巧舌如簧、口若悬河过。可如今，在某些场合，我却常常变得不太合群起来，沉默，闷不作声，独想着自己的心事。有时，我身处一热闹场所，他们在觥筹交错，在高谈阔论，在眉飞色舞，而我内心却会莫名地悲凉或者寂寥起来。

这是不是一种病？

3

麻鸭们似乎感觉不到累。这一天里，它们一直断断续续地叫着。滩涂上，鸭声如潮，嘎嘎乱叫，喋喋不休。我不知道，它们如此执着，不分白天和黑夜，究竟是在表达些什么，或者是向谁诉说它们的惶恐与喜乐？

不过，我知道，在温州，有一种美食，便是这鸭舌。鸭舌清炖口感柔糯，酱烧吃起来有韧劲，嚼起来令人生津，回味无穷。

我百度了一下鸭舌的做法。用料：鸭舌30个，植物油1000克（实耗25克），精盐2克，味精4克，整干椒50克，香葱5克，白芝麻10克，红油25克，香油5克，卤水1500克。具体做法：将鸭舌洗净，放入沸水锅内焯水，捞出过凉，放入卤水锅内卤30分钟，至入味后再捞出备用；将干椒切段，香葱切花。锅置旺火上，放入植物油，烧至五成热时，下鸭舌炸至表面呈枣红色，倒入漏勺沥干油，再在锅内放入红油，下干椒段、白芝麻煸香，再放入鸭舌，加精盐、味精少许炒拌均匀，撒上葱花，出锅装盘即可。

市面上有袋装的熟食，味道也还不错。不过，这些年，我吃得越来越少了。关于鸭子，有人说，二十八天即可出栏。

那些鸭子的叫唤，突然间让我感到有些不安起来。这一天"嘎嘎嘎"的叫唤，是不是鸭子这一生二十八分之一天的叫唤呢？是在歌唱生命之绚烂吗？或者它们如此急不可耐地叫唤，莫非早已知道自己这如蜉蝣般短暂的一生？所以，它们才像夏日的鸣蝉那样撕心裂肺？还有，鸭舌之所以美味无比，是否与这些鸭子凄美、哀婉的叫唤与哀号有着某种哲学上的联系？

鸟语、虫鸣、狗吠、牛吼、马嘶、狼嚎，每一种动物都有独属于它们自己的语言。纵使人类的本领再强，恐怕也不能完全明白这丰富多样的"语言"吧？就在这一刻，我突然有了试图去探究鸭子叫唤的想法，探究其平仄、调式，其含义与寓意。可等我刚一走出房门，它们便闻声而起，惊呼一片，扑腾腾地，朝远方仓皇游去。只留得一池哗哗的水声四散开来，像极了喧嚣热闹之后的曲终人散。

看样子，在麻鸭的世界里，我只能是一名默默的听众，而且似乎并不受它们的欢迎。

4

食堂里的晚餐安排的是蛋炒饭。差不多每周我们都有一次这样的待遇了。炒饭用的蛋是鸭蛋。鸭蛋蛋壳清脆，淡绿。沿着桌沿敲开，蛋白浓稠，蛋黄温润。我突然想起，那些滩涂上的鸭子嘎嘎叫唤时，是不是它们刚孵出一枚硕大的鸭蛋呢？那可是产后的喜悦与幸福的叫唤啊。又转念一想，假如我们少吃一枚，这滩涂上会不会又多出一只鸭子来？而那些凌乱的叫声里，是不是有一只或一群雏鸭稚嫩的叫唤？它们又在说些什么呢？

蛋炒饭里，最有名的，莫过于扬州炒饭了。扬州炒饭，品种丰富，风味各异，有"蛋清炒饭""火腿蛋炒饭""金裹银蛋炒饭""三鲜蛋炒饭""虾仁蛋炒饭""什锦蛋炒饭"等等。扬州炒饭选料讲究，加工精细，色泽搭配合理，正可谓色、香、味俱全。点火，倒油，打蛋，颠勺，锅瓢碗铲，叮当作响，炉灶火苗，霍霍直蹿。出锅的炒饭，粒粒松散，软硬有度，色彩调和，光泽饱满，鲜嫩滑爽，香糯可口，令人垂涎三尺，口舌生津，抄起筷子，便风卷残云起来。

汪曾祺先生的老家在高邮，高邮便属扬州管辖范围。汪老在《萝卜》一文里写过：油炒饭加一点葱花，在农村算是美食。汪老说的油炒饭，想必该是扬州炒饭的前身吧？当代作家王祥夫先生大抵也算个吃货，他也写过不少美食的文章，在《阳春面与炒饭》里，他便写到了扬州炒饭：蛋炒饭松松散散黄白相间，十分干净，是正宗的"金镶银"。金是炒成碎花儿的蛋，银是一粒一粒的米饭。

想起这些，便会免不了流起口水来。哎，只不过，我在温州，距扬州六百余公里，动车虽快，但路途远着呢。何况，此时朔风飕飕，已近寒冬。扬州该春天去，"烟花三月下扬州"嘛。如果此时去，想必该是"四顾萧条，寒水自碧"之景象吧？

住在公司里的小伙子不少，自然这炒饭的量便要大些、多些。我母亲说过，人多无好食。量大起来，这蛋炒饭便怎么也炒不出那蛋炒饭的味道来。是的，蛋炒饭应该有蛋炒饭的味道。在小时候，你要是有一碗这样的蛋炒饭赏给我吃，你让我喊你大爷，钻你裤裆都可以。可是，你要知道，对于如今不再缺衣少食的我们来说，这样的"美食"，这样"金镶银"的高规格待遇，差不多已常规化、固定化了，我们该作何感想？每当看见食堂窗口上摆着那黄灿灿、油淋淋的蛋炒饭时，我的肚子似乎立刻变得饱饱的，一点胃口都没有。

但冬天的夜长，总得要吃啊。为了不饿着，我只好要了半碗，就着一袋榨菜丝，三下五除二，将半碗蛋炒饭扒拉下去。嘴上算是交代过了，可这肚子里，却依然空空的，像是没吃过一样。它怎能轻易答应？对了，不用说，你也知道，这多半是我脑子里的那条馋虫又在作祟。

与我一样的还有仓库里的几个同事。他们白天搬东西，干重活，需要耗费大量的体力。这蛋炒饭吃下去，也完全不抵事儿。他们和我一样，还没等到晚上睡觉，肚子里便开始咕噜咕噜叫个不停，简直就闹翻了天。

肚子里如果没货，这夜晚的风都会变得寒冷些。这几日，接连下雨，堤坝内阴风怒号，堤坝外浊浪排空，不觉间多了阵阵寒意，一件衬衫一件褂子终究是抵挡不住了。好不容易放晴，气温稍稍回升，窗台下，湿漉漉快一周的衣服，也终于可以晒晒这冬日的暖阳了。

到了晚上，那好久没有露面的月亮姑娘，也犹抱琵琶半遮面，千呼万唤始出来了。其实，海上之明月，似乎比这潮水还要清冷。沿着海岸线望去，她正在朦胧的海雾里，在淡淡的云层里，静静地挂着，一动不动。或许，她正在天上听潮水的涨落，看地面的灯火闪烁吧？她如此默默不语，又含情脉脉，在想些什么呢？

滩涂上，芦苇半绿半黄，还未完全枯去。风吹草动，芦苇在白月光下发出哗哗的响声。细听，有金属之音，又有丝竹之声。白天里呱呱叫唤的麻鸭，此刻该寻着一处可以避风的角落去了吧。它们也该歇息了，在简陋却又舒适的巢穴里，它们一家老少，依偎在一起，彼此温暖。此时，夜深人静，滩涂上鲜有鸭子的叫唤。零星的一两声儿，像是它们冬夜的呓语。

同事买了烤鸭、猪头肉、花生米和馒头，在楼下喊我过去。等我赶到他们宿舍时，泡有中药的家烧酒已经给我斟上了满满一大杯。我大多时候不吃猪肉、鸡、鸭之类，就着一袋花生米、一个馒头，就这样跟他们喝了起来。

我不是北方人，但也吃得惯面食。尤其是当肚子里没货时，这馒头便是好东西了。雪白的、温暖的馒头，掰开一只，里面有许多细小的气孔，发出淡淡的麦香味。我夹上些蒜泥、豆豉，裹上，再一口咬去，也算是别有一番风味。

同事们说，吃饱了，穿暖了，便不想家，便可以睡个好觉。

5

世事无常。近来老是睡不安稳。凌晨三点，又听见鸭子的零星叫唤了。这个点醒来，也没事可干，拿起手机在朋友圈打了一段文字：

我们多数人不会通过别人的疾苦看到自己可能的灾难，只会通过别人的疾苦庆幸自己已有的幸福。终将有一天，我们都将会用痛苦的方式来领悟，但若大家都一样，便立马又释然了。这便是我们大多数人的一生。

——噫！微斯人，吾谁与归？

舌如隐者

假如要用一句话来概括舌头的话，我想这句话应该为：舌头是人体器官中的一位隐者。

舌头常年隐于口腔之中，它几乎很少抛头露面。它很少抛头露面的原因，当然更多的是因为它所处的位置，以及它本身的结构。它总不能像鼻子那般高高隆起，像耳朵那样唰唰张开吧。

关于舌头，生物学上的解释是，口腔底部向口腔内突起的，由平滑肌组成的器官。

在你头部所有的这些器官里，你可能很在意自己的眼睛，"目流睇而横波"，你用它来感知光线，探测明暗，观察自然与世界；你可能很在意自己的耳朵，"屋面尽生人耳朵"，你用它来感知声音，兼顾平衡，和察言听众生；你也可能很在意自己的鼻子，在意你的牙齿，以及你的眉毛，比如说你去隆个鼻，去镶颗牙，去文个眉；但是，你可能极少去关注你的舌头。非要说对舌头也有过在乎的话，大概是你每天早晚两次的刷牙，你在伺候好各颗或整齐或凌乱或残缺的牙齿后，可能用刷过牙齿的牙刷再简单地刷几下舌头，仅此而已。

舌头所处的位置多少有些尴尬，在它前面有两片嘴唇，有两排牙，它们合在一起，大有"一夫当关，万夫莫开"的阵势，没经过它们俩的允许，你这舌头想要尝个酸甜苦辣，想要抒情达意，或者控诉鞭挞点什么，是万万不可能的。你不信试试，将双唇闭上，将牙齿咬紧，看看你还能正常说话不？

前有堵截这还不说，后边仍有追兵，就在舌头的后面，便是兵家必争之地的咽喉要道。你这舌头，欲与咽喉争雄争锋，那更是万万不可能的。再往高处是上腭，往低处是黏膜和肌肉，两侧是颊，这就是舌头所处的位置，被团团包围着，欲前进不能，后退亦不能；欲向上不能，向下亦不能；欲向左不能，向右亦不能。

我有时想为舌头所处的位置打抱不平。比如说今天周末，我除了早上刷牙，中午去吃了一份快餐，以及刚才写下这篇文章的时候抽了两支香烟，我的嘴巴几乎没有张开过。舌头也因此一直窝在口腔里，蜷缩着，蛰伏着，几乎没有动过。到现在，大概有好几个小时过去了吧。

在这样一个密闭、潮湿、黑暗、不透气的环境里，我的舌头到底会经历些什么？要忍受些什么呢？唾沫、细菌、异味；上火时的溃疡、口臭；脾虚湿盛而肥大的体积，还有些什么呢？记得有一次回老家，乘坐朋友的小车，我说感谢他带我回去，他笑着说，我要感谢你呢。我有点被他说蒙了，感谢我啥？我问道。他回答说，以前一个人开车回去，路上一个说话的人都没有，嘴巴都快憋臭了。嗨，你想想看，这舌头，在嘴巴里头，该有多难受。

当然，在饥饿的年代里，舌头也有过"出头"之日。《白鹿原》里曾有这样的描写：吧唧一声脆响，舌头在碗的内壁舔过去，那一坨儿碗壁上残留的小米粒儿葱花屑儿全部扫荡净尽，比水洗过比抹布擦过还要干净。这真是一只出众、出色的舌头，在碗底儿只旋转了一下便一览无余，鼻尖和脸颊并不挨碗沿儿，一般人的舌头不可能有那么长也没有那么灵巧。反正我的没有。我的舌头短，笨拙，就不说舔碗了，连男女之间的亲热都有些捉襟见肘。

我这笨拙的舌头，有时还承担过一些莫须有的罪名。有一回吃鱼，喉咙

重生

里卡了一根鱼刺。你不知道，那鱼刺卡在喉咙里，上不能上，下不能下，你得不停地吐口水，咽口水，真不是滋味。那一晚上，我愣是跑了几家医院。几家医院都耸耸肩摇摇头，说没办法处理。无奈之际，女儿陪着我连夜驱车去市里面。市医院值班的医生也是劝我明天再来，说可能要开刀——开刀？那怎受得了？听到"开刀"这二字，我的脑海里立马出现这样一个画面——我的脖子上划开一道长长的口子，血肉模糊，而食道和气管却清晰无比，几根透明的塑料管插进去，"咕噜咕噜"不断冒气。

我可不想开刀，好说歹说，逼着医生就范。医生拿起一支注射器，往我口腔里打了麻药，然后让我手捏一块白纱布，使劲地拽住自己的舌头。说实在的，撸过头发，拧过鼻子，揪过耳朵，拽舌头还真是头一回。读者诸君，你可以想象一下这个滑稽搞笑还有一些可怜的画面：吐出舌头，在上面包一层白色的纱布，然后伸出自己的手死死地捏住裹着纱布的舌头，用力使劲地往外扯。越往外扯，舌头越往回缩，像是在拔河。纱布的作用，可能是为了卫生清洁，但更多的还是为了增大摩擦力。我这光不溜秋的舌头，大概从来没见过这样的阵势，稍不注意便溜了回去。这也大概是我第一次见自己的这只笨拙的舌头如此"狡猾"了。我突然想到小时候家里杀猪，一帮人前堵后截，有人拽着猪的耳朵，有人拽着猪的腿，还有人拽着猪的尾巴，猪嗷嗷直叫，撕心裂肺，拼命挣脱，有谁稍一松手，猪都可能逃脱众人魔掌。当然，它也只不过是多恐惧几分钟，多苟活几分钟而已，终究逃脱不了被宰的命运。

按照医生的吩咐，我将嘴巴张得大大的，将舌头拽得长长的，以增加口腔里的空间，好让那寒光凛凛的钳子长驱直入，伸进喉咙深处。一次，两次，三次，医生大汗淋漓，说要放弃了。我吐了满嘴的血水，说，不，您再来！

鱼刺终于被取了出来，带着一丝血迹，它远比一枚绣花针小，带着叉，趁我不备，倒插在我的喉咙某个地方。眼里容不得沙子，喉咙里更是容不得鱼刺啊。现在，它被医生那把闪着寒光的镊子取了出来，我的喉咙里立即像什么事儿没发生过一样。可是这舌头，大概是因为我用力过猛吧，好像还被生拉硬拽着，快要有些缩不回去了。第二天，第三天，仍有这样的感觉，我常常得用手顶一下舌头，将它往回塞，生怕它不小心又掉了出来。哎，舌头本无罪，它只是为了我那"兵家必争之地"的喉咙啊。

每个人都有自己的舌头，但想必很多人对自己的舌头并不了解。如果将舌头仔细分一下，舌之尖部称为舌尖，中部称舌中，根部称舌本，两侧称舌旁。这样一分一说，多少感觉有些残忍，大有将一块舌头一分为四的感觉。我说的目的不在于此。

《灵枢·脉度》认为："心气通于舌，心和则舌能知五味也。"舌头是感受味觉的器官，能够辨别味觉的大量味蕾不均匀地分布在舌头上，其中以舌尖最多。舌中、舌本、舌旁上也有，比起舌尖上的味蕾，要少很多。你瞧，那些品酒大师、品茶大师，在面对一杯酒或一杯香茗时，都会动用他们那宝贵的舌头，伸出他们娇贵的舌尖，轻轻地舔一下，然后在口腔里再咂几下，发出轻微的响声，然后眯上眼睛，摇晃着脑袋。一遍不够，便再重复一遍。不管多少遍，都总少不了使用他们的舌头。

我们绝大多数人都不能成为品酒师、品茶师，但是都可以凭借自己的舌头，来感受美味佳肴，或者酸辣苦咸。这是一种与生俱来的本领。小时候生病，以中药的汤剂治疗为多。每次吃药时，我总是如临大敌一般，父亲用他粗壮的胳膊将我紧紧地扣在怀里，我使尽全身的力气也挣脱不得。父亲一手紧紧地抱着我，一手拿着一根汤匙，汤匙里是黄褐色的药液。父亲一边说"不苦，不苦"，一边用汤匙撬开我紧咬着的嘴巴，在我如世界末日来临般的哭叫声中，一碗苦药汤剂被灌了下去。灌下去后，父亲再赏给我一勺亮晶晶的白砂糖。

舌头除了能够辨别味觉，它更是语言的重要器官。《灵枢·忧恚无言篇》："舌者，音声之机也。"不说每一个字音的发出需要舌头的全程参与，单凭几个描述发音的词语，比如"平舌音""翘舌音"，就可见舌头在发音中的重要作用。

在师范读书时，我的同学来自不同的地方。不同地方的同学，有着不同的口音和方言。大家自小习惯了使用方言，而方言的口音实在无奇不有，五花八门。同学之间，如不用蹩脚的普通话交流，听起来简直就像是鸟语、外语一般，相互之间还得靠着手势和眼神来揣摩对方的意思。为此，有不少同学闹过笑话。比如，我们班有一个叫"王成凤"的女孩子，一个同学每次喊她时，都会叫成"完岑愤"。那时，学校专门开设了一门"语言课"，主要学习的就是普通话。现在想起来，学习普通话的过程，在很多时候，其实就是让我们学会灵巧地使用我们的舌头，比如发儿化音的时候，要将舌头卷起来；发平舌音的时候，保持舌面平稳，用舌尖抵住上齿背或者下齿背；发翘舌音的时候，让舌尖翘起，接触或接近前硬腭。

我又想起很多的词来，比如：唇枪舌剑、巧舌如簧、舌锋如火、舌战群儒等等。可以这么说，人和动物之所以存在区别，舌头功能的进化功不可没。哺乳类动物都有舌头。哺乳动物的舌头主要的功能是感受味道，其次是吸吮、舔食、搅拌食物和帮助吞咽等。肉食目的哺乳动物舌头上有倒刺状突起，可舔净附于骨骼上的碎肉。食蚁兽和穿山甲的舌可伸出体外很长，并可分泌黏液，能大量粘食蚁类。在这些舌头中，很多的动物的舌头长得远比人类的舌头实用、精致、好看，但唯有人的舌头能够参与到语言的发音之中。

当然，动物的舌头也有令人感动的一面。我曾见过母牛用舌头一遍遍地舔着刚生下来的小牛，我还见过一只狗不断用舌头给另一只受伤的狗舔着受伤的部位。我想，这些时候，舌头的作用大概要高于任何的语言吧。

舌会生苔。吴坤安说："舌之有苔，犹地之有苔。地之苔，湿气上泛而生；舌之苔，胃蒸脾湿上潮而生，故曰苔。"一个人，哪里出了点毛病，舌头上都会体现出来。你若看过中医，一定见过大夫让病人将舌头伸出来。舌头的颜色、质地、形态及舌苔的色泽厚薄，都是中医诊断学中重要的诊查内容。

我多年前生病时，在一个密闭的无菌室里待了五十多天。因当时放疗和化疗刚结束，免疫力极其低下，除了每天二十四小时挂水外，还要服用大量抗真菌和细菌的药物。每顿都有一大瓶盖之多，各种颜色，不同形状，胶囊、片剂，这些药物里，其中就有一种叫"利血生"的中成药剂，主要是用来提升血小板的。尽管每天服用，我那时的血小板仍然低得可怜。正常的血小板范围大致在一百到三百之间，我低的时候才十几到二十几的样子。血小板在人体中主要是起凝血作用，血小板低下非常危险，最怕的是内出血。

因为担心出血，我不能吃任何带骨头、带刺的食物，不能吃稍微硬一点的东西，所有的食物都必须经过微波炉加热和消毒。这五十多天里，我也因此一直没刷过牙。不能刷牙的原因，就是担心刷牙时可能给口腔造成的伤害和感染。

无菌室里，我的生活起居是由一名专职的护工护理。我至今还记得她在给我护理口腔时，总会用两支棉签沾上药水，轻轻地给我清洗牙齿和舌头。那是一位年轻而漂亮的护工。我每次说这话的时候，她就用棉签轻轻地压着我的舌头，让我的舌头不能动弹。我能看到她的口罩后面，那张好看的脸上正洋溢着甜美的笑容。我出院后，她还专门提着一篮水果来看过我，只可惜我现在已经忘记了她的名字。只记得，她瘦瘦的，五官匀称，眉清目秀，皮肤白里透红。漫长的五十多天里，我一个人静静地躺在床上，几乎很少说话，除了每天探视时间和家人短短的通话外，其余最开心的时候，就是她每天来给我护理的时间。

我那时的舌苔很厚。厚厚的舌苔，时而发黄，时而发白，或者黄白交替，像是一块棉布被织上了一层厚厚的绒毛一般。静电植绒也许就是这个样子吧。那密密麻麻丛生的绒毛，一根根、一丛丛、一簇簇，疯狂而倔强地占据着我的舌头，是那样不可一世。现在回想起来，我依旧有些恶心不止。可我却从未看到这位护工有过半点的嫌弃，她每次都是极其认真、极其仔细地给我做着每一项护理，她的动作轻柔，不急不慢，井井有条。我想，若有机会找到她的联系方式，我一定要郑重地对她说一声"感谢您"。

舌头除了能够反映一个人的身体健康状况，还可以反映一个人的内心状态。如，舌内应于心。《景岳全书》中有这样的叙述："舌为心之苗，心病则舌不能转。"一个人高兴时，除了会手舞足蹈外，更多的是会喜于言表。言则离不开舌头，或者说话，将自己的内心喜悦分享给别人，或者大声歌唱，或者得意地哼起小曲，或者吹起口哨，等等。如若一个人内心苦闷烦恼，很多时候便是闭口藏舌，默不作声，不言不语了。一个患上抑郁症的人，干脆把自己封闭起来，不与外人接触，严重时，连自杀的念头都会有。

每个人都有自己的舌头，但并不是每个人都一定有属于自己见解的语言。人云亦云、鹦鹉学舌者大有人在，说假话、讲套话、放空话者大有市场。而说真话是那么的少，那么的难能可贵。

《后汉书·崔寔传》载："昔高祖令萧何作九章之律，有夷三族之令，黥、劓、斩趾、断舌、枭首，故谓之具五刑。"这里的"断舌"就是割舌头的刑罚。据《汉书·王莽传》载："六日癸丑……传莽首诣更始，悬宛市，百姓共提击之，或切食其舌。"王莽的死实在惨烈，到最后，连舌头都被割走了。可为什么老百姓会割掉他的舌头呢？我想，除了可能与前面所讲到的刑法有一定的关系，还可能与他生前能言善辩，巧舌如簧，善于用谎言欺骗老百姓有一定的关系吧。

季羡林先生算是一个很有性情的人，平时常有一些惊人之语，比如：假话全不说，真话不全说。我想，不说假话，是做人的底线和标准；而真话不全说，则是一种做人的智慧与学问吧。

我很喜欢季先生这样的原则与豁达，想必隐藏于我口中的舌头也很喜欢吧。尽管它很多时候不露任何声色，像一名不问世事、归于山林的隐者。

辑四

重生与远方

问道青田

在我的印象里，关于"青"所表达的颜色，似乎并无具象的色彩，它不像红、黑、黄之类，能在日常的生活中找到具体的色调，可以将它一一对应起来。"青"的本义，在表达颜色时，多指蓝色或草木的颜色，后来引申至绿色、黑色。在"赤橙黄绿青蓝紫"里，位居绿与蓝之间，所指的颜色也就介于两者之间吧？

从这意义的变迁来看，或许是人们为了更加准确地表达，或者为了诗化语言，而创造出来的一种颜色——"青"吧。比如，"青取之于蓝，而青于蓝""朝如青丝暮成雪""两岸青山相对出"等等。而"青娥弹瑟白纻舞"中，"青"则转了个身，为年少之意，不再单指颜色了。也或许，自古以来，这"青"便给了人们太多错觉，或者说太多联想。《说文解字》里干脆说，"青"为"东方色"。何为东方色呢？这解释，更是云里雾里。但想必，其义一定不是那后来的"东方红"吧？

以"青"命名的地名，有青海、青岛、青城山、青田等等。青田在这些以"青"命名的地域间，其名气和影响力似乎要弱了些。青海、青岛、青城山这些地方，我尽管没有去过，但它们早就如雷贯耳了。那神秘的青海湖，被誉为"东方瑞士"的青岛，以及多年前便在我耳朵里快要生出茧子的"问道青城山"，它们因其各自不同的身份，各自独特的魅力，而声名鹊起。关于青田，我看得最多的是，每次在温州与老家往返的高速公路上，有一处名叫"青田"的服务区。

这次，终于有机会去一趟青田了。前几日，微信里，小众编辑亚香跟我说，玄武将于25日到青田，问我是否有时间前去。其时，我正被工作上的琐事缠身，几乎有些心力交瘁了，便信手回复说，如果周日不加班我便过去——我看了一下日历，26日刚好是周日。

26日一早，我从乐清乘动车去温州南，然后再转动车到青田。亚香担心我不熟悉路线，等我到青田时，安排她家先生开车前来接我。一路上，我和她女儿聊天。这小姑娘口齿伶俐，思维敏捷，算是路途上的开心果。逗她的过程中，我竟然听到一句诗一样的话从她嘴里脱口而出，她说"山上有海"。我们曾说，山的那边是海，谁说过山上有海呢？海是什么？海在哪里？一定就是那汪洋恣肆的大海吗？一定是在那遥远的海边吗？其实，在一个孩子的眼里，这一切并不重要。换作我们，这思维早就僵化，平日里，除了绞尽脑汁、搔破头皮写两行所谓的诗句外，我们大多循规蹈矩，大多唯唯诺诺。生于这样的尘世，有多少人的天性不被磨灭呢？而亚香女儿的聪颖，或许得益于他们平时的教导，也或许是这青田灵性山水的濡染吧？

车窗外，群山兀立，满目青翠。这青色，似乎倒是给我生动地解释了"青"之色泽，也形象地阐释了这里之所以称为"青田"的缘故。只是，一开始，我并未能见到"田"。两旁的群山之间，大大小小的瀑布，俯仰皆是，随处可见。"隔篁竹，闻水声，如鸣珮环"，我忽然想起柳翁的《小石潭记》来。

这眼前的青田，山似乎并无特别之处，但山间的流水却别具生气与灵性。或许是刚刚下了几场秋雨的缘故，这河间的流水，这如练如帘的瀑布，皆有着一种浩荡磅礴的气势。而近处的公路旁，湿漉漉的岩壁上，青苔墨绿，溪水潺潺，又有一股小家碧玉的温婉与古朴。它们各有各的妙处，各有各的神韵和风采。在我看来，一座山再怎么瑰丽雄伟，再怎么俊俏挺拔，如果没有流水的衬托，没有溪流的滋润，定将干巴巴的，像人至毫无生气的暮年，那满脸的皱褶，皮肤干燥，似一张揉皱了的蜡纸，风一吹就碎。

不过，暮年也有另外的。中午吃饭时，遇上青田县文联的老主席徐先生。席间，老爷子不断劝酒，三杯过后，他依旧不断让我满上、满上，干了、干了。据老爷子讲，他现在每周要食五斤牛肉，兴致来了一顿能喝一瓶红酒。这还不算是最牛的。他说，他有个习惯，看一本小说总得要一口气读完，有时为了读一本书，可以两天不用睡觉。跟他碰杯，仔细打量他，老先生鹤发童颜，精神矍铄，红光满面。问他年龄，他说七十有三了。退休后，他多数时间待在欧洲，现在算是个老华侨了。这次回乡，刚好赶上青田县文联的活动，于是便同年轻人一起，驱车翻山越岭而来。我想，这大概算是"文字的力量"最好的诠释吧。几杯滚烫的黄酒下肚，我不禁四肢发热，微醺起来。

而此时，一墙之隔的餐厅外，瀑布溅起的巨响和腾起的细雾，竟让我产生一种神奇的幻觉来——我仿佛正和一位白发仙翁在某个云深处畅谈豪饮呢。

2

据友人讲，青田以"九山半水半分田"著称。

青田的山，天然形成，青田的水亦是，唯独这田不是。我的老家也在这样的山里，我深知山里人面朝黄土背朝天的不易，填饱肚子是山里人最重要的生存哲学。那些由一块块石头垒砌的梯田，层层叠叠，叠叠层层，如今在那些陡峭的山坡上，在那些摄影者的镜头里，或者在我们这些匆匆游客的视野里，如诗如画，如梦如幻。但其实，你看到的这些光与影，这些所谓的巧夺天工，都是当地的先人们用他们坚硬的骨骼和健硕的肌肉，用他们不知疲倦的劳作与勤劳的汗水换来的。他们一块块开采，一块块打磨，一块块搬起又一块块放下，再一块块整齐地叠砌，在山间开掘出如此惊艳的梯田来。然而，他们的眼里，这些并不是画，不是诗，而是繁重的劳作，是忙碌的收割与播种，是日复一日和年复一年可能难以填饱肚子的苦难生活。

我曾经在很多地方见过这样类似的用石块垒砌的田地。如今，我们的车辆行驶在这梯田之下，之间，或者之上，我仿佛还能看见，那些灼热的烈日之下，他们肩挑手扛着一块块石头，他们身上的肌肉隆起，青筋暴出，豆大的汗珠密密麻麻地渗出，布满其上，折射出一缕缕古铜色的光来。我仿佛还能听到他们"嘿哟，嘿哟"的号子声，粗犷、豪放，从远古悠悠而来，似乎仍在山谷间回荡。在这样伟大的"杰作"面前，你会突然生出一种敬畏来，那是对土地的敬畏，对先人的敬畏，对这生生不息、世代延续的民族与文明的敬畏。

如今的青田，这田园诗意般的村居，既古朴宁静，又时尚欢腾。四面八方的游客，纷至沓来。而那些在田间优雅地，挥动着翅膀翩翩起舞的白鹤，是否就是那些曾经与苦难斗争的先人们的化身呢？

因琐事缠身，我并未打算做过多停留，准备下午返程。青田的友人热情，坚持要留我吃完晚饭再走。因兼作驾驶员，县文联的陈厉文主席中午不便饮酒，到了晚上，总得要和他喝上一杯吧。对于我这样一个好酒之徒来讲，很多时候，天不能留我，人也不一定能留我，但是酒一定是可以留我的。

晚饭安排在一个西餐厅，吃的是牛排沙拉、意大利面、比萨，喝的是进口红酒，清一色的洋餐。只是我与玄武平时吃西餐太少，而中午的田鱼又吃得太多，那盘人均一份，端上桌来还吱吱作响的黑胡椒牛排，吃到最后，竟剩下一块。现在想想，真是太可惜了。

回程的动车票改到九点。友人担心我在车站等候的时间太久，提出大家一起散步，顺便送我。我们一行人，有一搭没一搭地聊天，沿着江岸漫步。夜幕下，两岸建筑上的霓虹流光溢彩，倒映江面，如梦幻般。风习习而来，江水微波漾起，轻拍两岸。湿润的空气里，有草木的气息，有秋水的气息，也有这都市迷人的味道。

路旁，几乎一色的欧式罗马建筑，咖啡店，酒吧，比肩接踵。据友人们介绍，青田是一座华侨之乡，大约有五分之三的人外出，分散在世界的各个角落，以欧洲为主。这些外出的青田人，当初或许是迫于生计，而现在他们却早已成为时代的弄潮儿。多年来，他们将青田的乡风习俗带到欧洲带向世界，也将欧洲的文化与饮食带回青田。他们像是一个友谊的使者，正促成着东西方文化与经济的交流与融合。

一个以"田"命名的地方，却与欧洲联系如此密切，于生意，于生活，于日常的一举一动和一言一行中。天再热，在大街上，你也看不到一个赤膊的男子，他们大多西装革履，皆有绅士风度。西餐厅里，人们也都轻声细语。我想，在中国，这样的地方，大概非"青田"莫属吧。

3

青田有多少座山，就有多少条瀑布。这似乎一点也不夸张。盘山公路，沿山而开，弯弯曲曲，九曲回肠，于山脚，于谷底。从车窗向外望去，路旁的崇山峻岭间，大大小小的瀑布，如白练、如素帘，或远、或近，或半山腰、或路旁，随处可见，几乎数不过来。远听，其于山谷间潺潺袅袅；近闻，其如雷如鼓滚滚轰鸣。

我想，假如可以成为一滴水，最好可以成为这瀑布里的一滴，时而飞檐走壁，时而飞流直下，既身轻如燕，又落地铿锵。要不，化作这水中的一块石头，由这瀑布清洗、冲刷，将这浑身的棱角渐渐磨去，躲在这山谷间，世间的事都懒得去管它，这样也好。

青田的山因水而秀，青田的水因山而灵。其灵秀，与名气无关。相传唐朝叶法善在此炼丹试剑，丹成得道，跨鹤升天而去。青田县城也因此称"鹤城"。县城紧凑而窄小的街道上，江岸的大理石地板上，随处可见仙鹤的雕刻。鹤是最有灵气的动物，青田的山水，配得上这样的神鸟。而像我这样一个偶然的自外地来的游客，在这里除了可以见上老友，见上未曾谋面的友人之外，还能欣赏到这般浑然天成的景致，顺便沾沾这样的仙气，也实属难得的意外之喜啊。

一路转车而来，又即将一路转车而去。那已然快要谢了的田田荷花，结满谷粒的累累水稻，以及稻田里无忧无虑的鱼儿，都将与我匆匆擦肩而过，却又都在心底留下某种淡淡的印记。它们究竟有何种魔力呢？一时半会儿，我竟道不明它。

或许，多年后，我也可以这么说：青田，那个青山林立、云飞雾绕的地方，那个青山不语、流水欢腾的地方，那个喝滚烫的鸡蛋花糯米酒的地方，我去过。

那些山可以为证，那些水可以为证。

4

我挥挥手，走了。白色的动车，消失在青田的苍茫夜色中。沿着黑色的铁轨，于深夜，我回到住处。躺下时，耳边依旧是那喧腾的瀑布轰鸣，一阵接一阵，伴我入眠。

玄武依旧留在青田。大美的千丝岩、石门洞都在细雨里等着他。我没这福分。他中午也喝了点酒，回到宾馆后，没聊上几句，便呼呼大睡了整整一下午。估计昨晚我睡下的那会儿，他正在那里，吸着香烟，精神抖擞，给青田作诗作章吧？

5

而青田，多像是一个得道者，他在云深处，不语。

贵州是一片海

1

这些年，因为工作原因，我走了不少地方。这次出差贵州，便是其一。

贵州简称"黔"或"贵"。这大概是我读小学时就知道的。小学四年级时，我们有地理课，地理老师曾教过我们一个口诀，比如"吉林吉长春，辽宁辽沈阳"，这个口诀读到贵州时，是"贵州贵贵阳"。贵州是省名，中间的贵为简称，贵阳则是省会城市。后来我又读过："黔无驴，有好事者船载以入。"这则典故出自唐柳宗元《三戒·黔之驴》，也就是成语"黔驴技穷"的来源。

我不太能理解的是，一个有着"贵"之名的省份，连简称"黔"亦与"钱"谐音，为何常常与"贫穷"这两个字沾上关系。前些年，曾听到过许多关于贵州的骇人听闻事件。如果说网上的这些消息尚不能给我关于贵州最直观的感受与印象，那这些年亲身接触过的那些来自贵州的员工，则以最真实的案例将所有的这一切都生动而形象地告诉了我。贵州常年在外务工的大概有一千多万人，他们大多分布在广东、浙江、江苏等沿海一带。我所在的单位里，有一百多号员工来自贵州的毕节、铜仁、六盘水、遵义、黔东南等地，他们当中有不少人是少数民族。

余兴忠便来自黔东南苗族侗族自治州。他当年带着几十号老乡在车间里抛光。老板看他手里有人，便给他封了一个"车间主任"的头衔。他管理的车间，主要负责金属表面抛光处理。通过他们的手工打磨，将一件件表面粗糙暗淡的金属件，硬生生地磨出明晃晃的镜光来，可以照得见人影。这个过程需要用砂轮、麻轮来打磨。打磨过程中，会产生大量的噪音与粉尘。车间的除尘设备极其简陋，除尘效果自然好不到哪里去，几十台抛光机器轰隆隆转动起来，没一会儿工夫，车间里就灰尘翻滚，如云里雾里，昏天暗地。我曾在一篇《机器与手艺》的文章里详细地描写过这样的场景，它很难让人想到这样的一个车间正置身于某个沿海繁华城市的某个角落。

我妻子的外甥今年大学毕业后，来我单位上班。没多久，他就谈了一个贵州女朋友。那天我请他们吃饭，席间才知道这女孩儿其实今年已经考上了大学，但因家里太穷，交不起大学学费而不得不辍学。辍学回家后，跟着她的母亲一起来到我们厂里打工，她母亲在车间里干活，她做质检员负责验货。

这样的贵州人，这样的贵州现象，多少让我对贵州有了一些偏见。我想，如果是出差杭州、上海，或者北京、深圳，我可能会毫不犹豫。临出差前，我跟老板再三强调，这次到贵州招聘，极有可能招不到人，是不是考虑取消这次招工安排？但老板吃了秤砣铁了心，瞪了我一眼：没效果也要去！

2

从温州飞贵阳，然后乘机场大巴到贵阳北，再坐 G2852 到大方站。司机在头一天已经赶了过去，他正在那儿等我。

动车在高原上奔驰。车窗外，青山巍峨，连绵起伏。群山之上，天空湛蓝，阳光灿烂，几朵白云优哉游哉，在山峦与天空交接处嬉戏。我刚从大方站走出来，一只蜜蜂便落在了我的手上。这只可爱的小精灵啊，该是多久以来与我这般亲密接触的小动物呢？我怕惊着它，用另一只手悄悄地取出手机，给它拍照，发朋友圈。

中秋节已过，桂花本该热烈奔放，十里飘香了。不过由于气候的异常，今年沿海一带的桂花并没有如期而至。杭州城里那些往年声势浩大、铺天盖地的桂花，今年也是悄无声息，不动声色，仿佛被热傻了般。

大方站的这只蜜蜂，"嗡嗡嗡"地朝我飞来，准确无误地落在我的手背上，就如刚才降落在龙洞堡机场的那架空客般，稳稳当当的。它一点也不胆怯，仿佛与我认识了很久一般。它"嗡嗡嗡"的声音，是想要告诉我些什么吧。

三天后的那个晚上，我一个人在大方县猫场镇那条陡峭的街上溜达时，突然间闻到了一阵阵清幽的桂花香气，那香气是那么的熟悉，然而却仿佛又有些不同。有哪些不同呢？清凉的夜色里，我深吸了一口这高原的花香——温州的桂花夹有海鲜味，杭州的桂花杂糅着江潮味，这里的桂花则有着高原的甘冽与奔放。

这也许是一只本地蜜蜂吧，它近水楼台，先我一步尝到了贵州的桂花花蕊，闻到了贵州的桂花香味，如今它尽地主之谊，热忱地欢迎我的到来。可我转念一想，它有没有可能像我一样也是从外地翻山越岭，跋山涉水，远道而来？——在这个阳光明媚的秋天，它来寻蜜，我来寻人。

司机的岳母家在大方县绿塘乡。他将岳母一家人送到家后，开了一辆租来的车来接我。与这只可爱的小蜜蜂恋恋不舍地告别后，我们便马不停蹄地投入了工作。车子行驶在大方县神农大道上，从车窗里，我看到街道两旁挂着许多"劳务公司""人力资源公司"的招牌。这些商机嗅觉灵敏的人，租间办公室，注册个公司，一张桌子，几把椅子，一台电脑，就可以将业务经营起来，他们给求职者介绍工作，给厂家招人，从中赚取介绍费和人头费。

我让司机停下车，循着这些招牌，拨通上面的电话，然后加了微信，将我们的招聘信息发了过去，等候他们的回复。在贵州，我先后找到类似这样的劳务公司有七八家。他们的回复也大致与我预料的差不多——这时候不好招人。他们说，该出去打工的，都出去了；不想出去的，你来找他，他也不愿意出门；其他留在家里的，也就是些老弱病残了。

9月23日，我们正好赶上了大方县绿塘乡的赶集。在乡里唯一一块较为平坦的地方，摊贩们支起帐篷，摆起了水果、山货、蔬菜、猪肉和一些日用品。地处大山深处的集市上，水果的品种竟如此丰富，这有些出乎我的意料。我也来自农村，老家在皖西南的一个小山村里，在我们老家几乎一年四季都很难看到水果，人们也很少有吃水果的习惯。这些摊位上水灵灵、花绿绿的水果，它们也许透露出某些信息——这里不再是从前的毕节，也更不是我印象中的毕节了。

我们将招聘的摊位设在进出集市的门口。窄小的街道上有餐馆、商店、信用社、卖摩托与电瓶车的店铺。几只音响正播放着流行乐曲，仿佛正给即将开始的集市热场。我们悬挂的招聘广告在山风的吹动下，呼呼作响，也仿佛在跟前来赶集的乡亲们吆喝：瞧一瞧，看一看啊，我们从浙江来招工的，欢迎加入我们公司。

摆摊将近五个小时，真正前来咨询的人并没多少。几个六七十岁的老人家，站在我们的招聘广告前，极其认真地看着，读着。也有些前来捣乱的，一个留着长胡须的中年人，骑着一辆摩托，他见我戴着墨镜，硬说我是算命的，非得让我给他算一卦。还有个中年男人，嘴里叼着一支烟，时不时露出满嘴大黄牙来，他不屑地说：保底五千五谁给你干？八千我就去。

据司机讲，好些年前，贵州不少人外出后都被骗去做传销，有些人最后连命都没了。一朝被蛇咬，十年怕井绳。对于我们这些陌生的外地人，在街头竖一广告说招人，他们当中多半是不会轻易相信的。在纳雍县化作乡赶集那天，路过的人们对着我和司机指指点点，那意思像是说，鬼才信你们呢。

这几天，我们驱车五千余公里，先后到了贵州毕节大方、纳雍、威宁、六盘水六枝特区、黔东南凯里、罗甸等地；拜访了大方县与纳雍县人社局；联系了绿塘乡、化作乡、云贵乡、麻江良田社区等乡村干部。给我印象最深的是绿塘乡的妇女主任，一个二十出头的女孩子，皮肤黝黑，扎着一个马尾辫，娇弱却又干练泼辣。她骑着一辆大摩托，在蜿蜒曲折的山路上一路飞奔，带着我们挨家挨户发传单。发完传单后，还带着我们去她家做客，给我们炖起了土豆。

3

曹永兄说，在这样的大山里，翻过一座山是山，再翻过一座山依旧还是山，久而久之，你便会绝望，会暴躁，会抑郁。

我在贵州的大山里待的时间不到十天，尽管现在的高速公路四通八达，省道、县道也遍及各地，每一个乡村都修通了水泥路，但我仍然能深深地体会到那种闭塞带来的绝望与焦虑，以及久而久之的麻木。司机负责开车，我坐在副驾驶座，所经之处，我几乎没看到一块像样的平原。车窗外，除了山，还是山。

无论是山脉的气势，还是其形状，贵州的山与我老家的山是完全不一样的。或许每个地方的山都有自己的秉性吧。我的老家，也是重峦叠嶂，群山起伏，其中有一座最高的山峰叫罗汉尖，海拔一千一百余米，它刚好矗立在我家老屋的对面。小时候，我特别想去爬这座山，想爬到这座山的山顶上，去看看父亲经常跟我们讲到的那块飞机场。父亲神气十足地指着罗汉尖的最高处，绘声绘色地跟我们说："那儿，就那儿，是一块比操场还要大的平地，当年打日本鬼子时，那里停过战斗机。你们知道什么是战斗机吗？"父亲瞟了我们一眼，继续指点江山："'嗖'的一声，战机携着炮弹，直插云霄，拖着尾巴，以迅雷不及掩耳之势，飞向敌人的上空，然后抛下炸弹，'轰隆'

一声，炸得鬼子们抱头鼠窜，血肉飞溅。"父亲一边说，一边比画着。

车窗外这一座座大山之上，又发生过多少惊天地泣鬼神的战斗呢？1934年12月中旬，经历湘江之战后的红军，人数锐减，抵达湘黔边界时，毛泽东力主放弃原定进入湘西与第二、六军团会合的计划。28日，中共中央政治局在黎平开会，接受了毛泽东的主张，决定向以遵义为中心的川黔边地区前进，使红军避免了覆亡的危险。遵义会议后，红军撤离遵义，在川黔滇边和贵州省内迂回穿插，创造战机，运动作战，最终摆脱了几十万国民党军的围追堵截，取得了战略转移中具有决定性意义的胜利。望着眼前这一座座连绵起伏的群山，我的耳边仿佛响起了那隆隆的枪炮声，冲锋陷阵的号角声。

司机的小舅子熊三带着我们去了位于大方县绿塘乡境内的最高峰龙昌坪，龙昌坪海拔近两千五百米，是"罗汉尖"高度的两倍还不止。据熊三说，很久以前，观音菩萨曾带着她的弟子到龙昌坪避暑。炎炎烈日下，观音菩萨坐在山顶歇息，弟子们则在山间的小溪里嬉戏、洗裙子。弟子们将洗好的裙子晒在后山山梁上。可没多久，忽然狂风大作，大雨倾盆。观音菩萨只好带着弟子们草草离开，回到天庭，连当时弟子们洗晒的裙子也来不及收拾了。就在这场大雨过后，那些晒在山梁上的裙子一夜之间便变成了大山。眼前的大山，高低起伏，沟壑纵横，看起来像裙子的褶皱一样。熊三当起了导游，他指着观音菩萨乘凉的地方说，那个叫"观音山"；指着弟子们晒裙子的山梁说，那个叫"罗裙山"。

尽管熊三的讲述神乎其神，但我并没有真正感到眼前这座大山的神秘。大概是身临其境的缘故吧，除了几块石头形状有些怪异之外，龙昌坪就一丝不遮地展现在我的面前。山坡上生长了一些低矮的近乎贴着地表的绿植，很难见到稍高大一些的灌木，更别说参天的树木与森林了。整个贵州的大山，几乎也都给我留下这样的印象，很少有树木。我不知道这是与高原土壤稀薄、雨水较少有关系，还是与当地村民的过度砍伐有关系。

重生

如果常年置身于这样的大山之中，将会有怎样的体验呢？我的童年便是在大山里度过的。我那时从未见过大江大海，甚至连一条像样的河流也没见到过，我也从未去过五十公里开外的县城。父亲讲述的罗汉尖的那些故事，便构成了我童年无边无际的梦，它仿佛有着一种神奇的魔力，深深地吸引着我。那时的我，常常坐在家门口的门槛石上，望着那座就在眼前却无法企及的山峰发呆，出神。我那时常想，长大以后的我，可不可以征服这座山峰，可不可以看到山那边的县城，山外的长江和大海呢？

在毕节，我见到了曹永。他去年刚获得滇池年度文学大奖。我一篇三万余字的非虚构散文也正以《个人史》栏目在《滇池》连载。我们的话题从这里开始，但两个玩文字的人，关于文学并没有聊多久，我们的谈话很快转移到疾病、健康，以及营养保健上来。曹永兄看起来状态并不是很好，瘦削的脸庞有些发黑，眼珠也有些发黄。据他讲，这几年，他深受失眠的困扰，精神一直处于近乎崩溃与抑郁的边缘。我也跟他分享了一些我多年前那场疾病的经历。或许在这一点上，我们之间的共同语言远超过文学与写作吧。

不过，我们的谈话就如同贵州高原上那些绵延起伏的群山峰回路转一样，还是转回到文学上。曹永兄跟我说："你也写小说吧，我正在构思一部小说呢。"说到这里时，我仿佛看到他那泛黄的眼珠里，突然闪出一道神奇的光芒来。

写作这件事情，不仅耗费精神，也耗费体力，实属一件折磨与消耗的苦差事。但纵使这样，不管尘世纷繁复杂，我们这些码字的人，心底隐隐约约总有一份坚持，并因此而有了一些韧劲和一些执着，我们常常因此而失眠、焦虑，某些时候还会表现出与这个时代、与社会脱节。

贵州山多，贵州作家也多。比如欧阳黔森、唐亚平、冉正万、王华、谢挺、戴冰、唐亚林等，在当代文坛上掀起一波波"贵州文学现象"。贵州的山或许给了贵州人出行不便，或许一度让贵州的经济落后于其他地方，但想必这样的山，也一定给了贵州作家们广阔的创作空间与非凡的创作灵感吧！在这片神奇的土地上，还将会孕育出多少才气十足的作家？还会书写出多少不为我们熟知的故事和传奇呢？

4

如果细想起来，这次贵州之行，最令我难忘的，恐怕还是我在大方县绿塘乡亲自体验了一回的"招魂"仪式。正万兄在一次采访中说到，巴蜀文化向南辐射，湘楚文化向西推演，它们在黔北高原相遇，形成了兼儒、释、道和巫颂，极具神秘感的文化。今天的贵州农村，巫文化依然盛行。

到大方县绿塘乡的第二天晚上，我刚好赶上司机的岳父一家给他们刚出狱的儿子熊二举行的"招魂"仪式。

夕阳渐渐沉下山去，天色渐渐暗了下来，高原白天的喧嚣像潮水一般退去，夜色里，群山之间，风生呼啸，其间又隐约传来声声野兽哀怨悠长的低嚎，和飞鸟倦怠的零星鸣叫。乡亲们纷纷赶到熊二家。他们看起来头发凌乱，面带尘土，样子显得有些邋遢，身上散发着阵阵汗味。饭桌上，摆了几只盘子，菜肴并不丰盛，都是些家常菜，熊三给大伙倒上了啤酒和米酒。最后端上来的，是用一只洗脸盆装得满满的酸菜汤。我尝了一小口，又酸又咸，险些吐了出来。司机跟我说，这可是当地最高的待客标准了。

晚饭过后，招魂仪式开始。人们在挂有祖宗牌位的堂屋里，摆上了香案，香炉里点起了蜡烛和香火，案台下放着一只火盆，有人不断往其中添烧纸钱。黄色的裱纸，在火苗的吞噬下，化作袅袅腾空的纸灰。前来参加招魂仪式的乡亲们分坐两旁。主持招魂仪式的是一名乡间巫师。他坐在左边的最上方，手持一只铙钹，叮叮当当敲打，口中念念有词。

堂屋里烛光闪烁，烟雾缭绕。熊二坐在角落里默默地抽烟，一言不发，闪烁的烛火让他瘦削的脸庞忽明忽暗。一个十岁左右的男孩，身穿着一件戴帽的运动服，面色虔诚凝重，他的神情看上去与年龄完全不相符。他瘦弱细小的手臂里，端着一只竹篾编制的簸箕，簸箕上摆满了香火纸钱。跟随着的铙钹与咒语，他不断给祖宗牌位行鞠躬礼。

隔壁的厨房里，煤炉上的蒸锅里，几只鸡蛋正在热水中欢蹦乱跳。熊二的母亲和一位中年妇女正在和着红薯粉，她们的动作十分熟练。和好的红薯粉被捏成一只只酒盅状，有大有小，其中大的四只，小的二十二只。"酒盅"做好后，要放进蒸笼里蒸熟成形。

蒸好的酒盅被端了过来，在香案上一字摆开，四只大的摆在了正中间的位置，两边分别是小一些的。一个乡亲给一些酒盅里倒上了菜油，然后分别插上纸卷的引子。道士竖起食指，一边念着咒语，一边点燃酒盅。堂屋里，顿时变得亮堂起来，仿佛一片光明的世界。

熊二此时坐在香案前的一张小板凳上，仿佛此时才成为仪式的真正主角。巫师忽而手舞足蹈，忽而浑身颤抖，忽而紧闭双眼，忽而两目怒睁。堂屋里的气氛开始变得神秘而紧张起来。乡亲们一个个屏住呼吸，皆闭口不语，神情庄严肃穆。四个高矮不一的小孩，手中各持一根点燃的香烛，在熊二身前一字排开，他们跟着巫师的咒语声，"扑通"一声毫不犹豫下跪，接着"咣当咣当"，兴奋而虔诚地挨个儿朝熊二跪拜磕头。

多年前，熊二因五千块钱与人发生纠纷，冲动之下，操起手中的酒瓶将人打伤，因此背上官司，锒铛入狱。归来的熊二看起来已不再像从前那样毛躁冲动，稳重了一些。列祖列宗在上，两旁是乡亲父老，熊二坐堂屋正中间，正接受一群稚嫩纯真、童心未泯的孩子的跪拜。

熊二有些控制不住，鼻子发酸，开始泪水涟涟。至此，我才明白这样的仪式，不仅仅是让熊二因入狱而丢失的"魂魄"重新回到村庄，回到祖宗的庇护之下，也许更是通过这样的仪式，让这些纯真稚嫩的孩子以一种独特的方式告诉他——熊二，你不能再糊涂了，你该迷途知返了，你看看，你已是成年人，你眼前跪拜的这些孩子，是你的下一代，你身上有着多么重的担子，你肩上有着多么大的责任啊？

煮熟的鸡蛋上，写下了熊二的名字。巫师继续念念有词，他将手高高举过头顶，然后松开双手，在香烛前丢下竹卦。"吧嗒"一声，竹卦散落在地面上，发出清脆的响声。乡亲们一个个将头伸了过去，"哎，不是……"人群里发出一阵叹息来；"啊，是了，是了!"人群里又发出一阵惊呼来。

熊二的母亲静静地站在堂屋的门口，轻声地呼唤着"熊二……熊二……"这深情而又低怨的唤儿声啊，这位可怜巴巴的母亲又何曾只在今晚这样的仪式上呼唤过呢？熊二被送进监狱的那些日子里，她又该在多少个夜晚哭干过眼泪，哭哑过嗓子呢？屋外的风呜呜作响，门口那棵老槐树被吹得哗哗作响。

一只毛色光滑艳丽、鸡冠硕大血红的公鸡登场。道士闭着双眼，竖起食指画起神秘的咒符来。公鸡被施了咒语后，在巫师的手里一动不动，一声不吭，唯有两只豆大的眼睛瞪得圆圆的，映着闪烁的烛光。在民间信仰中，雄鸡能牵引太阳，有驱邪通天的神性，鸡啼则与光明相辅相成。因此，在红白喜事、驱邪和占卜上，雄鸡便成了一个重要的角色。除了会在祭祀时用鸡还神外，古时民间还会用生鸡来代替死人拜堂，据说这样的做法至今在某些地方仍有保留。不过，要数最特别的，莫过于像今晚这样用鸡来辟邪和招魂了。

巫师继续手舞足蹈，他动作的频率越来越快，口中咒语的节奏也越来越快。接着，只见他以迅雷不及掩耳之势，掐去了鸡冠最高的那一块儿。可怜的公鸡"咯"了一声，仿佛还没明白发生了什么，巫师便已完成了他的法术。堂屋内，除烛火闪烁扑腾，一片寂静。巫师捏着鸡冠，将鸡血挤到一个稻草人身上，挤到一碗清水中。"叮咚"，鸡血滴入清水中，发出清脆而响亮的声音，血丝在清水中晃动，像一条红色的丝绸随风舞动。巫师端起这碗血水，喝了一口，朝堂屋里的四角和稻草人喷了起来。

夜越来越深了，酒盅的菜油开始见底，油火开始摇曳，慢慢暗淡下来。熊二起身，从口袋里掏出香烟，散给乡亲们。"熊二，浪子回头金不换啊。""二啊，涅槃重生再做人！"在震彻山林的鞭炮声里，长达两个多小时的招魂仪式终于结束了。

民间传说人有三魂七魄，魂魄是人的本命精神所在。人的灵魂平时附于人体，当受到意外惊吓后，灵魂就会离体旁落，难以回归。有些人会因此而萎靡不振，精神恍惚，甚至卧床不起。这就是人们常说的"掉魂"。在迷信人的眼里，对"掉魂"者救治的唯一办法便是招魂。熊二经历了一段人生的坎坷与挫折，也算是"掉魂"了一回吧。不过，我在想，仪式上熊二眼里泛起涟涟泪花的那一刻，该是他真正洗心革面和重新做人的开始吧？

贵州瑰宝陆离，多附鬼气；民众性格保守，重神厚巫。虽然商业的气息在这里已经随处可见，但他们骨子里还依然保留着那些祖祖辈辈传下来的习俗与文化。这些，或许便是他们的魂，是他们的根，是他们繁衍生息，延续命脉，与大自然，与这个世界独特的相处方式吧。

5

贵州可谓"地上千姿百态，地下无奇不有"。这里有举世闻名的黄果树瀑布，有如天空之城的梵净山，有气势磅礴的万峰林，有"中国溶洞之王"之美誉的织金洞等著名的旅游景点。利用工作之余，我抽空去了九洞天、黄果树瀑布和西江千家苗寨。九洞天的鬼斧神工，地下河流神出鬼没；黄果树的气势磅礴，千丈白练从天而降；千家苗寨的灯火辉煌，与苗家歌舞震撼的演出，都给了我非同一般的视觉盛宴与旅游体验，让我疲惫的身躯得以暂时歇息与舒缓。

当然，贵州最多的还是山。贵州的山峰，风姿各异，形态万千。在这里，每一座山峰，都有自己的位置，都有自己的造型，都有自己的高度，也都有自己的飞鸟与鸣虫，有自己的溪流与野花，有自己的天空与云朵。

因其数量之多，除了一些有名的，比如梵净山、韭菜坪、雷公山、花果山之外，对我来说，绝大部分都是无名的山峰。我曾给我的故乡那些没有名字的山峰取过名字，比如骑马石、笔架山、乳房山，可纵有再多丰富的词汇积累，再深厚的文化底蕴，在贵州遍地皆是、数也无法数清的群峰前，你一定会感到自己词穷，会觉得自己肤浅吧。

可是，尽管贵州的山峰或峻峭挺拔，或壁立千仞，或绵延起伏，令人叹为观止，令众多游客接踵而至，但对于它的喜爱、景仰、流连，似乎并不是我唯一的感受。当我颤颤巍巍爬上海拔两千五百米的龙昌坪时，看到那些贴着地面生长的植被，那些裸露的岩石层层叠叠，和那呼啸而来令我有些摇晃的山风，更多的是让我有些晕船的感觉。莫非，这山不是山？

谁说这一座座山峰它们不是那一朵朵浪花呢？你瞧，或巨浪滔天，或碧波荡漾。你再看，那些散落于群山之上，群山深处的村落，那些夜幕降临时闪烁的灯火，不正是那些朵朵浪花在阳光下的波光粼粼与夜幕下的渔火点点吗？

我对同事说，这里有亿万年的时光，这里是一片浩瀚而神秘的海洋。

而我，一个在这样的浪涛之上耳鸣、恶心、头晕、失眠、心率加快，甚至呼吸困难，有着几乎所有高原反应的陌生人，为何此刻心中竟有了一些别样的情感呢？是留恋不舍，还是想要尽快逃离？当我真的远离这里之后，我会在某些时候想起这蜿蜒曲折、九曲回肠的山路；想起这奇形怪状、或高或低的山峰；想起这些既淳朴善良，又彪悍野蛮的人吗？

临回来前的那天晚上，我几乎没有合眼，整夜失眠。连续几天的奔波，五千里路云和月，让高原反应加剧。我躺在床上，除了上洗手间，尽量让自己保持不动。趴在床上，心扑通扑通跳得厉害，身子底下的席梦思仿佛变成了一个巨大的共鸣腔体，"砰砰砰"，带着钢的声响。耳朵里，持续轰鸣，有尖锐的金属啸叫。我知道，在我脚底下的这片神奇的土地里，藏有大量的铜矿、煤矿和其他各种金属矿物质。

夜凉如水，我光着身子，分明感到有金属的凉意正一寸寸渗入肌肤。我裹上被子，将自己隐藏起来。我疲惫的身躯，被这些看不见的金属磁场包围与裹挟着，它们虚幻缥缈，却又真实存在，令我几乎不能挣脱与反抗。相对于冰冷坚硬的金属，身上被子里的棉花是柔软的，白天那些耀眼的阳光也许正钻入其中。

口渴难耐，起来烧一壶水。我突然想起，这一连几天，在贵州的群山之间，我几乎没有看到水，没有看到一条像样的河流，我所经之处仿佛是一片饥渴而焦灼的土地，正等待着雨露甘霖的降临。但我知道，就在这些几乎光秃秃的群山之下，拥有着巨大的地下水系。九洞天里深藏于地下的暗流，是它纵横的血脉；黄果树瀑布，是它伟大的交响。插上电源，水壶里发出吱吱的响声来，我的耳边又仿佛响起那汹涌的暗流，那震彻山谷从天而降的瀑布。

6

贵州何止是山，贵州是一片海啊。贵州是人海，是山海，是文海，是景海，是巫海，是红色革命的海，是我既熟悉又陌生的一片大海啊。在贵州这片波涛汹涌的大海之上，我只是一个远道而来的渔技平庸的渔夫。

新年四章

一个真吃过苦的人，可能是一个悲观主义者。我说的不是腐朽、堕落或者没落的那一类。这样的悲观主义者，哪怕在很多困难与磨难面前，都表现出了极其乐观阳光的心态，会有不折不挠的昂扬斗志，和积极向上的精神面貌，但他内心最深处的犹豫、忧虑、失望、惶恐、怯懦，甚至也许还可能有的无助与绝望，并不因表现出了那些积极的东西而消失。

在无数个深夜，在众多的喧嚣与躁动背后，在可能不多的成功与喝彩之余，在克服、战胜那些困难和灾难之后，这些隐藏在内心深处的东西，或者说是融入血液根植骨髓的东西，总会在不经意间冒出来。于是，他常常会忧虑、会怀疑、会小心翼翼、会杞人忧天、会令那些肉体或精神正狂欢的人反感和嗤之以鼻。

我认为，悲观并不完全是一件负能量的事情。很多时候，一名积极的悲观主义者就像是那一盆迎头泼来的冷水。他的言论、思想及表现，可能会令人沉静下来，退去喧嚣与浮躁，多一点点的思考与醒悟。必须要承认的是，这年头，醒着的人不多，装睡的人不少，而那些人云亦云者、抱团相互利用的，则比比皆是。

这么说来，适度的悲观并不是一件坏事，至少比盲目的乐观要显得成熟、冷静和稳重。我说的并不是那种故作的深沉。那种做作的表演，或者表演的做作，都是一件令人作呕的事情。

　　大概在四年前，我经常参加一些演讲比赛，获得过不少的荣誉。那时，在台上，聚于灯光之下，立于镜头之前，陶醉于掌声与喝彩之中，我口齿伶俐，思维敏捷，或激情澎湃，或情深意长。某次演讲完毕，我乘车归来，在黑暗的车厢里，突然间有一种深深的悲凉涌了上来。不知道为什么会这样，身边的人还在说说笑笑，我突然间就异常难受起来。后来，我很少上台，尽管仍有不少时候内心还跃跃欲试。那一刹那的感觉是，这舞台上的一切，并不真实，那些斑斓与梦幻的东西，像是一场梦。生活是需要梦的，但不能全是梦，或者大部分是梦。

　　生活是什么呢？是短暂的青春，是易逝的年华，是吝啬的幸福，是反复无常的坎坷与磨难。

　　人活到中年，能看明白很多事情，也能明白不少的道理。尽管许多时候我们身不由己，但其实我们并不愿去违背自己真正的内心。当然，在很多时候，我们的内心并不一定干净。

　　可能是酒醒了，可能是空调的声音太吵，也可能是屋檐的雨滴打遍栏杆，又是半夜醒来。我看了一下时钟，三点三十分，算是新年的凌晨吧。过去的一年里，我有时候也会在一场梦中醒来。这个梦是真正的梦，与那舞台上的并不一样。从这样的梦中醒来，有时候会觉得意犹未尽，有时候会觉得惶恐不安。哎，毕竟是美梦啊，大多是一种祝福。比如，祝你做个美梦。但是，一觉醒来，你并没有。

　　记得更早前，我身体不太好，经常会在睡着的时候做噩梦。等醒来时，常常会惊得一身冷汗。那种在梦境里挣脱不了、呐喊不出、求助不能的恐惧与绝望，其实大多来自白天的恐惧与绝望，来自身体对疾病的反应与回应。每次噩梦之后，我便按照别人教我的方法——砸碗、砸玻璃杯。从床上爬起来，到橱柜里找一只碗，对准墙角，或是一块石头，高高举起，再猛地用力砸去。"啪"的一声脆响，地上顿时满是破碎的瓷片或者玻璃片——让厄运见鬼去吧！

很长一段时间后，我终于走了出来，不再砸碗。可在某些时候，我总还会心有余悸。这或许是苦难之根、悲观之源吧。

上天有时喜欢开玩笑，向前的路上有太多的未知与不可测。可知与可测的大概是，我们的时间越来越少，我们终将离开这个活色生香的世界，离开朋友，离开所谓的事业，离开挚爱的亲人。

一年又过去，一年又来临。当我们都还在的时候，当我们都还健康的时候，那我们就好好相爱而彼此珍重吧。

祝福不一定成真。但作为一名悲观主义者，我仍然要祝福，发自内心。祝好，祝快乐，祝平安。

大海也会是新的

空调房里，温暖似乎并不真实。我跑到阳台上透气。此时，已近中午。

室外，天空低沉，有薄雾浓云。空气潮湿，吸上一口，冷，但新鲜。这感觉，就像一条快枯竭的鱼遇上了一潭鲜活的水。

屋檐上仍有昨夜残留的雨滴，有一滴没一滴地落着，轻一声、重一声，打在铁质的栏杆上，发出清亮的响声。听上去，疼。伸手去，有透骨的凉。

远处，群山起伏，呈黛青色。山尖有闲云缥缈、游荡。那些山中，那些云雾深处，该会有小桥流水，会有几处人家。房子该是白墙、青瓦、桐油刷的木门，屋内或许会有一盆烧得正旺的炭火。那红彤彤的炭火明亮，粉白的炭灰轻轻飞扬，起舞。细听，夹杂着毕毕剥剥的炸响，像是金属片拨动钢丝琴弦。

这样的温暖，它远比空调房里真实，熨帖，暖人血液与心扉。三五人围坐，有一句没一句闲聊，一旁，有几个小儿追逐嬉戏，发出朗朗笑声。厨房里，叮当作响，该是女人正在张罗一桌饭菜。

我有些走神。眼前，几只白鹭飞过。这潮湿与阴冷，并不能影响到它们的兴致与闲情。灰蒙蒙的云际之下，它们挥翅，起飞，然后再缓缓落下。起落之间，有一种难得的宁静与优雅之美。另一处，还有几只黑色的鸟儿。黑色也是可爱的啊。相对于白鹭，黑色的鸟儿们，习惯集体活动，忽地一下，它们一起起飞，又忽地一下，再一起落下。请原谅我，它们叫什么鸟来着？

它们啊，都是这冬日里的舞者，以及新年的生机。

近处的滩涂，积有雨水，这一滩、那一潭，大一块、小一块，星罗棋布。假如是有月亮的晚上，该是满地月潭吧。琴声呢？在何处？可惜了，我只会芦笙，只会铜管，不善琴弦。

水中该有鱼、有虾吧。它们负责为白鹭和那些黑色的鸟儿提供过冬的美食。还有，那些犹如芦苇般的杂草，前几日还半枯半黄，几日风雨后，如今已全都泛黄。海风起，他们相互摩挲、碰撞，发出沙沙沙的金属之声。它们是否会自己割痛自己，或者，这会不会是它们相互间的抚摸与安慰呢？

再抬头，还能望见诸多的高楼，它们屹立在几里之外的地方。我突然想到"树大招风"这个词，楼高是否也会招风呢？昨夜，海风呼呼作响，从玻璃门的缝隙里挤进来，它们是要来我的屋子里取暖吗？可苦了墙上的空调，一整个晚上，它都没能歇一口气，呼啦啦的，吹个不停。

寒气渐渐从脚底升起来，保暖鞋似乎不太管用。我大概算是一个体瘦且柔弱的人吧。每到冬天，我喜欢将自己裹得严严实实。也因此，我常会被那些自带保暖脂肪的人笑话。有时候，他们面带近乎惊诧的表情，走到我的面前，让我不要动，然后，他们伸出一双肥硕的手，拉开我的衣链，掰起我的衣领，一件件地数起来：一、二、三、四、五。你不知道，越数到后面，他们的声音越大，腔调越拖越长，笑声也越来越欢愉。也好，假如这样能让你快乐，那你再数一遍吧。

想必，长肉这件事情，该是一件比较容易的事情吧。吃、喝、睡、少想烦心事，用不了多久，脂肪就会厚起来，体格就会壮起来。可对于我来说，这事却并不简单。悲观主义者有几个是心宽体胖的呢，可总不能被冻死吧？于是，以一件件的衣物代替脂肪，是我寒冬里的生存指南。

同事们都回去过节了。其实，我也曾准备回去，回七百多公里外的家，家中有妻儿，连车票都买好了。可是啊，假期太短。怎样一个短法呢？我又突然想到手中的香烟。这假期啊，短得就像这香烟，点火，猛吸几口，就只剩几乎快要烫着手指的烟头了。为了不让烟头烫着，我又将票给退了回去。我的退票，想必可以给那些能轻松来回的人，或是那些不那么着急的人吧。

还想去看看附近的海。这一年里，我曾多次去看过涨潮，去看过那不知疲倦的波涛一遍遍冲刷着钢筋水泥浇筑的堤坝，去看过那起伏的潮水跌宕着漂浮不定的小船。我还去看过潮水一层层退去，大海由喧嚣变为宁静，变得暮气沉沉。这多像某些时候的我啊！疲惫不堪，夜深人静，我回到房间里，一层层地剥着衣物，瘫倒在床上，裸露着瘦弱的肉体，一动不动。

有些冷。但我还是想去看看今天的海。我一定不能错过。过了今天，大海也将会是新的。想到这里，我又回到空调房里。等温暖了这双冰冷的脚后，我还会再次出门。

新年的鸟鸣

大街上，行人如织，车流如梭，热闹非凡。

理了个头发，花了一百大洋。不知什么时候，理发也成了一件奢侈的事情。从镜子里瞄了一眼自己，两鬓齐整，精神了些，我应该也是新的吧。

打一辆车回到住处。住处附近有一条长长的堤坝。堤坝外是一望无际的海，堤坝内是一片广袤的滩涂。滩涂上，建有光伏发电站，一块块蓝色的太阳能板立在那儿，气势有些恢宏。看这阵势，它们也想将自己化作堤外的蓝色波涛。

　　与大街的繁华和热闹比起来，除了呼呼的海风声外，这里再难听到其他声音了。

　　天色已渐渐暗了下来，但夜幕尚未真正降临。不远处，有星星灯火隐隐闪烁，它们的夜的狂欢，拉开帷幕。

　　回到宿舍，耳边忽有鸟声传来。清脆、悦耳，节奏感极强，一声声、一句句，像是吉他的轮指，如钢琴的琶音。不，我该用笛声来形容它。悠长、高亢、辽阔、宽广；欢快、华丽、婉转、优美；吐音、花舌、滑音、剁音、颤音、打音、叠音、振音；忽强、忽弱，忽短促、忽悠长。它该是一名技巧多么精湛的笛手！

　　一只鸟儿，用柔软的舌头作为发声器官，用坚硬的嘴作为共鸣的腔体，当夜幕来临之时，在呼呼的海风中，演奏如歌的行板、快板，以及极板和飞板，哦，也许它是饶舌呢？

　　循着这明亮的声音，瞧去，只见距宿舍走廊不到十米的变压站的红色屋顶上，停着一只黄褐色的鸟儿。该是黄褐色吧？抱歉，由于近视，加之光线的原因，我并不能看清楚这只眼前的精灵。

　　拿出手机，拉近相机的焦距。镜头里，我看见了它。只是可惜了，我依旧叫不出它的名字来。我认得出燕子、麻雀、乌鸦、喜鹊、鹰、鸽子、白鹭，但我认不出它。它看起来有些肥壮与臃肿。或许是这样的身材，给予了它这样美妙动听的歌喉。是的，歌唱家们都会用腹腔与胸腔共鸣，比如，帕瓦罗蒂、多明戈、卡雷拉斯。

　　也或许是滩涂上可供它饱腹的小鱼小虾、螺蛳贝壳之类的东西太多吧。可是，肥一点，谁说不是另一种美呢？丰腴，多么诱人的一个词啊。想必，红屋顶大抵便是它的红地毯吧。它如一个身着旗袍的贵妇人，挺胸、收腹、翘臀，优雅地站立着。它很会摆pose，精致的头朝右边微侧，修长的尾巴朝左边伸去。它是为了摆拍，还是在呼唤另一只同伴？

它的腹部长满洁白的羽毛，从颈部一直到腹部，直至尾巴底部，加上那修长的尾巴，这多像是一件素净淡雅的白色礼服。可是，为什么不是羽绒服呢？没有一件羽绒服，这刺骨的冬天怎么扛得过去。

当我调试焦距，准备更清晰地拍它时，它停止了鸣叫。它闭嘴之后，我的耳边又只剩下这呼呼作响的风声了。哎，怪我，遇见美的东西，总想着多看一眼。多看一眼还不够，还总想将它摄入镜头，留着自己关起门来再仔细地品味与欣赏。我是不是人们常说的那个窥视者？

它一定是发现了我在偷拍它。假如，它正在演奏新年的交响，我这样的举动是不是冒犯了它，是不是打断了它呢？唉，我为何不能做一名老老实实的听众。

又过了一会儿，它"噗"的一声飞走了。它飞走的样子，依然那么高贵，那么优雅。

望着它一点点地消失在夜色里，站在走廊上的我，突然觉得有些遗憾起来——但愿它不会扫兴，但愿它明日再来。

读一首诗吧：元旦

那读一首常世儒翻译的墨西哥的诗人奥克塔维奥·帕斯的诗吧。新的一年，愿你不被尘世所累，愿你活成你自己想要的样子。

新年向未来敞开了门，
像语言那样洞开。
昨晚你说：
明天，

重生

要写一些新的符号，

勾画一派新的景致；

在时间和纸上，

创作一首新的诗。

明天，

要重新创造世界的现实。

我很晚才睁开眼，

可一瞬间，

却听到阿兹台克人的呼吸，

看到了文化遗产高崖上崭露的，

地平线缝隙里透出的

无限时间的复始。

逝去的一年又重新返回，

它充满了我的房间，

溢出了我的门扉。

时间悄悄地，

已将一切恢复了旧貌：

街上的房子，

房子上的积雪，

积雪上的沉寂。

你曾睡在我的身旁，

时间使你问世。

楠溪掠影

1

"风烟俱净，天山共色。从流飘荡，任意东西。自富阳至桐庐一百许里，奇山异水，天下独绝。"这段辞藻隽永、音律和谐、明朗洒脱的画意般的文字，说的是闻名遐迩的富春江。不过，我在想，假如叔庠当年来的是与富春江相隔并不遥远的楠溪江，他乘坐的是楠溪江上的一叶扁舟，这封《与朱元思书》里"富阳"与"桐庐"这两处地名，便可能是"永嘉"和"温州"了。

当然，楠溪江的美，自有属于楠溪江的文字与诗词。永嘉太守谢灵运，有另一个身份——中国的山水诗鼻祖。谢公官场失意后，纵情山水。任职永嘉期间，常轻舟荡漾碧波之上，策杖攀缘山崖之间，饮酒、吟诗、作赋、呼朋引伴，优哉游哉。如他自己所言，凡永嘉山水，游历殆遍。登绿嶂山，写了《登永嘉绿嶂山》；去大若岩时，留下了《石室山》；乘坐竹排漂游楠溪，面对炊烟袅袅，晚霞绚烂，他又诗兴大发，写下"叠叠云岚烟树榭，湾湾流水夕阳中"这样美丽的诗句。

而以"溪"命名，纵观诸多的江河，似乎并不多见。楠溪江属于其中之一。楠溪江由岩坦溪、张溪、鹤盛溪、小楠溪、花坦溪、五尺溪和陡门溪等主要支流汇聚而成。想必这也是以溪命名的原因之一吧？不过，你想想看，有哪一条河流，在最开始的时候，不是由无数的溪流汇合而成的？唯独楠溪江畔的人，他们心思细腻，独具慧眼，巧妙地将"溪"融入到一条江河的名字里，这便有了"楠溪"。涓涓溪水，滔滔江流，你中有我，我中有你，和谐交融，浑然天成。

再听"楠溪"二字，如莺声燕语，温婉轻柔；读起来，则唇齿生香，面带桃花，如唤一妙龄女子芳名。

此为纸上之楠溪。不争艳斗奇，却诗情画意，且活色生香。

2

五年前，我在永嘉瓯北谋了一份工作。在平时，一个人的周末，几乎都是窝在宿舍里，读书、写字、发呆、睡懒觉。尽管近水楼台，也久闻楠溪江景色迷人，却未曾前往一览胜景。我总觉得，旅游除了要有时间，有一个好的心情之外，还得有一起陪着你的人。

终于等到暑假，妻子和女儿从老家千里迢迢赶来探亲。像我这般，分居两地的夫妻，数不胜数。对于这样短暂的相聚，我总觉得每一天如黄金般珍贵。可平时我要上班，而她娘俩人生地不熟，无奈在大多的时间里也只能待在出租屋里。好不容易到周末，我决定带她们出去透透风，呼吸呼吸新鲜的空气。

那天，我们驱车前往楠溪江岭下风景区。上高速，钻山洞，跨桥梁，七拐八弯，大约四十分钟的车程，终于到了目的地。

其时，江中已经人声鼎沸了。远远望去，不断有人如下饺子般，跃入水中，溅起阵阵浪花来。碧绿的江面上，男女老少，有的穿泳衣，有的着泳裤，有的抱着个救生圈，有的腰间挂了个"跟屁虫"，一个个玩得不亦乐乎。

江水缓缓地流淌，澄澈、碧绿。近看，能见河床上的鹅卵石和四散的鱼儿。如果没有人下水，我想，定是"潭中鱼可百许头，皆若空游无所依"的景象。夏日骄阳似火，映照在河面上，泛着一层层耀眼的金光。两旁的香樟树，高大葳蕤，枝繁叶茂，散发着浓郁的香樟气息。在习习的江风中，树影婆娑，水面光影斑驳，望去，如一名临江梳洗的女子。

换好装备，我带着女儿钻入水里。江水凉丝丝的，身上的暑气顿时消失殆尽。难怪这么多人慕名而来。其时，女儿并不会游泳。可她初生牛犊不怕虎，套上救生圈后，就不管不问，径自朝深水区游去。而我，也仅仅会几下狗刨式的扑腾，算是泥菩萨过河，自身难保的那种。我不断提醒女儿，不要游得太远。但女儿似乎并不愿意停下她刚学会的动作，像一条自由的鱼儿，继续向前畅游。看样子，她想要游到对面。

我只好硬着头皮跟了过去。就在我们游至江中央的时候，一只硕大的皮艇闯了过来，顿时将我们父女俩撞散。在这群人嘻嘻哈哈的笑声中，我不断沉入水底。我拼命地摆动双手，用力地蹬着双腿，钻出水面，四处寻找女儿，大声地呼喊着女儿的名字。过了好一阵子，终于在水花四溅中，看见女儿朝我游了过来。那一刻，我简直觉得时间如过了半个世纪般漫长。我见女儿安全，慌乱的心方才暂时稳定下来。我冲女儿大喊：游回去。

而那时，我其实已经没什么力气了。女儿奋力地挥动着手臂，在身后紧紧地跟着我。

上岸后，我发现，女儿的眼睛已经通红。我问女儿，为什么哭鼻子？女儿不停地啜泣着，上气不接下气地说，爸爸，我以为再也见不到你了。说完，双手捂着眼睛，大哭起来。我眼眶一热，一把将女儿揽入怀里。一旁的妻子傻乎乎地看着我们。她不知道，刚才到底发生了什么事情。

差一点点就生离死别。多年后，我回想起来，仍然心有余悸。我想，这大概是我们父女之间一条有着特殊意义的河流吧？

3

母亲的一只眼睛已经瞎了。仅剩下一只，也没多少亮。我打电话给母亲，让她来温州看眼睛。母亲一开始不愿意来。母亲以为，她的眼睛已经没得救了。我再三要求后，母亲终于被父亲强行带到温州。

那天，去车站接母亲时，已是晚上九点多。路边的灯光灰暗，路上的车流已明显减少。车门打开，母亲如一个盲人一般，摸索着下车。晚风吹来，掀起母亲枯燥凌乱的头发。我连忙走上前去。母亲眯着眼睛，吃力地盯着我，说，儿子，你来了？

看着母亲被眼疾折磨得憔悴不堪的样子，我眼里顿时有热泪涌出。前些年，母亲的右眼在合肥开刀，后来便彻底失去了光明。而对于这一次的治疗，我们心中也并无多大把握。也许，还会像上次那样，这仅剩的一只眼睛仍然会失去光明。将母亲送往手术室的时候，我看着父亲，父亲看着我，我们一句话也没说。我们谁也不愿将这件事情说出来，怕一语成谶。

——带母亲去楠溪江看看。我突然冒出一个这样的想法。不管怎样，在手术前，让母亲看看这美丽的楠溪江，看看这多情的山水，看看这异乡的世界。母亲很少出门，这或许是母亲最后一次去看这个世界的风景。同时，我也想让母亲知道，她有个儿子，曾经就在楠溪江畔待过，饮用过楠溪江的江水，尝过楠溪江的美食，他的儿子如今混得还行。

第二天，在老表的陪同下，我们带着母亲去了岭上人家、石桅岩，然后再往雁荡山。

在岭上人家，母亲生平第一次吃到了"烤全羊"。席间，我给母亲切了一块羊肉。母亲两手拿着羊肉，紧紧地凑在眼前，再慢慢送入嘴边，缓缓地咀嚼起来，一边吃着，一边仿佛在想着什么。我十分生疏母亲这样的吃相。我突然想起很多年前，一个算命的先生在我家吃饭的场景。那时，我一边往嘴里扒饭，一边差点就笑了出来。而如今，我的母亲竟这般模样，这是不是对我当年的无知的回应？

母亲一边吃，一边说，香、香，真是托外甥的福气哦。我仿佛看到母亲脸上有一丝欣慰的笑容。只不过，那笑容，已经有些扭曲、变形。那是一张多么熟悉而今又多么陌生的脸庞啊！那天，我没敢告诉母亲这烤全羊的价格。若是告诉母亲，她肯定不会让我们点的。母亲的一生，总是舍不得吃。填饱肚子，是她一生的哲学；将最好的东西留给我们，又是她一生的追求与信仰。

午饭结束，沿着盘山公路继续前行。两旁的青山，巍峨挺立，藤萝密布，郁郁葱葱，沟底溪流，碧绿如玉，流水潺潺。来到石桅岩，我们将车子停了下来，在一块空地上，我给母亲拍照。母亲眯着眼睛，羞涩地看着我的手机。镜头里，母亲背后的石桅岩，拔地而起，造型奇特，姿态雄奇，鬼斧神工。

回来后的第二天，母亲在温州医科大学附属第二医院做了白内障摘除手术。手术很成功，母亲重见了光明。

我想，或许是清澈的楠溪江给母亲带来了好运吧。

4

"有一些山峰、河流与明亮的草地完全是词语所不能及的，它们的声望高尚而伟大，我们无法赋予它们熟悉的名字。"玛丽·奥斯汀在《少雨的土地》一书中说。

我想，玛丽·奥斯汀说的是，只有那些少数的人，比如身体力行者、精神富裕的人，才能抵达一座山峰、一条河流的深处吧？

相对于楠溪江，我顶多只能算是一个走马观花的游客，三心二意的观赏者，匆匆的路人。这些年里，我只是与很小一部分的楠溪江有过浮光掠影的邂逅。不得不说，这是一种遗憾。也因此，我并不能像更多的人那样，用诸多华丽的辞藻、诗意的情感和镜头般的语言，来描摹楠溪江的美、神秘，她的仙境，她多情的山水、古典的村落、诗意的田园和质朴的村民，我并未真正深入过，与他们交流过。想想这一点，我不禁有些迷失与茫然起来。但幸好的是，楠溪江她一直在那里，在白云深处，在烟岚缥缈里。

我有一位朋友，她是永嘉人。她经常去楠溪江，或是为了工作需要，或是周末休憩游玩放松。她为楠溪江写下了一些文字，并拍下了很多风光旖旎的照片。有时候，她会将她写楠溪江的一些文字发给我，征求我的意见。在她白描般的文字中，我仿佛跟随着她的笔，也一起进入到那些纯朴而美好的场景里。

友人还曾经给我送来过楠溪江的蜂蜜，楠溪江的茶，楠溪江的麦饼。这些纯天然的美食与特产，在我看来，都是楠溪江对我们的馈赠与恩典。

"日长坐觉非尘世，庭桧花开蜂蜜香。"收到友人赠送的蜂蜜的那天晚上，我做了一个梦，梦见自己变成一只楠溪江的蜜蜂，飞跃在楠溪江的山林里，花丛中。那里，还有更多的蜜蜂，一只只，一群群，在阳光下嗡嗡起舞，翻飞。

大概这是我的楠溪吧。

5

假如可以，我可能还会去楠溪。以一名行吟者、诗人、画家、写作者的身份。

那里溪水潺潺，那里雾如仙境，那里层峦叠嶂，那里群山吐翠，那里舟行碧波，那里炊烟袅袅，那里宁静美好。

江南冬日四章

林寒

林间是鸟的天堂，鸟儿是树的花朵。可这鸟儿包括白鹭、大雁或者雄鹰吗？它们的天堂在哪儿呢？它们是谁的花朵呢？

我不是一只鸟，关于鸟界诸多的事情我并不知道。来说林间的事，只是以一个偶然来到林间行走的人的身份。

来到林间，你才能更深切体会：霜降这样的节气，仅仅是针对北方吧？在南方，草木依旧葳蕤，依旧以绿展示它们茂盛的生命力。几片零星的落叶，想必它们是有做一只蝴蝶的梦想吧？

友人在微信朋友圈里晒北方林间火一样的落叶，还有人为翩翩起舞的落叶赋诗。他们将落叶拍得那么美，将落叶写得那么美，真不知道落叶是怎么想的，也不知道那些光秃的树木是怎么想的。

走在南方的林间，寒意已越来越重了。我身着一件外套，可明显有"可怜身上衣正单"的感觉，一阵阵寒意从袖口、领口，以及扣子的缝隙里钻了进来。这寒意，像拍CT时的X线。肌肉、血管、骨骼，以及所有的内脏，都在寒意的照射下，过了一遍。我不知道我的骨骼是否经受住了这样的检查与考验。我的颤抖是来自神经还是骨骼？骨骼怎能颤抖呢？不过，假如牙齿也算骨骼的话，那它一定是骨骼的败类吧，在我的嘴里，它一直打哆嗦，它瑟瑟作响。

树并不正眼看我，它们依旧一动不动地立在那里。风来的时候，叶子跟着起舞，摆动，想做蝴蝶梦的那些便开始一场蓄谋已久的飞翔了。而我像是一名闯入者。但林间似乎并不太在意。

这林寒，是降霜的前奏吗？或者它干脆就是南方的秋霜？

桂落

过了霜降，早晚便有明显的寒意。前阵子开疯了一般的桂花，这几日已相继凋落。王维说"人闲桂花落"，可其实，人不闲的时候，桂花也一样地落。这些日子，我几乎忙得连饭点都不正常了，哪里还能听得到桂花落呢！

好不容易，在某个午后得点空，来到园区漫步，途经一条小道时，发现有几株桂树。不知为何，望着眼前的桂树，竟像是遇见一位故人。我放慢脚步，在树前停下。树底下，落满细碎的桂花。仔细瞧去，落在地上的桂花已失去往日的风韵。"红颜弹指老，刹那芳华。"就像一名妙龄女郎，转眼间变成一位饱经沧桑的中年妇女。

桂花落在草丛上，与草丛一起，像是给树底下铺上一层带花的绿毯。我知道，再过几日，等秋霜一打，待秋雨一淋，它们便将要化作泥土。

零落成泥碾作尘，香怎能如故呢？桂花再香，再有怎样的传说，也终究逃脱不了成泥的宿命啊。我尝试靠近桂树，仰头、俯身，以最可能接近桂树的方式，想再去回味一番桂花的怒放与它馥郁的香味，可香味终究不能像一段视频那样，可以任你自由回放。科技高速发展，可大自然赐予我们的这些，终究无法将它们挽留。

要看它的怒放，要闻它的浓郁，必须要等到来年了。来年？来年在何处闻桂花香呢？来年与何人一起在桂花树下徜徉呢？

橘甜

桂花的零落，是它怒放岁月的终止，是它必经的生命历程，是否也是桂花因其他生物的即将登场而退隐，腾出一片空间呢？是的，再过些时候，就可以吃涌泉蜜橘了。可以这么说吧，在水果里，能让我有想吃的欲望的，大概只有两种，一是杨梅，二便是这涌泉蜜橘了。而从严格意义上来说，杨梅都还不能算，我仅仅只是拿它来酿制我的"胭脂红"。

这几日，与卖蜜橘的店主联系，问蜜橘什么时候上市。这位店主，是去年通过朋友介绍认识的。她家的蜜橘，地道、正宗，于是一直留着她微信了。微信里她说，要等到天再冷些时，蜜橘的糖分才会更足。降霜的过程，从物理学上讲，是水蒸气遇冷凝结而成。

橘子的品种很多，许多橘子性子急，耐不了这霜的考验，唯有这涌泉蜜橘，在霜的形成过程中，慢慢积聚着水分与糖分，一点点地酝酿，成熟，将这深秋、这人间，孕育成蜜一样的时光。

哎，为了尝到那蜜一样甜的橘子，体瘦、少脂肪的我，竟然盼着这天快些冷起来呢。

遍地金黄

办公楼前有几株高大的水杉，笔直高挺，亭亭玉立，葳蕤茂盛。每次路过，我都要朝它们投去仰望的目光。天气渐渐变凉，那层叠如松针模样的叶子，也一天天变黄。立冬当晚，一场小雨随风潜入，第二天一早起来，我发现湿润的柏油马路上，铺满了一层厚厚的金黄色"松针"。

立冬有三候：一候水始冰，二候地始冻，三候雉入大水为蜃。这大概说的是北方吧？不知立冬时北方是否有地方正在下着雪？莫非这满地的金黄，是此刻南方与北方的呼应，是南方的另一场雪？

重生

　　想起立冬雨夜，窗外传来沙沙沙的声音。推开窗户，循着昏黄的路灯灯光望去，淅淅沥沥的细雨在空中翻飞，落在远处的楼顶，落在近处的树枝上，落入楼下的草坪中。南方的冬雨像江浙一带的方言，温婉、缠绵，有难得的好脾气。可纵使这样，对于银杏、水杉这类树木来说，足以让它们感到季节的更迭与光阴的流逝。

　　银杏、水杉大概属于树木里耿直而细腻的那类。它们对风、雨、气温以及季节与光阴的感知，或者说感触，远比其他树木更敏感细腻。这是大自然进化过程中的恩赐，也是它们在漫长时光中自身修炼的结果。哪像我们这些整日坐在办公室里的人，常常忙得晕头转向，不分昼夜，不问秋冬。

　　万物皆是自然，一株草木也是世界。水杉、银杏被称为"植物里的活化石"，它们之所以能在千年甚至万年漫长时光的洗礼与淬炼中顽强地活下来，并在今天仍展现出顽强的生命力，是因其遵循了天道。

　　不过，我想的却是，在这样一个初冬的黑夜，一片片水杉叶，从枝头脱柄，零落、飞旋、飘舞，然后坠入坚硬的柏油路面。这一路的恐惧，那笔挺的树干是否知晓呢？那些窗户里正享受温暖如春的人是否能体会到呢？你是否只会为那满地的金黄而惊喜兴奋呢？

　　叶子落在地面上，被雨水裹着，它们几乎以同一种角度，仍朝向那些水杉——那里是它们的摇篮，是它们的成长地，也是它们的青春伊甸园……

　　立冬夜，我在梦中大哭一场。莫非，我的号啕是为这满地的落叶？或者我也是这满地金黄中的一员？

我的公元纪事

1

对公历纪年开始有一些认知,是 1989 年。

那年我十岁。对于那个年代的农村孩子来讲,我们的眼里只有连绵起伏的群山,时而温顺时而暴怒的河流,散落的不成群的几只牛羊,土地里一茬一茬的庄稼和杂草,以及这些庄稼与杂草里的蛐蛐、蚯蚓之类。这些构成我们的童年,也是我们彼时全部的世界。

我的父亲那时还算年轻。他经常晚上不睡觉,即使躺在床上,也总偷偷地抱着那台收音机,将音量调得只有他一个人能听见。许多年之后,我才知道他听的是一档电台节目。他通过这档节目去了解我们村庄之外的一些事情。

深夜的月色,皎洁而清冷,透过狭小的玻璃窗照射进我们的屋子,窄小的木床上铺着厚厚的稻草与棉被,我们呼吸匀称而平静,进入甜甜的梦乡。

我并不知道父亲几点才会关掉收音机,他听得津津有味,仿佛入了迷。他从不跟我们提起这些,一个人默默地收听,有时还会靠在床上抽起旱烟来。旱烟的火星一明一灭,在月色里像一只只萤火虫。

当时间走到今天,2022 年的元旦,我们家那台收音机早就不知去向了,父亲也已经变成一个每天看《新闻联播》都打瞌睡的老头子了。

算一下，三十几年过去。时光催人老，也催发许多时代的洪流。

2

1989年，我在村里高年级小学读五年级。我们的午饭是在学校食堂里解决的，每周背一次大米，挑一担柴火去学校。

记得一次下雪，由于我的靴子底部磨得太平，抓地性不强，我从好不容易才爬上去的山坡高处滑了下来。在厚厚的积雪上，我像坐着一辆雪橇，急速飞驰，溅起一浪浪的雪花来，两旁的山茶树仿佛成了我的观众，它们在为我鼓掌喝彩。

记忆是一件奇怪的事情，它总能屏蔽掉儿时许多的痛苦与艰辛，比如今天我想起这些事情时，竟然觉得那是一段特别美好的回忆。我似乎忘记了从山顶滑下之后，我破旧的棉袄撕开的窟窿，手上的皮肤被荆棘割破而鲜血淋淋，瘦弱的屁股、腿、胳膊之上，到处都是青一块紫一块。

有一天，在去学校的途中，我们在路旁的草丛里抓到了一只肥胖的野兔。当年看过一场电影，电影里有一名主人公叫"草上飞"，他的轻功盖世，虽不能腾云驾雾，但是可以踏着水面和小草的叶尖飞奔。也许是"草上飞"的神功附体，我们五个男孩在一只狗的协助下，让一只惊慌失措的野兔乖乖就擒。

我至今还清楚地记得兔子那双清澈透明的如同红宝石一般的眼睛，它用那双红宝石一样的眼睛惶恐地看着一群面黄肌瘦的孩子，它两只耳朵坚硬、挺立，腹部剧烈起伏，想要做最后的挣扎。但最终好兔难敌五双手，我们将它活捉了，用藤蔓捆住它的腿，塞进书包，带到学校，变成了一顿饕餮大宴。

我的数学老师姓汪，他是一名早年毕业的师范生，是我们村第一个有正式编制的教师。我的父亲，以及像我父亲一样的其他老师，都只有一个民办教师的头衔。汪老师的身份，让村里所有人都刮目相看，我后来知道这叫作尊重。汪老师会拉二胡，会教我们唱流行歌曲，比如《粉红色的回忆》《小城故事》，还会给我们变魔术戏法。他寓教于乐的教育方式，改变了人们眼中教师刻板威严的形象，拉近了我们之间的距离。

汪老师深知我们生活清贫，一日三顿酸菜腐乳、萝卜白菜，难得有一点荤腥。那天，他默许了我们剥兔子皮，吃兔子肉，但他并没有加入我们的狂欢。整个校园里都弥漫着奇异的兔肉的香味，这是一种神奇的味道，如山间的兰花香气四溢，如天边的白云飘逸舒展。我们啃着美味的兔肉时，他默默地站在一旁，嘴唇嚅动，眼睛里有泪光在闪烁。他似乎想要说些什么，但终究还是没能说出来。我仿佛在他眼里看到了他对我们残忍的容忍和对一只野兔悲惨下场的同情。我无法理解他这样复杂的情绪。许多年后我才明白，对于弱小者，包括对一只动物的同情与怜悯，是那个年代的人们最缺乏的品质。

与学校紧挨着的村支部来了很多干部，他们穿着整齐的中山装，手臂挂着鲜红的袖章，口袋里插着一支银光闪闪的钢笔，有些还戴着一副金丝边眼镜。他们将村里几个因吃不饱饭或瞧不起病而偷了三两棵树换钱的人统统召集过来，给他们办"培训班"。我并不清楚他们培训些什么，但我知道他们的口袋里装有明晃晃的手铐，还有小一些的拇指铐，据说那些偷树的人都戴过，不能挣脱，越挣脱会越紧固，像孙悟空头上的紧箍咒。

三十多年过去，我一直还记得我和汪老师一起锯柴的场景。明亮的锯齿整齐而锋利，在我们的拉扯之下，一寸寸锯入木材，锯屑落满一地，有如一场纷飞的大雪，覆盖了小小校园。汪老师一边拉锯，一边跟我说，学习要像拉锯一样，认准了方向，持之以恒，就一定会有所成。我似懂非懂地点头，更加用力地拉锯，让那场雪下得更加欢畅淋漓。这是我人生第一次接受这样的教育。也许不经意的某些场景、某句话、某个故事，会让人记住一辈子，它可能会对你的一生起到不可估量的作用。

我的语文老师是我的邻居，他喜欢拿着教鞭从四年级的教室一直敲墙壁到五年级的教室。只要他教鞭敲击声一响起，我们就会立马停止玩耍，做端坐状，两手拿着课本，立在桌面上，大声朗诵起来。等他一转身，我们便又离开座位，男生玩摔宝（纸折的方形玩具），女生玩石子的游戏。他的教鞭很粗大，但从未真正落到过我们的头上或身上，真被他抓住时，也只是轻轻地在我们的手掌心里敲打几下，但也够疼的。不过他仅教了我们不到半年，去被拐卖到合肥的女儿家做客，穿马路时被一辆货车迎头撞上，"啪"的一声倒在血泊中。他回来时，变成了一只黑匣子。葬礼上，他儿子打开骨灰盒，指着一块块硬币大的骨头屑说，你们看，这是你们的老师，我的父亲。

1990年，我以全乡第二名的成绩考上了初中。初中在更远一些的镇上，距离我家十几里山路，我们需要住校，一周回一次家。全乡能上初中的名额，大概仅有一百个，考不上的孩子得回家学门手艺，比如木工、瓦工、裁缝之类，那时外出打工的人还很少。考第一名的叫王胜，是另一所小学毕业的。进入初中很久，我也只知道他这个名字而已，一直不敢也不想去见他。他分在一班，我分在二班。我心里一直暗暗地较劲，决心要摘掉这个"老二"的帽子。每次考试完毕，我特别关注他的成绩，只要超过了他，我就会长舒一口气。我至今不愿服输的性格，大概是从那个时候开始养成的。这样的性格，让我一直保持着极强的好胜心，无论干什么事情，遇到什么样的人，总不甘示弱。

三年后，王胜去了高中，我被父亲强行休学一年。和他一样，上高中，考大学，也是我的理想。但父亲在报考前扼杀了我远大而宏伟的目标。在那盏昏暗孱弱的煤油灯下，我跟我的父亲发生了人生的第一场战争。战争的结果，自然以强胜弱。我不得不遵从父亲的意愿，选择报考师范。我清楚地知道，这不是我想要的，但家庭的经济状况决定了我必须做出这样的选择。

我就这样读了四年初中。第四年，我与一个叫航轮的同学坐在教室的最后一排。这样的位置，通常是留给差生的。由于多读了一年，我不敢将自己置身于比我低一年级的学生之中。我的脸上、额头上、背上，仿佛处处都刻有"留级生"这样的字样。它让我常常有失败、屈辱、怨恨、自卑感。当年考第一名的王胜，他不再是我心底暗自较劲的人，他已踏上一条康庄大道，前途光明似锦，而我注定只有一条路——重操祖业，回到山里做一辈子孩子王。我的心思在很长一段时间不能回到学习上。航轮经常跟我分享与女生交往的秘籍，熄灯之后给我讲女生宿舍里的故事。那时我们已经有了性的冲动，对女生常常充满幻想。每天中午，我趴在桌子上佯装睡觉，但我基本都在盯着那些女生鼓胀的胸脯，它们的颤动让我魂不守舍，心神不宁。

1994年暑假，我现已故去的二叔在村头大喊"敏佬考起来了，敏佬考起来了"。弟弟替我去学校查看中考成绩，经过二叔家时把消息第一个告诉了他。他洪亮的嗓门像一只扩音喇叭，响彻云霄，喊声在村庄的上空久久回荡。多年后，在他的葬礼上，我喊我的二叔，"二伢啊，你路上要喝清茶，不要喝浑茶哦"。我的声音同样在村庄的上空回荡，但他永远不能回应我。听到二叔的叫喊，父亲郁郁的脸终于放晴，母亲掀起围裙喜极而泣。

同一年，小叔经过三年复读后，终于考上大学。他读的是医学专业，据说需要坐轮船才能去芜湖。江水滔滔，汽笛长鸣，可那也是我向往的远方啊。可是，我这一生将永远错过进入大学校园的机会了。师范学校离我家并不算远，大概一百公里的样子，就在邻县的县城里。去往学校甚至连客车都不需要，我乘坐一辆"突突突"冒着滚滚浓烟的破三轮便赶到了学校。我的行囊里，除了一些必备的生活用品之外，还有我从小叔那里要来的高中英语教材。我信誓旦旦，决定在师范里自学英语。是的，我的大学梦想那时还没宣告死亡。

重生

　　然而，这终究只是一腔热血而已，我很快便忘却了自己的鸿鹄之志。到1997年师范毕业，我的三年师范生涯其实过得一直都比较晦暗。我的班主任并不喜欢我这样一个桀骜不驯的学生，加之生活的清贫、个性的好胜，我常常生活在一种自卑与忧郁之中。内心深处的自卑与好强，让我有时变得像一只刺猬。在许多人眼里，我性格顽劣、好斗、不合群，也不务正业。我常感觉到我不能真正融入同学们的圈子，他们的欢笑、他们的大闹、他们的兴高采烈，仿佛都与我无关。很多时候，我像一名独行侠，一个人去教室，回宿舍，到食堂。师范二年级，我开始迷恋上器乐，学说相声，进行文学创作。我通过自己的摸索，先后学会了演奏小号、大号、圆号。我尝试学写诗歌，写小说和散文。

　　如果说师范三年里，有什么可以值得回忆，那就是与妻子成为恋人，有一两个至今还保持联系的同学，也许就这些罢了。这些兴趣爱好，陪伴我度过了那段青春懵懂而又卑微的岁月。至于学习成绩，我挂科补考几次，我曾被班主任和数学老师以直方图的排列方式深深地"伤害"过。因闹肚子住院，我错过了期中考试，期末考试后的综合成绩排序中，我位列全班倒数第一，一个人独自占据一条小小的直方图，被摆在直方图的最前面，并且还与其他同学间隔了一段距离。那时，我恨不得找一条地缝钻进去。直到今天，我对这样的直方图仍心怀戚戚，它仿佛一段魔咒，困扰我多年。

　　因为被老师另眼相看，被不少同学排斥，我变得孤独而敏感，脆弱又倔强。也许到现在还是这样。如今，对某些现象、某些事物，我会有自己的价值判断，我从来都不愿意加入那种场面恢宏、声势浩大的合唱场面，更不会大言不惭地溜须拍马。这样的秉性，让我这些年的生活与工作并不顺畅，常常因此而四处碰壁。我曾十分恼怒自己这样的执拗与固执，为何不能像别人那样随大流一些呢？为何不能在嘴上抹一点点蜜汁呢？我清楚地知道，异见是和谐的敌人，历史上没有一个时代有异见者的市场。古有屈原的"宁溘死以流亡兮"；有陶渊明的"结庐在人境，而无车马喧"；近现代则有鲁迅的"横眉冷对千夫指"，有许多为众人抱薪的人。他们或郁郁寡欢，或归隐田园。

我于公历1979年1月出生，九岁读四年级时，我还不知道有"公元"纪年这个概念。从1989年小学五年级至1997年师范毕业，这八年漫长而又短暂的时光，算是我公元纪年里青涩的学生时代。师范毕业那天，空旷的校园里响起了吴奇隆的《祝你一路顺风》，那忧伤的钢琴、低沉的大提琴和高亢的口琴声里，我背起行囊，与同学挥手告别，踏上一辆三轮车离开生活了三年的校园。

我这一生的学生时代宣告结束。

3

1997年，香港回归。我在家里的那台黑白电视机上收看了回归交接仪式和各种庆典活动。作为一名中国人，在五星红旗冉冉升起的那一刻，我感到无比的自豪和激动。这一年，我们村刚修通了公路。公路极其简陋，不说柏油水泥，就连石子也没铺。二叔刚学会骑摩托。那是一辆破旧的二手摩托，他用脚使劲地蹬了十几下，发动机才发出隆隆的轰鸣声来。二叔说，你坐稳了啊。说完便转动了手中的油门。由于他用力过猛，摩托噌的一下飙了出去，我从后座一屁股摔了下来。我跌落时，看到山川下坠，云朵飞天，树木癫狂，杂草龇牙咧嘴。我清晰地听到我的手腕"嘎吱"一声脆响，紧接着我的屁股、后背，重重地砸在马路上，我四脚朝天，头顶的太阳金光闪烁。这破旧的摩托，远比一头桀骜不驯的马更令人猝不及防。我浑身疼痛，衣服上全是泥土和灰尘。

二叔飙出几十米远，才将他胯下的这匹"野马"驯服了下来，他回头冲我喊道，敏嘞，没事吧？我吃力地从地上爬了起来，用疼痛的双手拍了拍身上的泥。我不敢用力，生怕手掌掉了下来。这是我出门时刚换上的新衣服。母亲见我第一天上班，连夜卖了三只鸡、一筐鸡蛋，托人给我买了一件衣服。母亲说，你现在是一名老师，得穿得像个老师的样子。我对这件新衣服的心疼远超过了对我受伤身体的心疼。二叔的喊声让我回过神来。我又开始担心起来——我将要以一个残疾的灰扑扑的形象去学校报到。

父亲只与乡教委主任和校长（他们都是我家的亲戚）打过招呼，并没有把我分配的事同教务主任说，他多少有一些想法。要知道，当年有太多的人想进到初中去，小学老师与初中老师，貌似不是一个级别。他一开始并没给我排课，场面一度有些尴尬。终于在几天后，他提出听完我的课再说。

我知道这一堂试教课的重要性。我试讲的是化学课的《序言》。我早已忘却我当年是怎样讲这堂课的，我受伤的手是怎样写板书的。那天，教务主任坐在教室的最后一排，一开始他眉头紧锁，眼里全是挑剔，到后来开始频频点头，面露笑意。我知道，我标准的普通话、风趣幽默的语言、深入浅出的讲述，赢得了他和学生们的认可。

枯燥乏味的化学与物理课，被我上成了艺术课一般。我编顺口溜让学生记住冗长的化学元素表、纷繁的化合价、复杂的化学反应。我将单质比喻成"光棍"，氧化物比喻成一对"新婚夫妇"，化合物比喻成一个"家庭"；我通过"清水变牛奶""燃烧铁丝""制氧气"等实验，激发学生们的学习兴趣，让学生通过联想进入微观领域，去认识分子、原子、离子以及质子、中子和电子。我用说相声、讲故事的方式，让那些难以被理解的化学原理、专业知识变得通俗易懂起来。

半年下来，我所带的两个班级平均成绩超出了平行班级十几分。乡教委主任正好那会儿在学校推行绩效考核，平行班级中平均分低于其他班级五分的，发一张黄牌，低十分的将发一张红牌，黄牌的处罚结果是扣罚年终奖金，红牌则是直接停课接受培训。与我教平行班级的是我初中的化学老师，他也是我的一个亲戚。我虽为取得的成绩沾沾自喜，但也知道如果这成绩公布出去，对我这位亲戚老师将非常不利。成绩公布之前，我跟统计分数的老师私下商量，让他将我带的两个班级平均分减一些下来。

严苛的绩效制度终于引来了"火山"的爆发。许多老师联名写信到县教委状告我的那位乡教委主任亲戚，举报他贪污受贿。不少没课教的人，开始四处串联，挨个劝说我们签字画押。我那时太年轻，不能对事实的真相做出自己准确的判断，也不能对这满校园的风雨有自己清晰的认知，在他们的蛊惑下，稀里糊涂地在那封联名信上写下了自己的名字。

多年后，我读了《乌合之众》，勒庞在书中指出，当个人是一个孤立的个体时，他有着自己鲜明的个性化特征，而当这个人融入了群体后，他的所有个性都会被这个群体所淹没，他的思想立刻就会被群体的思想所取代。而当一个群体存在时，他就有着情绪化、无异议、低智商等特征。

"蓬生麻中，不扶自直；白沙在涅，与之俱黑。"环境对于一个人的影响，的确是巨大的。良好的环境能催人奋进，令人积极阳光；恶劣糟糕的环境则使人堕落，玩物丧志，甚至失去良心与道德底线。在一年的时间里，我这样一个不愿意随大流的年轻人，很快便与众多的老教师"混"到了一起。我竟活得如此世俗和世故。我对不起这位亲戚，辜负了他对我曾经的喜爱与关怀。这是我从教生涯里干的最愚蠢的一件事情。

举报的事情因为没有确凿的证据而宣告破产。县教委将处罚的鞭子打在了校长的头上，罪名是领导无方，管理不力。按照县教委的安排，他将被另一所学校的副校长替代。老校长待我不薄，除工作上支持我，在生活上也给予了长辈般的关怀。"欲加之罪，何患无辞"，我觉得这是给他莫须有的罪名。我们几个年轻人决定以鸡蛋去碰石头，商量着要去保护这位校长。我打电话给那个即将要来上任的校长，告诫他看清形势不要来。宣布他任职那天，我故意骑着摩托经过会场，县教委的领导气得直跺脚，指着我大声斥责，你小子他妈的给我停下来！去你妈的！我吐了一口唾沫，轰响油门，头也不回地扬长而去。

物理学原理告诉我们，在相向而行的力量碰撞中，双方承受的力量是相等的。鸡蛋终究脆弱，石头终究坚硬。以卵击石的结果自然以鸡蛋的破碎宣告结束。任何一个弱小的个体最终总不得不屈服于强大的集体组织，他们以所谓的制度、权势、武力以及文化统治，让每一个其中的人活得唯唯诺诺，小心谨慎，颤颤巍巍。不过，总还会有一些视死如归的人吧，莫言在《生死疲劳》里成功地刻画了一个叫"蓝脸"的人，无论洪泰岳与西门金龙怎样威逼利诱，他稳如磐石，始终坚持单干到底。

当然，生活不是小说。我因为拒绝和反对这位新校长的就任而吃尽了苦头。新校长上任第一天晚上，他召集全校老师开会。我因给学生讲解一道题而迟到了三分钟。我刚走进会议室，他便跟我严厉地说道：苏敏，你迟到了三分钟，按缺席论处。我当然不甘示弱，立马回答道：既然缺席，那就不奉陪了。我扭头一转身，直接离开了会议室，继续回教室给学生辅导。

会议大概进行了三十几分钟，一个同事跑了出来。他跟我说，你迟到三分钟算缺席，谁谁谁迟到了三十分钟仅作为迟到处理。这不明摆着要整你吗？他话音刚落，我热血立即往上涌。我"啪"的一声丢掉手中的粉笔，三步并作两步冲到会议室，上气不接下气地问道：我到底是缺席还是迟到？缺席！必须严惩。新来的校长冰冷的回答、不可一世的神情，我至今仍旧记得。真的算缺席吗？为什么我早来算缺席，后来的人仅算迟到？我越发激动起来。我说你缺席就是缺席！他桌子一响，一巴掌拍了下去，整个会议室里迅即静得能听见喘气声。你还翻天了？他紧接着再来了一句。我二话不说，随即转身，以百米冲刺的速度跑到宿舍里，操起一把生锈的菜刀，再次来到会议室。我将菜刀朝桌上奋力砍去，桌子如一只受潮的大鼓，发出"嘭"的一声沉闷的巨响，菜刀稳稳地扎进桌面里，发出持续而漫长的晃动。会场鸦雀无声，空气顿时凝固起来。是你说了算还是它说了算？我大声吼叫，用一只手指着桌上的菜刀。菜刀的锈迹此时发出一道神奇的光芒来，他给了我无限的勇气与力量。那一刻，我仿佛成了手持长矛旧盾的堂吉诃德。

人在失去理智的情况下，往往会干出许多不计后果的事情。我至今仍这样认为，这位校长当时并没有真正原谅我。他只是担心我的冲动而已，他担心我的冲动会带来许多不可想象也不敢想象的结果。后来的时间里，我们虽然看起来相安无事，但他舞长袖，施冷箭，从那之后，无论我教学成绩再怎样优秀，评优晋升这样的好事便再也没有落到我头上。

还有一件有趣的事情。这位校长与老师们打麻将几乎从来没输过，每次都会赢钱。有一次，我站在一旁围观他们打牌，特意盯着他，看他究竟是怎样"赢钱"的。那天，我发现了一个十分奇怪的现象，他除了洗牌、码牌和和牌时两只手放在桌上，其他时间里另一只手总是放在桌面之下。而这只手里，他一直捏着两只麻将牌。几圈之后，他便会将抓来的牌放到桌子下，佯做思考状，其实是在暗地里调换。

两年后，他因有功，调进了县城一所学校。老师们像送瘟神一样送走了他。他离开的那天，算是我从教的出头之日。在随后进行的学校中层管理干部竞选中，我以领导评分第一、教师评分第二的成绩，被选拔为教务主任。那年是2003年，我二十四岁，算是全县最年轻的教务主任。但任命的红头文件还没发下来，病魔君找到了我。

生病的故事，我在这里不想花太多的笔墨，它是我生命之中最不可抹去的一段历史，也是我公元纪事中必须要提到的一件重要的事情，前后两年多的治病经历，惊心动魄，惊天地泣鬼神，它彻底地改变了我的命运轨迹和人生走向。

2005年，我重新回到学校带课。那时的我，因治病变得家徒四壁，负债累累。回学校时，我的身体仍很虚弱，隔三岔五需要挂水。可等到年底发工资时，简直让我哭笑不得。由于带课不多，半年下来，课时费只有九十八元，抵不了一瓶药水钱。生活将我逼入绝境，我不得不奋力反击。我需要想办法去挣钱。治病欠下巨债不说，我一家人连续三年没地方过年。我迫切需要改变这种窘迫的状况，我先后送过牛奶、摆过地摊、开过小店。

2007年，我顶着巨债不还的压力，在县城买了一套三室两厅的套房。那时房价并不算高，一千多元一平方，总价十六万八。我们一家人终于有了属于自己的房子，再也不用每到春节就发愁无处过年。搬进新房的那天，寒风凛冽，大雪纷飞，弟弟在小区里燃放起了烟火，在纷纷扬扬的大雪与璀璨的烟火里，我们一家人相拥而泣。我知道，那是喜极而泣的泪水。

从1997年到2011年，我真正在学校从教只有六七年时间，这六七年里，我几乎教过了除英语之外的所有课程。我带了不少的学生，他们至今仍有很多与我保持着联系。我也取得了不少的成绩和荣誉，先后被评为优秀教师、优秀班主任，在论文比赛中荣获全市一等奖，在全县的优质课评选中荣获三等奖。我想，如果坚持教书，我应该可以成为一名不错的老师。

生病后，我还在县城创业过——办培训班。短短的两年里，我的培训班迅速成为全县最大的培训中心。与此同时，我还在一所职业高中兼职上音乐课。连续几年里，我让不少的音乐艺术生考上了他们向往已久的大学。这算是我人生第一次正式的转型。

正所谓：树挪死，人挪活。多年以后，我庆幸自己离开了当初的学校。但我知道，学校的那段经历给我后来的职场生涯提供了丰富的经验和较为深厚的知识储备。我也偶尔会怀念那段从事教书工作的清贫的日子。从年龄上讲，那仍可以算作是我的青春岁月，虽无多大宏伟梦想，但我挥洒过汗水，甚至是热血。可以这么说，虽经历了一些与那位校长之间不开心的事情，但却是我这半生以来压力最小、生活得最为自由和幸福的日子。

命运的车轮滚滚而行，这样的日子一去不复返了。

4

我常常思考我与温州之间的关系，打工仔、职业经理人、写作者、旁观者、城市与乡村发展建设者、异乡异客，或一个路人？我不能准确地定义我在温州的身份。自2011年3月到2021年，除有两段时间不长的南京与杭州工作经历，我在温州工作和生活已经整整十年了。

我的故乡离温州七百多公里。我现在还清楚地记得当初背起行囊，来到温州的一幕一景。那天早上，趁女儿还没睡醒，我取出一张纸和一支笔，给她写辞别信。女儿刚刚八岁，上小学三年级，正需要我的陪伴。

我的母亲曾在我小的时候去过温州，她在一家螺丝厂干苦力，后来由于父亲不善操持家务而不得不草草结束她在温州的打工生涯。我的一个姨夫，曾在温州一家化工厂工作，后来患淋巴癌不治身亡。温州是民营经济发祥地，造就了无数的财富神话，但对于那时的我来说，可能更多的是一些虚幻，甚至恐惧。

我来到温州那天，天已经很晚。老表开着他的奥迪来接我。比我小一岁的老表，初中还没毕业就在温州打拼，如今他在温州一家皮鞋公司当老总。我那时希望他能给我安排一份工作，他并没有直接答应我，只是跟我说，你到温州来，我管你吃住。也许老表是在担心我的身体，也许在老表眼里我只是一介书生，吃不了苦，混不了职场。

我的确没有任何的职场经验。穿梭于那些陌生的人才市场，在密密麻麻的招聘摊位之间，我期盼有人向我伸出橄榄枝。整整一个星期，我从早到晚，从东街到西巷，没有一家公司愿意收留我。不过，我并没有气馁。我知道，开弓没有回头箭，在温州，我只有一条前进的路，没有退路。

一周后，我收到了两家公司的面试邀请，一家是皮鞋公司，另一家是做消防安全器材设施的公司。在老表的建议下，我选择了皮鞋厂。但就在等入职的过程中，我又阴差阳错地通过了一家南京服装公司在温州组织的面试。

皮鞋厂开的工资比服装厂低，我毫不犹豫地选择了南京。我那时缺钱啊。在南京，我干了三个多月。这是我人生的第一份职场职业，我的职务是办公室主任。没有一天职场经验的我，竟然顺利地通过了公司的试用期考核。不过，我终是不能容忍女老板那暴躁的女王脾气，转正后不久我便提出了辞职。2011年7月，我再次回到温州，成了一家五金工厂的人事行政部经理。我白天上班，处理各种事务，晚上恶补人力资源有关的专业知识，也就是从这里，我开始成为一名真正的职业经理人，开始了我全新的职场人生。

2013年10月，我入职温州乐清一家集团公司，担任董事长助理角色。在这家单位任职期间，我除了分管公司的人力、行政以及物业外，还协助董事长处理位于温州经济开发区的项目建设事宜。从项目的规划设计，到后期的施工验收和项目的租赁，我几乎全程参与。记得那时我经常撰写报告，常常参与市政府牵头组织的项目攻坚专题会议，几乎成了市政府的常客。项目建成后，有数十家公司入驻，大大解决了中小型企业土地厂房困难。

在这家公司任职期间，我为时任市政协委员的董事长撰写过一份提案。提案的议题是关于防治雾霾等严重大气污染的。那几年，全国上下的空气都不太好，经常到处都是雾霾，温州自然也不例外。走在大街上，常有"霾深不知归去"的感觉，浓雾弥漫，隔着一条马路都不能看清对面。这份提案迅速得到了有关部门的回复，引起了高度重视。随后不久，我以"微笑魅力"的署名，在《乐清日报》上发表了一篇题为《为乐清的蓝天白云翘首期盼》的短文。

第二年，我以《还有一扇门，还有一条路》为题，于高考语文结束公布作文题后写了一篇文章，发表在当时的《温州日报》上。这可以算作是我在温州从事文学创作的起步。虽然在此之前，我已经开始写作，也曾发表过一些"豆腐块"，但真正登上乐清与温州的纸媒纸刊，这应该算作第一次。我至今还珍藏着刊有我作品的《乐清日报》与《温州日报》。每当看着那发黄的报纸时，那些过往的点点滴滴又再次浮上心头。

离开这家单位后，我有幸成了正泰集团的一名员工。成为一名正泰人，可以算作是我闯荡职场多年的一个梦想了。当然，进入正泰公司，也是一波三折。我入职的并非正泰集团本部，而是正泰集团下属子公司。这家公司主营业务是电镀加工，为各产业公司提供低压电器零配件的表面处理，如镀银、镀锌等。由于工艺原因，车间内会有一些异味，这些气味可能会对身体造成一定影响。我的生命是花了巨大的代价挽救回来的，我的身体也并未完全恢复到健康人的水平，因此，我的妻子并不同意我入职。另外，这家公司紧挨着一座公墓，大门右边不远处，便是一座坟山，皑皑的坟头，在阳光下显得特别刺眼；阴雨天里，又让人瘆得慌。

我当时先后两次拒绝了这份邀约。但求贤若渴的高总，让人力资源部给我打来了三次电话。古有三顾茅庐，今有三次电话邀约，我实在是有些感动。于是，做通妻子的思想工作，毅然来到了古镇磐石。

在这座小镇上，利用周末，我写下了许多文字，其中一篇《小镇笔记》便是以这座小镇为背景来创作的，发表在2017年的《山西文学》上。在这篇文字里，我写到了这里古朴的街道，一匹挂着铃铛的白马，滔滔的江水，田间轻盈的白鹭和这些质朴而又勤劳的温州人。

后来，公司新换了一名总经理。这名总经理并非温州人。他来公司后不久，迅速破坏了原先较为和谐轻松的团队氛围。他因安排一名亲戚入职，被我以不符合录用条件、薪资超出公司标准而婉拒后，便不断给我小鞋穿。我再也不是当年那个手持菜刀的青年了。无奈之下，我只好离开磐石，去了正泰的太阳能公司。后来我得知，这名姓周的总经理也已经离开了正泰。得到这个消息时，我长舒了一口气——这世间自有公道。

太阳能公司位于温州胜利塘，笔直宽敞的疏港公路与绵延坚固的防潮大堤之间，原本是一块滩涂、盐碱地。在没有这海堤之前，遇到潮水上涨，这里便是汪洋一片；潮退之后，则是杂草丛生。

2015年，正泰集团在这里建成了面积约四千五百亩的农光互补光伏发电基地。与往日不同，现在的胜利塘不再是过去的"龙须沟"了，堤坝之外，是时而波涛汹涌、时而安宁静谧的大海，堤坝之内，则是一块块太阳能光伏板，洁净、瓦蓝、整齐划一，如一排排静谧的海浪。公司的办公楼是一幢红色的建筑，伫立在蓝色的太阳能光伏板中，远远望去，如一艘船航行于蔚蓝的波涛之上。

每到春天，太阳能光伏板之下，便是一眼望不到头的油菜花。我喜爱油菜花。我始终觉得，百花虽美，但它们在气势上，都无法与油菜花相媲美。哪怕只是田间一处，地头一角，油菜花也总能展示出不一样的气势来。尤其是被成片栽下的油菜，这种气势，更是势不可当，有一种极强的魅力。三四月，是属于油菜花的节令，只等春雷炸响，只待春风吹来，一幅声势浩大、恢宏壮丽、令人荡气回肠的画卷便铺卷而来。每天早上，推开办公室的窗户，便有菜花的清香飘了进来。沉浸在这样清冽的花香中，人的精神也总能为之振奋和爽朗。

除了建设这样的大规模的农光互补光伏园之外，我们还为许多企业楼顶搭建了光伏发电项目。当然，我们做得最多的还是为当地的村民建设屋顶光伏发电站。当地的村民自建房楼顶大多是平顶式，既不能隔热，也不能利用，年久还容易渗水。针对这一实际情况，我们设计开发出抬高式光伏发电项目，利用不锈钢作为支架，为村民们搭建了一间间空中阳光房。无论是农光互补光伏园，还是厂房与居民房屋楼顶搭建的光伏发电项目，都为温州的绿色能源发展起到了重大的推动作用。

为了让老百姓了解并愿意接受这样的项目，我们经常到各个村镇去做宣传推广活动。我去得最远的地方是岭底乡仰后村。从公司出发，途经蒲岐古镇，穿过一段平缓的雁楠公路，一座座突兀的青山便横亘在我们的面前。盘山的公路，七拐八弯，九曲回肠。公路一侧是绝壁，一侧是深渊。这是一条人工开凿的公路，路旁的石壁上，隐约可见斧砍刀凿的痕迹。定睛凝神，仿佛依旧能听到整齐而铿锵的号子声，叮当叮当的锤打声和那震耳欲聋的炸药轰鸣声。一条路的开拓，是一方村民不屈不挠的斗志与不甘于贫穷闭塞的写照与赞歌。前人开路后人受益，因为老一辈村民的努力与汗水，他们的后代今天方能进出自由，畅通无阻。

透过车窗，两旁的山峰一座连着一座，一座挨着一座，像孪生的兄弟，远看上去有些形似，近看却又各不相同。有的壁立千仞，有的巍峨起伏，它们似乎在比赛，看谁长得更高吧？丛生的灌木、杉树、松树、樟树，以及诸多我叫不出名字的树木，郁郁葱葱，葳蕤挺拔，散发着浓浓的绿意。点缀其间的竹林，又是另一种景象，仿佛正用它们青翠欲滴的绿叶，展现苍劲之中的柔美。

满目青翠之间，有大小不一的溪流飞溅，从绝壁之上，一跃而下，如瀑如练，给群山添了些妩媚，也让沉默的群山鲜活起来。打开车窗，让山风钻进车厢，钻进我们的鼻孔、肌肤，以及每一个毛孔；让那如大珠小珠落玉盘的溪流声，流进我们被车马喧嚣充盈的耳朵。

当然，说起温州，还有件事不得不提。2019年8月10日凌晨，超强台风"利奇马"在浙江温岭隘顽湾沿海登陆，温州也基本可以算作风圈之内。在那次台风中，我们的光伏发电站经受住了严峻的考验，除少数被台风损坏外，大多数稳如泰山。

也许，我在温州的多重身份难以用简短的文字描述清楚。在这里，我不仅还清了所有的债务，而且利用业余时间取得了许多的荣誉。2013年至2014年期间，我囊括了温州三大演讲比赛冠军。我为温州写下的歌词《你是我心中的最美》获十佳歌词奖。我先后被评选为温州新闻阅评员和时政宣传员。

2019年，我顺利加入浙江省作家协会，同年底获温州散文家奖。2020年，我入选了温州市文艺人才培养"新峰计划"，散文集《我的右眼没有泪水》获得温州市政府项目资金支持。2021年，我又入选浙江省"新荷计划"人才库。

这十多年里，我失去了我的爷爷、我的奶奶、我的二叔三位亲人。

汪峰在一首歌里唱道：我在这里欢笑，也在这里哭泣。我在这里迷惘，也在这里寻找。2011年到2021年，十年有余，温州留有我太多美好的记忆，留有我太多奋斗与坚持的汗水，留有我太多追寻梦想的足迹。我曾说，温州给了我重生。

——如果没有温州，现在的我将会是怎样的呢？

4

公元，即公历纪年法，是一种源自西方的纪年方法，原称基督纪元，又称西历或西元，是以耶稣诞生之年作为纪年的开始。我国古代大多采用年号纪年、干支纪年、生肖纪年等。辛亥革命爆发后，民国政府开始采用公历作为国历，公元纪年法与民国纪年法并行。我的爷爷在我很小时回忆起某件事情就常说过民国几年几年这样的话。新中国成立后，我们开始使用公历和公元作为历法与纪年。

写下这篇文章的结尾时，我正在一辆高速行驶的列车上。在新年元旦的雾霭里，在新年伊始的大地之上，这条白色的长龙高速奔驰，呼啸而行。此刻，车厢之内温暖如春。窗外的群山、建筑，在依旧寒冷的冬日里快速后退。时光犹如这滚滚的车轮，已悄然来到了公元2022年。不说百年千年，十几年、几十年，我们的国家足足变了个模样。脱贫攻坚战全面胜利，人们的生活水平有了大幅度的提高，再也不用为吃不饱、穿不暖而发愁。就连手机、汽车都变成了基本的生活用品了。不过，放眼世界，政治纠纷摩擦不断，地域争端时有发生，种族主义依旧盛行，未来存在太多的不可测。世界经济在一片波折中前行，让人看不清未来。

朋友圈里，许多人都在为新年的到来欢呼雀跃，在深情地展望与祝福。我并不像许多人那样热切期盼新年的到来。以我有限的经验判断，不出意外的话，对于我们极小的个体，所谓的新年大多是过去一年的重复而已。我们的日子依旧会是柴米油盐酱醋茶，平平淡淡而已。它能有怎样的惊喜呢？

不过，这似乎并不是一件令人懊丧的事情。我这四十几年里，也许未曾像那些伟大的政治家那般大起大落，但却经历过生死，经历过悲欢喜乐，经历过风风雨雨，经历过琐碎平常。人到中年，真正希望的，不恰恰就是平淡与简单吗？我们的日子，正由一个个这样的平淡与简单叠加，重复，循环。也许有时候，这样的叠加，重复，循环，可能近似于一种乏味与无聊。但谁的人生又曾有过真正的意义呢？人生的真正意义何在？

当然了，如果在这些无聊的重复里，有一些小小的涟漪、小小的波澜、小小的惊喜，那都将让我们体会到活着的无比美好啊。

后记

物质与精神的托

从策划到写作《重生》这部书稿，有二十余年了。2003年，那个寒冷的冬天，我从苏州第一人民医院临时出院，回到十梓街尽头的一间陈旧的出租屋里，坐在那扇老式的冬日阳光照拂下的玻璃窗前，我就曾畅想过我可能的未来——等我将来康复了，我一定要开家小店，出一本书。

小店准备开在我教书的学校里。我想，按照我治病欠下一屁股巨债的实际困难，学校应该是会允许我经营一家小店的。毕竟学生和老师们都有购买生活必需品的需求。另外，与学校门口的那些店主相比，我至少是不会向学生兜售香烟、啤酒，不会贩卖假冒伪劣和不符合食品卫生要求的各种零食小吃的。

2006年，我拖着尚未痊愈的身体回到学校后，的确实现了我经营一家小店的梦想。小店生意也的确不错，它带来的收入远比我那时的工资待遇要高。只不过，我动了别人的奶酪，抢了别人的生意，让不少人眼红忌恨，小店没能继续开下去。生活还得继续，我不得不另谋出路。

2021年，我实现了当初的第二个梦想——出书。我的第一部散文集《我的右眼没有泪水》在春风文艺出版社出版后，赢得了众多编辑、作家以及读者朋友的认可与好评。有读者戏称我为"苏铁生"。

在这本散文集出版前，我有事去合肥出差，晚上老表请我们一行人吃饭。席间，正上大学读播音主持专业的女儿说她有一个视频作业，希望我能帮她一起完成。就在吃饭喝酒的空隙，我们父女俩在隔壁包厢里完成了我的新书出版发行的首次采访。这次没有经过事先准备的访谈对话，在网络上竟然获得了十万多的点击与浏览量。采访过程中，女儿曾问我下一步的创作计划，我记得那时信誓旦旦地说，我还要继续出版第二部散文集。

在《我的右眼没有泪水》里，我用了不少的篇幅写我生病以及与病魔斗争的故事。但总觉得我并没有将这件事情写透。许多生病期间的细节与故事，与病魔做斗争以及生活的艰辛，为了偿还巨额债务四处流浪打拼的辛酸，等等，并未能较为详细地记录与书写出来。这是属于我个人的历史与公元纪事，我有必要再着些笔墨。不过，我一直没有动笔。

2020年，我出差到四川攀枝花，途经云南时，去拜访了《滇池》的包倬兄。在包倬兄的编辑部大楼里，我们相谈甚欢。包倬兄鼓励我用三万字左右的篇幅完整地将这段故事做一个叙述，也是对过往做一次认真的总结。实话说，如果没有包倬兄的鼓励，可能没有《重生》这篇文章，也就很可能没有《重生》这部散文集问世。说到这里，我要对我那个长发飘飘的凉山兄弟说声谢谢。

我并不是害怕回忆那场惊心动魄的战斗和那段不堪回首的往事。对于肌体，对于生命，那场疾病简直就是一场毁灭性的打击，是一场几乎不可逆的灾难，它至今还常令我从噩梦中惊醒；但对于我个人的成长，对于我对这个世界的认识与体验、冲突与和解，则是一段十分重要而难得的经历。没有这一场疾病，不可能有《我的右眼没有泪水》和《重生》，也可能没有今天的我。

我写下的关于疾病的文字，尽量不让它们雷同，也尽量不要让读者觉得我这是在卖惨。当然，我在写作过程中，也并未想过我要呈现给读者一部什么样的作品这样的问题。我认为，写作其实是一件极其个人化的事情，是一个人寂寞地面对过往、面对当下、面对未来，是一个人孤独而勇敢的战斗——与诱惑、寂寥、写作无用论、柴米油盐以及腰椎、颈椎、高血压们的战斗。

我时常问自己，我为什么要一次次反复去书写那些病房里和病房外的故事，让自己再去"经历"一遍病痛的折磨和那段令我绝望的日子？难道自己还没被那些病痛折磨够吗？我为什么不能选择性地遗忘掉那段人生中不堪回首的往事？而非得拿着一把明晃晃的手术刀将自己的经历再血淋淋地解剖一遍又一遍呢？

心理学专家范德考克说，写作最能平衡人的情绪，调节人的内在。可能疾病给我留下的伤害，远不止肉体上的痛苦与经济上的窘迫，更有内在的精神层面的创伤吧。它需要我一遍遍反复地书写，像给伤口换药那样，一遍遍擦拭碘伏，清淤，除脓，剔掉腐肉，再撒上药粉，用药棉和纱布包扎好。除此之外，还需要时间，需要自我的免疫。我必须慢慢等待，等待精神层面新的血液、骨骼和皮肤重新生长出来。也许，唯有凝视深渊，重建当时共生场景，才能一点一点走出来。曾经经历过的痛苦，可以成为我们变得强大与勇敢的一种力量。我也终于明白，我每写下一篇，对疾病与死亡的恐惧便会少一点，与这个世界的和解就更深一层。

当然，在创作过程中，我在写作上也做了一些艺术上的调整。创作《重生》及书中其他文字时，我试图改变传统散文写作中的小抒情和小趣味面貌；在情感表达上希望通过感同身受的细节呈现直抵读者灵魂深处；在选题选材上兼容并蓄，力图以个人小叙事来绘制时代的精神图谱；在写作手法上通过动用视、听、触、嗅觉等多重感觉进行散文写作，期待能让读者得以深度卷入故事和文本当中，逐渐恢复我们感性体验中逐步丧失的敏锐感。我尽量以最真实的经历与内心的剖析书写个人生命体验，从个人出发去追问当下普遍的人类困境，期待建构当代文学一种独特的价值命题与美学向度，赋予文学朴素、深沉、温暖、高贵的品格。

我尽力去这样做，不知道是否做到了这些？我自己不敢下结论。这有待我亲爱的读者朋友们来评判与斧正。

这年头，出一本书实在不易。《重生》的出版，要特别感谢浙江省文化艺术基金管理中心、浙江省作家协会、中共温州市委宣传部、温州市文联、瑞安市文联等多家单位。作为一个新温州人，能在异乡获得市级和省级的文艺项目基金扶持，让我倍感温暖。我要感谢为本书写下推荐语的《山西文学》主编鲁顺民先生，著名作家、画家于晓威先生，著名作家、编辑曹亚男女士。你们不吝赞美的推荐，让我深受感动。另外，我还要感谢酸枣小孩与林曦两位友人，她们俩是我大部分作品的第一读者，总能给我十分宝贵的意见。

最后，我还要再说一次，我能侥幸地获得"重生"，我必须感谢我的弟弟苏肖，是他给我捐献了骨髓与干细胞。我必须感谢我的家人，他们为我治病而四处举债、耗尽了心血。没有我的家人们，不可能有我的今天。

我如今实现了二十年前那个出租屋里阳光照拂过的梦想。我开过了小店，那是我那段时间生存与生活的重要物质依托。我现在出了两部书，这是我这半生来最丰盈的精神寄托。